樂府

·

心里满了，就从口中溢出

守山

我与白马雪山的三十五年

肖林 王蕾——著

北京联合出版公司
Beijing United Publishing Co.,Ltd.

如果你爬到山头俯视江坡，会看到整个村子的末端是我们的寺庙和经塔，一个个方墩墩的藏式房屋被举在心尖尖上；再往外扩展，是片片田地；也许你会嗅到一种沉稳、澄净又神秘的气息，抬眼望去，在你头顶上，稳稳立着一座雪山，形如金塔，轻易便把整个世界收纳于下。

那唯一的雪山，我们藏族人的信仰——卡瓦格博。

有多少次这么独自凝视？只有肉身面对，才能体悟到雪山的灵性，感知到雪山在轻叩我的心灵。就这么一次次地做了俘虏，直到用整整一辈子完全服役于他。不仅仅是我，我们这些第一次面对白马雪山的小伙子，第一批加入白马雪山保护区的初中毕业生，我们那时还不知道，我们这辈子的悲欢离合都再没有离开这座山，一直到老。

白马雪山就是我们的“日达”，我们的神山，我们这些自然守护者这辈子的主人！

我宁可相信，自己如同藏族传说中的故事，只是在树下甜蜜地睡了一晚，醒来时便可听懂鸟语兽言。野外考察的三年正是我脱胎换骨的深深一眠，我在山里的时候便明白：这辈子如果和这些野生生灵断开联结，我将是个被剩下的可怜鬼。

如果说爱上雪，是出生时分定下的缘分；那爱上月亮，就源于这三年的野外生活。而野外这三年，何尝不是另一次转世投胎，痛苦重生？

我是幸运的。一个藏族人的孩子，生在雪山脚下，长在雪山中，工作又是保护这座雪山。虽然我的文化程度不如他们高，但我可以在最茂密的森林中撒欢奔跑，在这片最纯净的天地中生长、老去。

历史大潮浩浩荡荡，人类的命运也被洪流激烈地冲荡着。所有参与过这次滇金丝猴保护运动的人，命运也都被改变了，不论是自愿还是被迫。

四　WWF 和藏族人的生命观

147

保护环境需要先论付出，再论获得。从简单的情感角度来说，就是先要用一颗善良的心，像对待亲人朋友般去对待周围的山河草木，还有各种生灵。我们藏族人似乎天然就会与他者为善，这个“他者”，可以是别人，可以是一个生命，当然更可以是无言的大自然。

所有环境保护最终也要回归到人的内心。

五　大山孕育的生命

175

到了藏地的人，很快便会折服于藏族文化那丰富的想象力。山上的五彩玛尼堆，山巅飘扬的风马旗……人的想象力尽力铺盖、装点着这片天地，因为我们藏族人是用自己最真的心、最诚的意，来敬这片山、水、天、地。大自然的灵气被提亮，人类生活在一片有着禁忌和限制的大自然中。

在藏族人的心目中，一花、一草，一只羊、一条虫，都有神山赋予它们的职责，损伤一个便会伤及整体，一损俱损。

序言

献给大山的一生

艾瑞克·瓦利（Eric Valli）
法国电影导演、摄影师

我是在长江中上游拍摄《家住长江》（*Living Yangtze*）时认识的肖林。我这一生，无论是职业生涯还是私人生活，都和很多藏族人打过交道。当我第一次看到肖林那张黝黑的脸，和大山给予他的刚毅外表，我便知道，我们的相遇绝非偶然。

喜马拉雅东部山区的自然资源极为丰富，举世闻名，这是我一直希望深入拍摄的地区，而找到一个终身保护大自然的人也是我的夙愿。肖林身上那种热情、聪慧、充满好奇心与坚持不懈的气质，都非常强烈，令人感动。我相信，正是这种精神气质——喜马拉雅大山中常年的艰辛锻造出来的韧性与真诚——使得我们有相见恨晚之感。只需一眼，我俩便认出彼此，我们属于同一“族群”。

我在白马雪山拍摄的片子《喇嘛与巡山者》（*The Lama and the Ranger*）讲述了肖林和他的同事与当地藏民和僧人，为了保护这方珍贵而脆弱的自然，他们联手开展反偷猎、环境教育等工作。喇嘛和村民已经成为这个区域生物多样性保护的重要力量。肖林和他的同事们对该区域的代表物种滇金丝猴的科学监测和研究工作也格外突出。

虽然我俩隔着语言的障碍，肖林还是同我分享了他对野生动物摄影的热情。肖林给我看了他在这个地区拍摄的野生动物照片，最重要的当然是滇金丝猴，他这一生的所有工作都围绕着这群猴子。尽管我的摄影作品一直更偏重于人文类型，但他的照片中隐含的敏锐视角非常打动我。

当我得知肖林终于要出版一本自传并且邀请我来写序言，我感到非常高兴。肖林一辈子工作的这个地区也是他的出生之所。他把自己这一生像献给神灵一般，全部奉献给了这座大山。

我和肖林有约，要一起去藏北高原，去他一心向往的奔腾着众多野生动物的那片原野……

真诚期待更多的读者可以翻开这本书，和我一样去赴一场另个世界的约会。这个世界，如此远离我们惯常的城市……

生在白马雪山

我出生在第一场大雪中。
第一场雪，
第一声啼哭。
妈妈说，
生在雪山脚下，就是一辈子的藏族人。

太阳和月亮把雪山擦亮，
一次又一次；
雪山把力量传到藏族人的心尖，
一遍又一遍。

这里所有的生灵啊，
身体都住着一座雪山。
如果你见过一只即将饿死的老狼，
如果你听过鬣羚的蹄子敲打碎石，
如果你一次次追寻过那群原始森林中飞跃的猴子，
如果你翻过山巅、迈过激流，感受过心灵之光的明灭。

雪山是藏族人每个早晨煨桑时的仰望，
雪山是藏族人每句诵出的经文，
雪山是藏族人转山时的五体投地，
雪山是藏族人走遍天涯也生死相依的眷恋。

雪山，
是藏族人的一辈子；
雪山，
是我的一辈子。

楔子

江坡

6

下雪了!

滇西北高原的雪有很多场,初雪意义非凡。此时,大地尚未完全脱去秋意,一场初雪就是一个善意的提醒:准备好了吗?冬天可要来了。藏族人对初雪往往心存感激,因为初雪过后蓝天会分外绚丽。这是秋天的静静落幕,一年又要过去了。

下的是雪片,很大,但是风不猛。所以,这些白色只是织成了纱罩,像是天空因许久没有爱抚大地而做出的温柔补偿,带着一种宽容、慈悲的气度。滇藏交界处,大山里隐藏的那些小村庄,人们的脸上都带了丝欢乐:下雪就好,农田正式休养生息了,牦牛从高山的牧场上下来了,山里的动物终于可以安静地享受这个只属于它们的世界。

我出生在 1967 年秋末的第一场大雪中。作为家中第一个男孩，我的出生给家里带来了希望，但长辈们没有一个人刻意记我的生日，因为我们藏族人根本不会去在意这些。老辈人甚至说不出生在哪一年，被问到年纪，他们只能含糊地说，“七十多了吧”，“好像八十了”，然后疑惑地看着问的人。在藏族人心中，生死“闸门”下，年轻几岁，还是老了几年，需要那么在意吗？

我身份证上的生日是信手填的，但那年冬天的第一场大雪一直留在妈妈心中。我从心底感谢这样的记忆，妈妈的描述比那个印在身份证上一清二楚的出生日期更富诗意。每每见到白色雪花从天而降，内心深藏的秘密便会随之萌动，仿佛生命的基底同雪花共呼吸，仿佛只有大雪才能让我焕发出别样的能量与光辉……

我出生在云南省迪庆州德钦县的江坡村。“江坡”ལྕགས་འབོ།，直译就是铁斗。江坡坐落在形似粮斗状的坝子之上。长大后才知道，江坡的“斗”可不是寻常的斗，江坡坝子下藏着丰富的铁矿，我就出生在这铁斗之上。

我们藏族人没有父姓。父母给我取名“昂翁此称”ངག་དབང་ཚུལ་ཁྲིམས།，“此称”意为守规矩，也被译为“慈诚”；“昂翁”则是五世达赖喇嘛的前名，又被译为“阿旺”。五世达赖喇嘛进行宗教改革，建立无数寺院，历来被藏民族所尊敬。

后来我有了个中文称号“小李”。父亲“文革”时起了个汉名叫李新民。当时我家附近是部队营房，父亲和当兵的关系特别好，当兵的嫌他的名字“昂翁尼玛”太绕口，直接叫“老李”，我就顺带成了“小李”。“小李”这个名字一直叫到上学、工作，又几度演变为“肖令”“肖李”，后来干脆固定成符合汉族人习惯的“肖林”。

有了这段经历，我坚决让两个女儿只拥有藏族名字。时常有人吃惊地问：“你的女儿不姓肖？”

藏族人的名字一般是吉祥字词的组合，讲究点的会请喇嘛起一个。比如，我父母早年曾经到拉萨朝佛，在“大昭寺”ལྷ་ལྡན་གཙུག་ལག་ཁང་། 一口气请了几个名字回来，等到我的女儿出生，就直接从中挑一个来用。

同时拥有“肖林”和“昂翁此称”两个名字，对我而言是拥有了两个世界——“肖林”带着我的肉身行走世间，而“昂翁此称”只属于我的故乡江坡。

当我自己都已习惯“肖林”，回到家乡，拄着拐杖的老奶奶一声“昂翁”，一下就会把我拉回童年。是呀，回家啦，不管在外面担着多大的担子，回到家乡，我就是个没有忧虑的孩子。回到家乡，我只想纵马疾驰，只想信步山巅，只愿去村子最高的煨桑台，燃起敬神的香柏。

我们藏族人名字中没有父姓，但会有“房名”。每个家族都有自己的房名，比如，“水边的磨房”“从须贡村搬来的”“最富裕的家庭”，等等，起得比较随意，但仔细琢磨很有意思，可以看出一二百年前此地的经济社会状况。

我家房名为“噶最达”སྒ་མཛོད་བདག，藏语直译为“放置马鞍的屋子”，由此可以估摸出我家以前很穷，起家时借宿在一户人家的马鞍房中。

老人说，江坡村子（含衮巴）最初只有十八户人家，都以种田为生，过去主种青稞。而从十八户发展到如今八十户的历程，就没有什么记载了。但就像许多不知名的西部村庄一样，这些过往虽没有被收入正史，可在人们口口相传的野史中，它骄狂恣意、爱恨情仇、波澜壮阔……

江坡怎么可能没有故事？江坡村矗立在山坡之上，俯瞰澜沧江水浩浩荡荡从村下流过，这是茶马古道从大理到拉萨的必经之路。村之下、江之上，孤然一架吊桥。长大后，我在书本中找到它的大名——溜筒江吊桥，茶马古道上一条有名的溜索桥。当年无论马或人，都命悬一根竹溜索，在滔滔江水上嗖的一声飞过。

马匹、货物来来往往，还有那些四海为家的男子汉……江坡再小，有了这条路，就和远方有了联系，人们的眼里就会溅出活泼泼的亮色。

我的祖辈都曾养过马，直到父亲那代的江坡男人，还都远走过拉萨、尼泊尔、印度……走马帮辛苦，风险又大，不是每个壮年男子都会如此选择。我父亲就选择留在家中，而他的哥哥终在一次远行中留在国外，并在那里生儿育女，再也没有回过家乡。

小时候，守着火塘，最喜欢听长辈闲聊过往，那些马帮的艰苦与辉煌，经过渲染的危险与奇情，让人久久兴奋。我一边听，一边恨不得马上长大。或许，内地的汉族男孩很多是靠武侠小说幻想世界，我们藏族男孩则枕着马帮的故事，任一闯天下的豪情在心中激荡……

马帮于我，还与对奶奶的记忆紧紧关联。小时候，父母每天下地种田，照顾我和姐姐的任务就交给了奶奶。我最喜欢她那一双粗糙的手，与其说爱抚，不如说磨砺着我和姐姐的脸。奶奶那时年纪并不算老，可那个时代很差的生活条件，以及终身的劳作，使她的生命过早地黯淡、衰弱。

奶奶在家只负责做饭，生火需要先去砍柴。奶奶会把门反锁，再弓腰一步步挪到山上，我和姐姐就在窗户旁苦苦巴望，等奶奶颤巍巍地扛着柴火回来，才露出笑脸。我一直追问自己，有那么多和奶奶相处的时空，为什么独独这一幕至今无法忘怀？后来，命运把我推上滇金丝猴保护者的道路，在阅读动物行为学的研究专著时，我读到智商特别高的猿、海豚和大象等少数哺乳动物，在一定程度上都有感知他者情感的能力，会不自觉地有利他行为。我想，那时的我也是一个幼小的灵长类生物，奶奶的那份苍老触动了我莫大的同情，但那时我却没有能力去帮助她。

静静坐着的奶奶有时会给我一个暗示，我就心领神会地跑到火塘边，拿来吹火用的竹竿。竹竿钻进奶奶后背衣下，轻轻地挠上一挠，这个时候，奶奶的眼神会在黯淡的背景中闪出一滴光亮，这一幕就是对我最大的奖赏。

江坡村里矗立着一棵参天柳树，是整个村子最古老的树木。马帮经过村子，总会选在这棵树下露宿，大树撑出的枝叶成了离家人最好的庇护。奶奶总是要家人背一大捆柴火送去，“人都是要出门的，现在帮助了别人，将来我们的孩子走得再远，也会有人来帮他们”，这就是奶奶心底朴素的善良。几年前，江坡村民计划砍掉这棵老柳树做集体活动时的薪柴，我一下怒了，几番争执过后，树最终被留了下来。

后来马帮渐渐稀少，取而代之的是与澜沧江并行的 214 国道，从昆明到拉萨。这时，奶奶已需拄着拐杖，行走艰难，但她希望爸爸能把她带到那条“人海挖出来的路”上，去看看“能装很多东西的‘铁牛’”，这是我记忆中她为自己而提的唯一要求。

江坡是“弦子之乡”。弦子，藏语称“宾央”པི་ཝང་།，木头的琴筒做了底儿，竹片的弦弓弯半圆，再绷紧马尾的弦子，就这么“呜啦啦”地拉将开来……

弦子一出声，就带出高原的粗犷豪放，豁亮洒脱，满股子要把生命完全敞开的劲头。

弦子不仅要拉起来、唱起来，更要舞起来！可以一个人既跳且唱，也可以全村老幼通通上场。男人们穿着藏袍齐齐跳在一起，女人们则纷纷挥舞洁白的长袖，跳到高兴处，两方就会想要分个高低，暗暗较劲，脚下陡然加快，快半拍，再快半拍……直到全体丢盔卸甲，跳成散沙一片，才以哄然大笑作结，笑声飘到村坝的上空，满满地溢过山脊。

我的父母平时只是守本分的种地人，但遇到任何村里的节庆日，他们都会郑重地换上华丽的藏装，转眼有了尊严的荣光。我从小就喜欢看父母跳弦子，他们在场上笑，我在下面也跟着傻傻地笑。也许这是他们生命中为数不多的珍贵时刻，终于可以忘记庸常的养家育子和枯燥的终日劳作，长长地舒一口气。

人们总说，我们藏族人都是“会走路就会跳舞，会说话就会唱歌”，我却觉得，能歌善舞的本事不能简单推给遗传基因。表达喜悦，敞亮心胸，赞美纯真……就像身体需要水和食物，音乐和舞蹈根本等同于我们的精神需求，我们藏族人永远渴求唱得欢乐、跳得淋漓。江坡人那么地宠爱弦子，弦子已经融进了每个江坡人的生命。

弦子有极其丰富的曲调，每个曲调都有个名字，比如“次仁拉哇嗦”，有点像汉语中“满江红”“浪淘沙”之类的词牌名。有了固定的曲调，大家可以填上各种词句。有些词是江坡人自己创作的，更多则是远方的人来了又走了，歌声却留了下来，传了一代又一代。不知名的民间游吟艺人就以这样的方式被江坡人永远纪念。

春一春二春三月，春三月草原开鲜花，金蜂我却要去他乡；

夏一夏二夏三月，夏三月田中长五谷，布谷我却要去他乡；

秋一秋二秋三月，秋三月林中结满果，鹦鹉我却要去他乡；

冬一冬二冬三月，冬三月湖上结满冰，黄鸭我却要去他乡。

——这是浪漫版、经典版。

也有人是编歌大王，随便一个曲调，张口就能按照当时的情景唱出来。有一个与我同龄的藏族人就曾在酒桌上，摇摇晃晃地站起来唱：

白酒红酒青稞酒，都是酒，咿呀里索，

白酒红酒青稞酒，你爱喝，我爱喝，大家都爱喝，

麻将哈鸡斗地主，咿呀里索，

麻将哈鸡斗地主，你爱玩我爱玩大家都爱玩，

瓜子花生水果糖，咿呀里索，

电视电影舞厅，咿呀里索……

——这是通俗版、搞笑版，后面接起各种各样的新奇事物，可以唱个没完没了。

就算这般异类的“能歌善舞”，我也极其羡慕。我的弦子水平非常一般，这是我巨大的遗憾，常常觉得愧对父亲。我的父亲是一位热巴文化的传承人，

不只在整个江坡，在德钦县或整个迪庆州都算“稀有资源”。从我记事起，就陆续有人从很远的地方来找他拜师学艺。最风光的一次，迪庆州歌舞团在江坡整整住了一个月，每天都和父亲学习热巴舞，直到他们感觉学得差不多时才离开。而父亲却悄悄告诉我：他压箱底的本事还远远没教到呢！

热巴舞，根据民间传说，最早是由瑜伽大师、游吟浪人米拉日巴大师创制；藏学则另有说法，认为热巴文化要归溯于藏地古老的原始宗教，那时佛教还远未传入，人们需要一次次地祭神、驱魔，渐渐就有了热巴舞。“热巴”རལ་པ།，本意为长而粘着的发辫，后来的热巴艺人上场前要在腰间拴系“达扎”，一种黑白两色的牦牛辫，舞到精彩处，身体飞转，牦牛辫也跟着飞扬起来。

长大后，越了解热巴，越是遗憾小时候没有努力跟父亲学习，更何况热巴艺人在藏族文化中还属于“职业流浪者”之一。我们藏族自古有些职业，一旦手艺学成，便要背起使命，行走在一个又一个偏僻的村子之间。这些职业大多和佛教有关：塑佛像、画唐卡、刻玛尼石……热巴舞也属其中，走村串户去祭神驱魔，多么令人神往！

父亲被政府认定为“云南省非物质文化传承人”，最终却还是没有机会把热巴舞全部传给一个晚辈。有人说，一个民间艺人的逝去等同于一座博物馆被焚烧。我至今看过无数热闹的热巴舞，但是父亲那威严灵性的舞步，已从这个世界彻底消失……

还有，妈妈！

童年记忆中，只要家里有妈妈，我和姐姐、两个弟弟就是最幸福的人。妈妈只要离开一两天，整个家就会迅速萎靡。

母亲的善良在整个村子都是有名的。我家养蜜蜂，木楞房的几个角都是蜂巢，丰收时节蜂蜜多到需要拿大桶装。每年都有女人到我家来讨蜂蜜，带点儿不好意思："拿一点就可以，就是抹抹脸。"母亲看出了她们的心思，手下暗暗一使劲，翻手一倒就是一大碗。

不夸张地说，我们兄弟姐妹四个从小是被蜂蜜喂养大的。饭碗里会缺肉缺米，但美味的蜂蜜可以放开肚子吃。母亲用她所有的精力和智慧维持着这个六口之家的正常运转，仅靠地里的收成和父亲偶尔外出做工的收入，我们全家没有饿过肚子，在那个年代可算奇迹。周围的人家到年末就揭不开锅了，就会陆续有人到我家借粮食，就算粮缸快见底儿了，母亲也从未拒绝过任何一个人。

家里有一头养得很老的毛驴，很多人劝妈妈，干脆卖了吧，这么老为什么还要养？妈妈每次都很为难，像是在求人家的语气："它为我们家干了一辈子的活儿，我们已经很对不起它了，为什么还要卖了让别人吃它的肉？"

周围压力越来越大，有一天妈妈终于下定决心，把我叫了过去："哥哥，你把咱家的老驴放到山里去，记住，要放得远远的，不然会被别人逮住。"

妈妈的语气很平常，我心里却隐隐触动：第一次要对另一个生命负起责任。那天我赶着驴，翻了好几座山，觉得路途远到不会让老驴再找回村子了，才依依不舍地把它永远留在那里。

从此，我再没有吃过一口驴肉。

要善良，要尽力帮助他人，不要杀生，我对藏传佛教所有最朴素、最根深蒂固的认识都来自妈妈。除此之外，如果还有什么教会我做人的道理，那应该感谢一座山！

如果你爬到山头俯视江坡，会看到整个村子的末端是我们的寺庙和经塔，一个个方墩墩的藏式房屋被举在心尖尖上；再往外扩展，是片片田地；也许你会嗅到一种沉稳、澄净又神秘的气息，抬眼望去，在你头顶上，稳稳立着一座雪山，形如金塔，轻易便把整个世界收纳于下。

那唯一的雪山，我们藏族人的信仰——卡瓦格博。“卡瓦格博”ཁ་བ་དཀར་པོ།，“卡瓦”意为雪，“格博”为白色，是藏语中“圣洁”的特指。整个藏地闻名的圣山，无须再戴任何华贵头衔，卡瓦格博——***圣洁的雪山***。

如今，卡瓦格博让德钦县闻名全世界，可我小时候，只有藏族人知道这座山的分量。每逢转山时节，来自康巴、安多、卫藏的藏族人，穿着各式藏装，说着各类藏语，围绕卡瓦格博一路步行。过去没有任何现代交通工具的帮助，内转需要至少七天，而外转则需要翻越几座海拔 4000 米以上的风雪垭口，少则十三天，多则一个月，也有人把自己永远留在了转山的路上。

转山的藏语为“固拉”སྐོར་བ།，简单说就是转圈。我们这个地方的藏语和拉萨藏语的语音有点差别，我们读“固”，到了拉萨标准语便成了“郭”。一个藏族人说要去“固拉”，指的不一定是转山，也可能是转塔、转寺院、转佛像……围着完整地转一个圈，才算得是圆满。“固拉”常在口语中用，若是转山、转湖、转塔、转寺，还有一个更为尊敬的叫法——“乃固”。加的这个“乃”，如果硬译为中文，只有“神圣”二字才可把其中的精神性表达出来。无论是山湖的自然神圣，还是寺塔的佛教神圣，都值得微小的人类放下所有贪、嗔、痴，在身体力行的朝拜中，感受心灵的赐予。

朝圣是修行的一种。修行是每个藏族人有生之年的最大任务，磕十万个长头，背颂多种经文，每天早起煨桑祈祷……

还有一种广义上的修行，即指我们每个人的人生。只有肉体历经磨难，才能使心灵轻盈到可以触摸精神。

在我很小的时候，远远未能领悟到这一层，可命运已急煎煎地把我推上路。

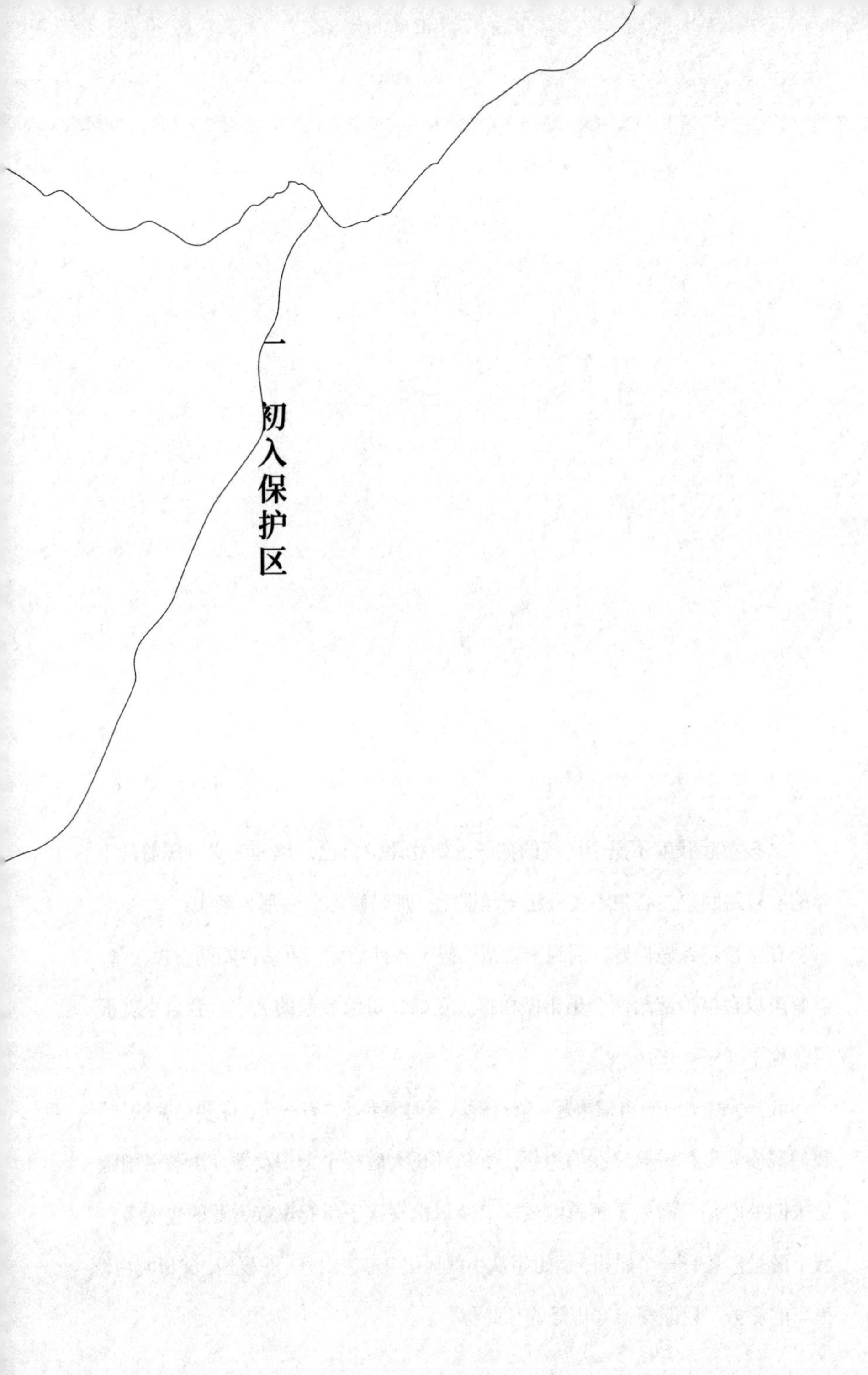

一 初入保护区

从孩童起我就不是个淘气的孩子，如此评价自己，远非褒义。隔着几十年的岁月路回望，心中不免升起一丝遗憾：那时候怎么会那么老实?

在学校功课做得好，回到家就帮妈妈干各种活计，听话得如同白板一张，妈妈可以直接拎起给两个弟弟做榜样。正如父母给我起的名字，我自小就很“此称”（守规矩）。

我是家中长子，自懂事起，爸爸就认真叮嘱我：“有一天，你要当家的！”我们藏族人没有重男轻女的思想，女孩子长大后招个上门女婿，男孩子则跑出去四处闯荡，漂累了再就地成家，所以由女孩子承起家族大业的也很多。我上面虽然还有一个姐姐，但姐姐从小就显出“志在山外”的豪情，父母明白：当家的任务，只能交给守规矩的“此称”。

有了“未来当家人”的光环罩体，年少的心中难免升起些轻狂，教训起两个弟弟，声音也会雄壮起来。少年不知当家难，以为“当家”只是劳作方面的体力支出。

事实上，我很小就包揽了家里的许多活计。每天下午放了学，都要背起竹筐去打草，那个时候每家每户都养牲畜，村子附近的草早被割光，要走到山上才能把竹筐装满。有一天，男孩天性里的顽皮溜了出来，我和要好的小伙伴在溪水边玩得忘乎所以，猛抬眼，太阳竟已西沉，我的眼泪都急出来了：无论怎么赶都来不及割满一筐草了！想着妈妈会失望难过，我头一低，带着小伙伴就钻进别人家圈地养草而特意留出的草地，做贼一样割满竹筐，又狂奔回家，心中忐忑，转头一看，草居然只剩了半筐，都怪颠得厉害，赶紧又把草捞出、抖松、慢放……直到不知是草还是空气充满了竹筐，我才一脸坏笑地走回家，嘘，脚步一定要轻！

现在回想，我家当时经济条件很差，父母都是农民，拉扯四个孩子，家里几乎顿顿吃杂面。经济条件好的人家，家里有人在粮油销售站工作，餐桌上就会出现嫩白嫩白的粑粑。那时我时常拍着胸脯发豪言：等我当家了，要让大家顿顿吃上白面。

但，很快，“当家”的担子真的压下来了！

在我五年级时，姐姐考上了大学。那个年代大学生稀罕如金，别说偏僻的江坡村，在整个德钦县，姐姐都是第一个考上大学的女孩。整个村子的人都来我家祝贺，人群散去，黑夜来临，我分明感受到父母的忐忑不安。他们不放心一个女孩自己去那么远的地方，还有更重要的——钱！

姐姐考上的是昆明的云南大学。在那个年代，江坡很多人一辈子连村子都没有出过，更别说德钦县城。对于遥远陌生的未知世界，最有保障的当然是钱。而那个时候，我父母连姐姐的路费和学费都不知道如何筹措。

借！母亲一家一家上门求，钱几毛一块地凑过来。

那个年代，江坡一个普通家庭可能只有几块钱的余钱。这些小心存在枕头里、佛龛内的钱，一点点移交到母亲手里……整整一个夏天，我们全家都在为姐姐上大学而奔走。临到姐姐出发，母亲才喃喃地说，家里实在凑不出第二个人的路费了。姐姐只有一人上路。

那天晚上，妈妈很晚才睡，她把借来的钱全缝到姐姐的衣服里，记忆中是很多旧得烂角的钱，被妈妈用粗糙的手一点点抚平。

记忆深处的那个深夜，昏黄黯淡的灯光下，妈妈一下子老了。还有一种寂寞的声音，全家人围坐着，却没有什么话，连年纪尚小的两个弟弟，也在默默感受着亲人即将远离的撕扯，和那贫穷的压力。

我突然感到身上压了一副担子——渐渐老去的父母，正在求学的大姐，两个年幼的弟弟，这个家是那么的孱弱，如果有一个人可以为这个家做事，这个人只能是我！

“当家”的分量在这个深夜才真正地压了过来。

我的成绩一直很好，在班里是班长，论努力和天资并不逊于姐姐，可和全家的生活重担相比，学习又算什么？

姐姐走得脚步沉重，但她是在迈向未来，迈向一片彩色；而我，则留在一片黯淡中。

那年，我十三岁。

初中的学业总要完成。很快到了初三那年，爸爸在中甸（现香格里拉）

做工，妈妈带上我，到村公所给爸爸打电话。

“包产到户后社里给咱家分了那么多的地和牲畜，我一个人真的忙不过来了，现在我们家哥哥要报学校了，是不是就别再上了，留在家里帮我……”

当时的电话线路很差，妈妈几乎是对着电话在喊，一字一字，响如洪钟，我的命运就这么被宣判了。

爸爸在外面做工是给人家盖新房，做木工活儿，他人聪明，活儿又细。那次打完工回家，他破天荒地给我带了一双皮鞋。按照当时藏族人家的习惯，如果是泥水类活计，做工结束时直接结算薪水就可以。但是我爸爸一直是做木工，木工可不得了，是要用木头架出这一世房子的脊梁筋骨。木工完工的时候，东家一定要送一件价值不菲的礼物以示酬谢，爸爸那次收到的就是一双皮鞋。

“皮鞋我穿有点小，让我家哥哥穿吧”，父亲就把鞋转送给了我。第一次拥有如此高级的礼物，我心里暗暗猜想：这是不是父亲对我辍学的一点补偿，或者安慰？可是，父亲从来没有当着我的面提过停学务农的事，哪怕一个字也没有。

我人生中的第一双皮鞋是父亲亲手送的，完全成人的款式和大小，穿在我的脚上，有点大，有点重……

那个夏天，我初中毕业，从此整日和锄头、镰刀、斧头为伍，卖力干活，让自己认命。半年后，德钦县政府公开招考工作人员的消息传来，我身边所有人都想试试，毕竟那时候最好的工作就是进政府单位，收入固定，有保障。

我很想去考，但不敢和妈妈提。种地太辛苦，照顾牲口太操心，这副重担我怎么忍心再转给妈妈。但，儿子的心理怎能瞒过妈妈？妈妈劝我，种地的怎么能和“吃皇粮”的比，真的想去，就去试试！

那是我第二次来到德钦县城，第一次是在县城工作的同父异母的大姐带我去看眼科医生。直到大姐的妈妈过世，我们两家一直亲如一家。

从江坡到德钦县城只几十公里，现在不过一个小时的车程，但在那个年代，则需要两天的辗转跋涉。先花上整整半天的时间，从村子步行到澜沧江边的 214 国道，然后再耐心等待过路的有空位的好心车辆可以捎上我们。那个时候车很少，通常等半天眼前都只有空空大路一条，一等就等到夜晚，只好在路边小卖部随便缩上一晚。

那次，村子里一起去考试的人有十多个，都是玩心正重的年轻人。那时的德钦县城只有一条弯曲的小街，几分钟就逛完了。几个小伙伴出了考场就急着回家，打听了一会儿，得知当天只有公路养护段一辆运粮食的卡车出发，大家就守在出城的路口，终于等到那辆车晃悠着开来，赶紧一拥而上，几只大拇指凑到人家鼻子底下，可怜兮兮地说：“求求你喽，求求你喽……”

那个时候，请求陌生人帮助的手势通常是高高竖起拇指，表示对他人品德的一种赞扬，或者干脆暗示对方要“心眼好”。不过，那两个司机或许是看惯了这样的手势，打量了几下我们几个小鬼头，大手一挥就径直开走了。

几个人拿出身上所有皱巴巴的钱，通通换成馒头，吃完又灌了一肚子凉水，摸摸肚子，感觉应该能扛一晚，那就走吧！

步行回去最近的路也要翻几座山，还未走完，天已黑透，还好已经走到江边的公路了。几个人都是初次赶夜晚的长路，一路上看到的景色和村子惯常的风景完全迥异，兴奋早已盖过疲劳。更何况一路江水声势浩大，公路被月亮照得通透，泛着玉色光泽在眼前亮着，踏在上面，心中竟升起异样的快乐。

一条隧道出现在眼前。在这样一个夜晚，这个巨大的工业设施竟仿佛带了几丝魔力，在几个未经世面的山村孩子眼里，威严地，带着一种工业世界的力量和神秘。大家兴奋地尖叫着冲了进去，我也跟着跑起来，冲向前方那个微微透光的圆点……

懵懂少年，未知未来。多年之后，记忆中的这个场景仿佛是电影中的一个画面——***幕起***。

很快，我收到县里寄来的录用通知书。

那一年，我十六岁。

背起行囊穿起那条发白的牛仔裤

装作若有其事地告别

告诉妈妈我想我想离家出游几天

妈妈笑着对我说

别忘了回家的路

站在门口想了好半天

鼓足勇气走出了家的门

还是回头望了好几眼

毕竟是独自离家出门

噢，那一年我十七岁

……

《那一年我十七岁》是一首早年的台湾歌曲，流行到德钦时，我早已过了十七岁。歌声滑过，歌词如响钟般将我惊醒，我赶紧回去翻找自己的十七岁：年少岁月，却雏鸟般忐忑着去寻找独立。大好年华于我，好像全部都错过了。

我的青春是缺席的，我从幼年直接迈进成年。

1983 年，我十六岁，背着行李，告别父母和两个年幼的弟弟，走进了白马雪山自然保护所。我知道，从此我就要成为一名正式的国家工作人员，而我的收入将帮助姐姐读完大学本科。

当年公开招考的只有两个单位，一个是德钦林业局，一个是新成立的白马雪山自然保护所。所有考进的人随机分配，我被分到了保护所。

第一次全体集合，分配岗位，介绍领导。那个被称为局长的人在人堆里扫了一眼，就直奔我而来，大家的目光也全砸到我身上。如果目光也是有声音的，当时肯定是轰炸声震耳，我陷落其中，所有自信都垮了，眼泪涌了上来。

我自卑地知道自己有一副明显营养不良的瘦小身体。

还好，跟我同时考进来的还有一个人，他暗地里拍了拍我。他就是钟泰，我的初中同学，这本书中将一再提及的重要人物。

我初中所在的德钦县佛山中学实行中心学校制，所有村寨的中学生都要集中上学。钟泰是我的同班同学，纳西族，寡言少语。我俩初次见面时只有十四岁，但前生有缘，一见如故，做了一辈子兄弟。

学校条件很差。那个时代的艰苦，更多是物质条件对人行为和情感的一种钳制。钟泰每半年才能回一次家，每次都需要从家里背来各种口粮，饭要自己做，才上初中的男孩子哪有这么多的耐心和精力，他就经常只吃糌粑加热水。我家离学校近，我总拉他到我家吃饭。放长假时，我也会先到他家住几天，然后才恋恋不舍地回自己家。漫长假期过后，重逢时会像几百年没见一样，两人狠狠抱在一起，力气用光，才终于觉得心头累积的思念被释放了，好得如同一对热恋的人。

说回保护区的工作。白马雪山保护区成立于 1983 年，我们考进去也是 1983 年，是保护区第一批正式员工。同批考进白马雪山保护区的不只我和钟泰，我们所有人对保护工作都没有概念，甚至对“自然保护区”这五个字都很陌生。事实上，当时大部分人对保护区都没有什么概念，尽管白马雪山保护区成立的时候，已经不属于中国成立自然保护区的早期。

中国第一个自然保护区成立于 1956 年，是广东肇庆鼎湖山自然保护区，保护对象是南亚热带常绿阔叶林。鼎湖山保护区成立之初，周恩来总理就自豪地说，整个地球的北回归线上大多是沙漠，只有我们中国的南方有这么一片“回归线上的绿洲”。自然的富饶让人燃起爱国热情。这片北回归线上的绿洲要感谢喜马拉雅的隆起改变了水汽的流向，而即便如此，鼎湖山保护区里也只有近五分之一原生林，其他都是经过五百年左右恢复的近似原生林。

白马雪山自然保护区成立时，除了一些已经被砍伐的区域，区内绝大多数森林都是原生林。白马雪山自然保护所就是从德钦林业局直接分离出来的。

短期入职培训时，除了学习相关纪律和法规，还特地邀请了一个林业局副局长来给我们上课，但我们听了很久，却只听到了森林防火……

五天的入职培训结束后，我们就要去保护站工作了，可我还是一片模糊，心里有点急。我向领导索要《保护区手册》之类的指南，可惜，没有！一本指导书都没有！领导大概也被我问虚了，故作轻松地拍拍我：“小伙子，保护区的工作没那么复杂，你滚几下就明白了。”

我们入职培训时住在一排低矮的小房子里。离开培训地的那个早上，我和十几个小伙子打好各自的被褥行李，装好洗漱用具。我看了看其他人的行李，几乎都是同样的物品，连牙膏牌子都一模一样。是啊，在物质极度匮乏的年代，谁又能比谁富裕多少？

那时我的脑海里全是妈妈。姐姐考上大学离家时，全家人陪着她步行了半天，直把她送到村下面的公路边。现在轮到我离开，两个弟弟要上学，爸爸打工不在家，只有妈妈一个人送我。妈妈送到村口，说还要回去照顾耕地和牲畜，就只能送到这里。我赶紧背过身去偷偷擦泪，转身向妈妈摆摆手。高原特有的强烈光线砸下来，妈妈脸上那几道深深切下的皱褶，就像高原的高山深壑。那一天，妈妈一直用目光送我远行，我知道：她的心从此碎成几瓣，有一瓣会永远跟着我。

同去的人都是第一次出门离家。所有人忐忑地爬上半路拦下的一辆解放车的后斗，一个挤着一个，安分得如同一窝雏鸟。车开了，风起了，我们被拉走了，从此把自己交给前方的大山。

车向东南驶去，一侧是山壁，一侧是万丈深渊和能吞噬一切的金沙江，慢慢爬高，直到漫天遍野的风马旗把天地染成五彩。每个藏族人都明白：这是附近最高的垭口了。后来才知道，这里海拔 4329 米，如今是从香格里拉到德钦的 214 国道必经处。当年则是窄窄的砂石路面，每年只有短短七个月是畅通的，其余时间都覆盖着一人高的积雪。司机也是藏族人，按我们的民族习惯停了车。垭口叫白马雪山垭口，远处那座敦实厚重的雪山就是白马雪山了。

白马雪山，第一次，我们相遇。

白马雪山是卡瓦格博的东部守护神。相比缅茨姆峰持着利剑的卓尔不群，嘉瓦仁安峰展开手掌般的独特山形，白马雪山则显得平易又厚重。

藏族文化中，历来有对山的崇拜。在藏传佛教远未传到藏地之前，古藏地的文化设想中，天与人之间有一道天梯连接，藏族崇拜的很多国王和英雄就是顺着天梯降临人间的。时至今日，藏族人还会在山岩上画上纯白的梯子。天梯不会真实存在，山就是藏族人眼中神秘的“天梯”。山崇拜凝结了藏文化中对天、地、人、神的宏大想象。

神山，德钦藏语通称为“日达”གཞི་བདག，意为“地方之主”，在其他藏地也被称为“由拉”ཡུལ་ལྷ，意为“地域之神”。在藏地，几乎每个村庄都有自己的“主人”——***神山***，神山就是一片地域上藏族人的精神坐标。

我这一辈子，就是和这座白马雪山纠缠不清。恨过他，爱过他，回头来已为这座山付出了整整三十五年。

雪山见证了这个星球数亿万年的地层变迁、沧海桑田，相比之下，任何一个人类的生命都如白驹过隙，渺小得不值提及。

有多少次这么独自凝视？只有肉身面对，才能体悟到雪山的灵性，感知到雪山在轻叩我的心灵。就这么一次次地做了俘虏，直到用整整一辈子完全服役于他。不仅仅是我，我们这些第一次面对白马雪山的小伙子，第一批加入白马雪山保护区的初中毕业生，我们那时还不知道，我们这辈子的悲欢离合都再没有离开这座山，一直到老。

白马雪山就是我们的“日达”，我们的神山，我们这些自然守护者这辈子的主人！

白马雪山，稍微懂点藏语的汉人也许会认为“白马”是藏语“莲花”的音译。莲花是藏传佛教中非常重要的意象，意义丰富，传播深远。藏族人认定的将佛法传到藏地的莲花生大师有很多藏文称呼，其中一个即“白马迥乃”（音译）པད་མ་འབྱུང་གནས།，意为莲花中生。有了这层渊源，“白马”也就成了汉族人熟悉的极少数藏语词汇之一，以至于很多人在文章中自以为得其实地写：白马雪山就是藏族人心中的莲花。不过要让这些自认为懂藏族文化的人失望了——白马雪山中的“白马”是直接起的汉语名，并非藏语音译。据我推测，白马雪山的垭口以前名为“达玛拉卡”སྟག་མ་ལ་ཁ།，也许是藏语读音被层层误读，以至于最后干脆被传为“白马”的读音，这当然只是我的猜测。语言隔阂大概是这世界上除心灵鸿沟之外最大的障碍，现代藏族人大多懂汉文，可绝大多数汉族人对藏文化只停留在一知半解的程度。

白马雪山的主峰名“扎拉雀尼”དགྲ་ལྷ་ཁྱུང་ཆེན།，其实也只是白马雪山西侧藏族人的叫法，转到白马雪山的东侧，又有了别种叫法——“甲亚董子”ཆ་བྱ་རྡོག་རྩེ།，第一峰的意思。

白马雪山垭口奇冷，风大到可以把人卷走。偶尔有东西扬撒过来，不是尘土，而是碎石。滇藏高原交界处的层叠山脉上，海拔高于4000米的地方多为地质命名的“流石滩”：冰川剧烈作用，寒冻强烈风化，高原日晒风吹，以及早晚的巨大温差，如同一只无形巨手把岩石捏成碎渣，顽石虽硬，也会如液体般“哗哗”流下。

乍看这里只是清冷的碎石荒漠，但当你深深地俯下身去，甚至将脸颊贴到地上，就会发现很多微小的生命。高山流石滩是植物的“矮人国”，和森林生态系统相比，流石滩生态系统的植物分布稀疏，天生矮小，颜色接近灰色石块。但到了高原短暂的夏季，这些不起眼的植物会一夜绽放出无比艳丽的花朵。绿绒蒿、紫堇、龙胆……流石滩的植物分配给花朵的能量普遍高于其他生境下植物，而鲜艳的色彩可以保证昆虫被吸引来，从而顺利传粉。这些花朵不仅艳，还很大，像美丽的绿绒蒿，花朵绽开时会占据整个花株的一半以上。花朵就是高原植物的欲望。

在高原上，一阵风便可搅动一场流石，流石滩瞬间成为砂石的葬身之所。但这些卑微的高原植物匍匐在大地上，却可以开出让心飞扬的花朵，不及人类巴掌大的植物也有令人动容的一面。所以，流石滩的魅力，需要你首先俯下身来。

而第一次到白马雪山垭口的我，还远没有这么多的知识储备，只是感觉冷得彻骨。我们强打精神，按照藏族的习俗，在白马雪山垭口高扬“风马”。

“风马”རླུང་རྟ།，藏文读音“龙达”。在藏语中，“龙”意为风，“达”意为马，所以龙达也被称为“风马”。龙达有蓝、白、红、黄、绿，代表天、云、日、地、水，是藏文化中认定的天地万物的基本元素。藏族文化认为，在人的身心气魂中也有这五种元素；每到山顶或者垭口，藏族人需要用最高亢的声音念出咒语，把五彩经幡挂到最高处，这样自己体内的五种元素也会相应提升。仪式虽是敬奉天地神灵，但人身心内的能量也会得到治愈和充盈。

一群人高声念着颂词，念到最后把气息提到高处，面对天地、山河高喊“拉索啰……”，这是古藏语，这个咒语从我们祖辈起便口口相传，意为“神必胜”！我们稚嫩的喊声迎来了山谷的回音，大山大河也在喊着“神必胜哦”，风马应声飘扬，五种鲜艳的颜色立时充满整个天地……

白马雪山，从此就是我的整个世界。

大卡车上颠过一天，奔子栏到了。

奔子栏地处香格里拉和德钦之间，小镇建在金沙江边，海拔一下子降到2000 米，气温陡然升高十几度。金沙江边到处是赤红的岩石，稀疏的树木总也长不高，能找到的绿色绝大多数是多刺的白刺花。这里是典型的干热河谷气候，燥热的气流顺河谷而行。山脚光秃秃，是最炎热的区域。视线顺着山往上几百公里，到海拔 3000 米以上才能见到高大的乔木，这是燥热气流遇到冷空气，有了降雨，才开始有了万物生长；到海拔 4000 米以上，又成了典型的亚高山暗针叶林带。

回到 1983 年，当时我还只是一个初中毕业生，没有能力去领会这片神秘动植物王国的独特魅力。在奔子栏的第一个晚上，我的想法无比实际：今晚吃什么？怎么睡？

奔子栏是白马雪山保护区的一个管理站。在站里，吃的是大锅饭，每顿一菜一饭，一周只能吃上一次肉，但条件还是比家乡好，至少我终于可以经常吃到白米和白面了。

四人一间宿舍，年轻人的睡眠质量和呼噜声响成正比，如果倒下没有立刻入睡，就会赶上“呼噜潮”，于是我练就了倒下速睡的本领，直到现在都受益。

奔子栏站的生活无限美好，工作却另有一番滋味在心头。

我们工作起始就要下乡做宣传。

1983 年保护区成立时，很多村寨被划到保护区内。村寨的村民们之前还是靠山吃山，将打猎、砍树、取柴视为天经地义之事，现在一下被盖上许多“不许”，面对的不只是思想的扭转，更是生活质量的突然下降。

不仅是普通村民，连我也要面临说服自己这一关。我家有一个远方亲戚是江坡村有名的神枪手，跟着他去打猎，即使只收获几只山鸡，也是儿时的美好记忆。上世纪七十年代合作社时期的江坡村有集体的狩猎队，集体的战斗力强大，有一次他们竟打了一头熊回来，全村人兴奋地差点儿敲锣打鼓。在那个物质匮乏的年代，熊肉就意味着厚厚的脂肪。我家分到一块巴掌大的肉，肥得流油，全家吃得极香。那阵子，村子的狩猎队员们连走路都昂首挺胸的。

现在，面对完全不认识的村民，我要努力忘记小时候吃熊肉的快乐，还要告诉他们——任何野生动物只要进了白马雪山保护区，就是受保护的！

不仅是打猎，还有“不准砍树，限制砍木头烧火，灌木也不可以……”，我们的宣传就机械地以“不准”开始，串上许多“不准”，再以“不准”结束。语气硬邦邦，再配上一副无私铁面，高举“国家保护区”大旗，试图以此去压倒所有的质疑。

宣传效果可想而知。

下乡宣传要分组分片，我每次都巴望着和老站长分一组，哪怕走上两天山路都没问题。我自己在全村大会上根本不敢张嘴。为了锻炼我们，老站长有一次特意把我和另一个毛头小伙子分在一组，要去的还是一个高海拔的村子。

海拔越高的村寨，对保护区工作的抵触情绪越强烈。那个年代人们生活贫困，地里和牧场的收益都不大，出售薪柴和用柴制碳是整个家庭维持生存的重要手段，而冬天没吃没喝时就要下套捕猎。我内心理解甚至同情他们，但我只知道也只能够说——不准！

村民大会通常在晚上召开。我嘴笨，一起来的同事也不灵光，两个人连开场和村民插诨打科都不会，木讷地把所有“不准”一气念完，马上察觉村民们的不满情绪已经乌云压境，随时就要打雷下雨了。我们不敢抬眼，看看时间，平时至少要开一个小时的村民大会，居然才开了十几分钟。我们还在等村民们提出问题，可他们已经一个接一个愤然离场。这时我和同事突然想起，还没安排我们今晚的住宿呢，正想出去找人，灯也像算计好了似的突然熄灭了。我们走出空荡荡的会场，村里连松明子都灭了，一片黑暗寂静，看来他们直接下了逐客令，我们就是过街老鼠。

后来我们找到一个装草的棚子，两人直接钻了进去。草堆散发着和暖的植物香气，我们吃完干粮就倒头睡去。第二天清早，阳光照亮了大地，也照出了我们的尴尬。我俩逃出村子，直跑到一条小河边。掏出搪瓷漱口缸，烧起酥油茶。正是10月的秋天，各种深黄、浅黄绚烂耀目，我们却怎么也提不起劲儿：还有下一个村落宣传点呢……

宣传做得委屈苦闷，幸好还有体力活儿——只有身体的付出才能平衡心理的失落。

体力活儿干得最多的是植树造林。

当专家建议成立白马雪山保护区时，保护区内最有价值的原始森林已经被砍伐一空。伐木公司从二十世纪七十年代便进驻此地，整整十多年，从书松到白马雪山垭口这一段近30平方公里的原始森林，只剩下连天的树根。这段原始林木原来的主要树种是冷杉，冷杉在纯自然环境下可以长到50米高，砍剩的木桩也大到需要两到三人合抱。这样的场景再也无法复现了。

1983年我刚参加工作时，伐木公司尚未从白马雪山撤离，成立保护区后，伐木公司转职做造林，按照当时国家林业局制定的政策参与植树造林，直到

1984 年末。植树工作一直持续到 1987 年，直到我们把公路附近运输方便的地方全种上小树，工程浩大。

内地习惯在春季植树，但在高原植树就要错后一个季节，所以在高原，夏天才是植树天。我负责采买树苗，每天早上都要坐着轰隆隆的拖拉机到苗圃，找苗、出苗、数苗，大手一挥，上万棵树苗全上了拖拉机跟着我走，颇有霸气。

挖坑，拨进有营养的腐蚀土层，把苗根发散式摆好，填土，踩实，再把树苗轻轻往上一提，一个独立的生命就此诞生，阳光雨露和土壤就是其存活成长的动力。

一年的种植任务都在这个时段进行，忙不过来时，就请附近村子的小孩子一起参与。种一棵树一块钱，干着干着，很多小孩子不免耍起小滑头，但是有一个小胖子却干得格外卖力，铁锹比他个头还高，用着不顺手，他就干脆跪在土坑前用手刨土。这个小孩名叫斯那此理，十几年后竟成了我的同事，如今也两鬓生白，在白马雪山保护区工作了快一辈子。

集中造林已经过去三十年了。大自然的滋养让当年这些小树苗长得健壮高大，走在这片树下，我们这些当年的植树人马上显得衰老、矮小，让人忍不住伤心。拍拍树干，这就是我们只可追忆的青春了。

宣传、植树，一做就是好几年。保护区内有一项最应该做，而我们却从未做过的基础工作渐渐提上日程——巡山。

任何一个保护区工作的基石都是巡山。巡山可以最直接有效地反偷猎，以及避免保护区的动植物被采集。可白马雪山保护区成立整整三年，其间都没有巡过一次山。

我们内部谈论了不少次巡山，可领导一直都说“条件不成熟”。顾忌来自对神秘大自然的畏惧，那片即使老猎人也从未涉足的广袤原始的土地，到底隐藏着多少未知，而谁又能打包票，我们去巡山可以全身而退、安全荣归？空谈巡山的日子一长，周围人嘴里的故事就越传越神奇，说我们这些保护区工作者要每人配一匹高头大马，再斜挎一杆大枪，所到之处，镇妖伏魔，简直都能编个新格萨尔王传了。

现在想想好笑，可当时的交通和经济条件差，对自然的了解少得可怜，越过一个山沟就是一个未知的世界。也许还有潜意识里觉得保护工作实在无聊，我们就给它抹上些英雄主义……

直到保护站新站长上任，我们才有了第一次真正意义上的巡山。

可是，去哪里巡呢？白马雪山保护区太大了，建区时有22万公顷，要全靠脚走下来，纯属天方奇谭。

当地老百姓和老伐木工告诉我们，在白马雪山深处，有一个地方名叫“曲宗贡”ཆུ་འཛོམས་སྒང་།，意为“两条溪流交汇的地方”，那里有茂密的森林，还有跳跃着的野生动物。在人们的描述中，那里就是“神仙居住的地方”的最佳注解，神仙美景从曲宗贡一直延续到茨卡通的整条山谷，碧色连天，能把人走醉……我们听得心驰神往，马上认定：就是这儿！

老百姓和老伐木工的好心警告和荒唐流言还是很有威力的。巡山从“大家必须全去”，到最终只有三人出行——老站长培布、同事小王，还有我。

我坚定地要去巡山，一心渴望纵马巡敌，多么英武飒爽！但梦想撞到现实就哗啦啦碎成一地：根本没有马，巡护全靠自己的双腿，斜挎的长枪也简化成牧场借来的铜炮枪。临出行那晚，培布站长一遍又一遍地擦拭枪杆，我只有一把随身携带的云南户撒小刀，也跟着一个劲地磨。我俩都很紧张，不过谁都不愿说出来，全副焦虑都用在擦枪和磨刀上。

巡山最先遇到的挑战不是盗猎者，而是一座海拔 4600 米的垭口——“扎布垭”བྲག་ཐུབ་ལ།，藏语意为“非常险峻的垭口”。

和很多人的想象相反，我们藏族人虽然生在高原，但并非天生就是爬山健将。我的家乡江坡海拔只有 2700 米，只要条件允许，藏族人也会选择生活在物候条件俱佳的低海拔处。

一步步挪向 4600 米，我感觉力气全被抽走了，转身看小王，他竟然夸张到脸色转成了纸白。站长早已被垭口刺骨的寒风逼走，远远地成了个黑点。

等到我爬上垭口，内衣早已被汗水浸湿，冷风一扫，又冻成壳。我和小王腿脚发软地下山，暗地里发笑：这是我们巡山，还是山在训练我们？

后来，走过一个山脊“啥几尼”ཤྭ་བ་ཆུ་མིག，意为“马鹿喝水的地方”。我们没有见到马鹿，却遇到三个盗猎者！远远看到对面走来三个人，这个地方远离藏民的高原牧场，所以十有八九是来盗猎的。

我们慢慢靠过去，喝住三人。

他们也吃了一惊，吞吞吐吐地说：“我们家牛丢了，来找牛。”

藏族人家的牛有时会自己走进深山，这本来没什么值得怀疑的，但一口不标准的藏话出卖了他们。在我们藏区，其他民族或多或少会说些藏语，但口音有分别，他们明显不是藏族人。

这是我第一次面对面见到盗猎分子，听不得他们笨拙的解释，一把夺过他们背的竹筐，全是钢丝套！

钢丝套是动物的死敌。一根铁丝打一个活扣，再挂到树上或灌丛中，设置很简单，但一旦动物的脚、手或头误进套中，就再也无法逃脱，动物只会拼命挣脱，但最终越挣越紧而被套死……就算是灵长类的滇金丝猴，在野生动物中智商算高的，它们也不会用手去“解套”，只是狂躁地又跳又叫，直到生命终结。下好套后，偷猎者只需要沿着自己下套的路径重走一趟，就可轻而易举捕获猎物。

看到满筐的钢丝套，我的眼里肯定在喷火，站长和小王更不用说，三个盗猎分子吓得马上冲我们跪下。

他们成了白马雪山保护区历史上抓到的头三个盗猎分子。我们巡山的路还长，老培布站长体谅小王走路不济，让他先把这三人押回森林派出所。

我和培布站长继续走。“珠巴洛河”ཐྲུ་ཁ་ཆུ། 流淌而下，两面山谷绿滩，再加上远方隐隐的雪山，无疑为人间美景，可我们没有心情欣赏，心反而攥得越来越紧——老站长说，凭他的经验，盗猎分子会陆续出现。

没想到的是，先出现的不是盗猎分子，而是他们的窝棚。

老站长举起一个老式望远镜，看到珠巴洛河和另一条小河交界处的山谷后正冒着烟，最终，我们发现了三处棚子，全是就地取材用箭竹编成的临时小窝，其中一间颇令人毛骨悚然。想象一下，在一片高原森林中，你低头钻进一个简陋的棚子，抬头时，除了挂着的苹果和谷物，满眼都是挂起的各种动物头颅——苏门羚、獐子、熊，一整墙已死去的眼睛直直瞪着你……培布站长赶紧对完全呆住的我解释：这是傈僳族祭奠山神的摆设，傈僳族认为任何猎物都是山神的赐予。

我只觉一股怒火直冲脑门。他们到底杀了多少野生动物？临行前我磨了又磨的小刀终于派上用场，挑了根竹竿，削得极尖，在棚里到处刺，面粉、糌粑的袋子全部被我刺破，铁锅也被摔出去，用石头砸个稀烂。

同样愤怒的培布站长把怒气压了压，嘱咐我躲起来。天色将晚，盗猎分子就要回来了。他自己藏在门后，将枪上了膛。临时窝棚中摆着睡觉的行李，数数有快十副，看来盗猎分子近十个人，而我们只有两个人……不敢再想，我把刀鞘往前拉了拉，心一横，大不了拼命！

有脚步声从远处渐渐传来，我几乎趴在地上，从临时窝棚下方漏开的缝隙去数人数。七个，我打手势给培布站长，他眉头也紧了。

盗猎分子离得越来越近，我几乎就要蹿起来了，此时情况却急转直下。

当年人很穷，衣服只要不是稀烂就会一直“服役”，通常早就穿短或者穿烂了。那一刻，我透过临时窝棚，就看到了这样一条短到盖不住脚踝的破裤子，正抖如筛糠，难道他们害怕了？

原来偷猎分子嗅到不对，为首的人在门外窥见了培布站长，培布站长之前在公安局工作，盗猎分子以为惊动了公安局，就这样，没有经过殊死搏斗，七个人就老实投降了。

盗猎者今天“收获”不小。一个人背了一只苏门羚，苏门羚很重，不能像围脖一样套在脖子上；另一个人背了两只林麝，手脚拴起来，背挎包一样套在后背。

该死！如果我们早一天抓到他们！我气得恨不得立刻上去狠揍一顿。

他们又交代：还有一个年轻小伙子还没回来，而沿着珠巴洛河往上的另一个牧场里还有几个一起来偷猎的。

“还没到的那个小伙子懂汉字吗？”培布站长问。

“他上过学。”

“那你们七个人跟我们上到那个牧场，给那个小伙子留张条，让他去森林派出所自首。”

“千万不可以，那个小伙子胆小得很，他会吓得直接跳河自杀的！”几个人恳求。

培布站长把我悄悄叫到一边，说他必须赶去抓剩下几个盗猎者，不然走漏风声，他们就逃走了。所以，押送盗猎分子的任务就落到我身上。

加上还没有到的那个小伙子，一共要押送八个壮年盗猎分子。我当时却没有任何犹豫，本能地点了点头。

站长刚离开，棚内的气氛马上变了。我当时不到二十岁，身体又瘦小，一副强装出来的气势，瞒不住盗猎者老奸巨猾的眼睛。盗猎者一会儿说没有粮食肚子饿，要先回家取粮食，一会儿要约着上厕所，商量对策。我一下急了，几乎吼着命令他们放老实点。幸运的是，我们等的那个年轻人很快回来了。暴雨依然在下，我押着迟迟不愿上路的八个人走了整整几十里山路，一路吼着、劝着，深夜终于和老站长会合时，我已累得没有任何力气。

巡山反偷猎历来危险，我第一次巡护算是有惊无险，但有的保护者却付出了生命的代价。

很多年后，我听到索南达杰的故事。同是藏族，索南达杰保护的是可可西里那片广袤无垠的高原无人区。羌塘高原上成群奔跑的藏羚羊，只因绒毛可以制成与黄金等价的围巾“沙图什”，在上世纪九十年代末遭到疯狂猎杀。漫漫荒原上，藏羚羊横尸遍野，皮被剥走，换不来钱的尸骨还滴着血……这是中国环境保护史上最惨烈的偷猎事件，背后是巨大的经济利益在驱动。

从1992年开始，索南达杰组建的“西部工委”在极其艰苦的条件下反偷猎。1994年1月18日，他们抓获了一群盗猎者，盗猎者们反扑，索南达杰牺牲，尸体被发现时还保持着卧地射击的姿势，他的眼睛一直没有合上。四年后，重新组建“西部工委”并成立“野牦牛队”的另一位保护藏羚羊的英雄扎巴多杰也牺牲了。

我第一次巡山得以安全归来，第一，要感谢当年被盗猎的动物价格不高，还不值得盗猎者拼命；第二，说来讽刺，要感谢当年极不严格的盗猎执法。自然保护区在政府职能上只有管理权，没有执法权。盗猎分子的抓获归我们管，处理裁决则归林业公安管。我和老站长整整走了一天半，最终将一共十九个盗猎分子押回保护区森林派出所。结果，林业公安只是做了简单笔录，罚了很少的罚款，又要求他们尽快清理已经下的钢丝套，然后，就放了！

是的，竟然就这么放了！

我们走了整整一个星期才抓回来的盗猎者，猎杀的野生动物不下三十只，其中绝大多数是国家一级保护动物；此外，他们在山里下的套子绝不止一万个，每个钢丝套都可能威胁到一个生命，小到一只野兔，大到一头熊！他们安然回家后，完全可以再偷偷进山，顺着放钢丝套的路再走一遍，满载而归。

也许当年很多人对盗猎都是“睁一只眼，闭一只眼”。“盗猎”和传统的“捕猎”只是一字之差，对“盗”字，大家的范围和定义又大不相同：当地人祖祖辈辈都上山打猎，为什么到了这一代，就成了“盗”？

此时反思，我当年也很糊涂，那时我只是简单认为：保护区不可以，出了保护区，捕猎就没有问题。

保护区刚建立时，我从猎人的言谈中知道有一些区域的野生动物数量非常多。一个老猎人说，在一个方圆 5 公里的有灌丛的悬崖峭壁上，一次就套到了十五个麝香。只有公林麝才有麝香，如果盗猎了十五个麝香，那背后实际死亡的麝鹿数字该有多么惊人！有一天很晚了，当这个老猎人放完钢丝套返回营地时，不小心碰翻了一块石头，石头翻下悬崖，响声惊起一群林麝，被套的麝鹿哀鸣声借着山谷无限放大……它们在绝境中祈求帮助，满山哀鸣，听得人浑身颤抖，终生难忘。

当捕猎已经远远超过当地人吃穿的需求，而被卷入经济诱惑中，成为对野生动物的贪婪掠夺，就是盗猎——这就是盗猎和传统捕猎的根本区别。

像巡山般刺激的日子总是少数，那些或激昂或苦闷或忧伤的珍贵时刻，至少让人感觉到自己的心跳。相比较来说，日常工作真如一潭死水！

奔子栏管理所是天堂，毕竟在一个热闹的市镇上。可每年 5 月到 11 月，我们就要住到白马雪山半山腰的管理站，借住在伐木公司的简易木板房里。晚上看书，要勾着脑袋，借着煤油灯昏暗的光看。煤油灯是自己做的，把一根棉线用铁皮包起来做芯。回忆中，那些年看过的书也往往伴随着煤油味。

住在山里，工作就是保护这些山，闲时发愣也要对着这些山。

很多年后，当我再回想起，当时管理站周围有充足的水力，完全可以搞个小型水电设施。但那个时候我们和外界接触太少，这么简单的问题都解决不了。

身边就几个和我一样年纪的愣头小伙子，天黑了没事做，睡觉又太早，只能烧一堆火，几个人喝酒聊天。

我们的生活，只有山！除了山，还是山！

白马雪山保护区建区时有22万公顷，一辈子都走不尽的山，吞噬人的山，我只想把这山撕裂！

我一直跟领导要求出去读书，到1986年才轮到去云南大学生物系进修。我们需要插班到本科课堂去，一开始还担心听不懂，没想到好学之心让脑子一下开了窍，一踏进大学校门，身、心、脑马上都化作春水，活跃起来。

每天泡图书馆，每一科分数都不比正宗大学生低，我信心满满，想着回到单位就报考成人高考，以学生身份重返大学。

短短一年的进修很快就结束了，保护区领导却坚决不同意我再脱产学习。按照今天的人的思维，领导不同意干脆就辞职，但在那个年代，身处偏僻的德钦县，一个人哪能完全把握自己的命运？我的大学梦至此截断，成为终生遗憾。

生活回到原点，我按照我的名字“此称”，继续做一个“老实人”，在单位埋头工作，回到家乡就做个“当家人”。家里因为我的努力情况渐好。每个月拿到工资，我先给姐姐和弟弟寄生活费，再给自己留下最低开销，剩下的全寄给父母。

为了写这本书，我重新找出当年的日记，里面夹着几张发黄的纸，是家人的旧信。一封封读来，艰难往事重现眼前。

1985年10月22日，姐姐的信：“弟弟，你寄来的三十元钱已经收到，十元交了校服费，二十元买了一双皮鞋。补助费两元钱也已用光，无钱寸步难行，请想办法寄一点，越快越好……”

那个时候，姐姐还没有读完大学。两元钱可以做的事情并不多，她一直紧抠细省，两元钱应付了很久，直拖到不得不向我张口。

大弟弟选择考取丽江财经学校，不继续上高中、大学。1987 年 10 月，他寄来的信：“大哥，你是我心中最优秀的人，没有任何事情能难得住你……”

在我工作最苦恼无助的时候，家人的鼓励和需要是我坚持走下去的唯一理由。

只有小弟弟还留在父母身边读小学，他的字还很幼稚，不过他已当起家里的勤务员。1984 年 6 月 20 日的信中，小弟记下，眼看着妈妈每天忙于收割青稞小麦，还得随时和邻居借好用的镰刀，他叮嘱我：“哥哥，下次回家一定要带把好镰刀……”

现在从我家乡江坡到奔子栏不过三四个小时的路途，可在八十年代，避开大雪封山的漫长冬季，一路顺利的话也需要整整两天。离家一去便至少半年不会回转。所有信息传递都要靠口信和信件。

每年青稞黄时，妈妈会让人捎话给我。我干着地里的活儿，妈妈会自豪地跟别人说：“瞧我儿子！能挣工资，回到家里还能和村里的小伙子一样干活儿，干得还不比别人差。”

每到过年，家里人想当然地盼我回家：大儿子回家，还会带年货回来。

无论路途多么艰难，我都会置办几大袋物品，连大米、盐巴都要采购。年尾带着沉沉的年货，和劳累了一年的沉沉的身体，一路搭车回家。先把东西寄放在路边小卖部，第二天一大早赶上四五匹马，中午能到 214 国道，夕阳西下时才能把所有东西都带回家。回家就急着“露一手”，让父母弟弟尝上“山外人的饭”，一个人掌勺整桌除夕大餐，白菜、包菜、土豆、粉条，一律洗、切、炒、倒酱油……全家人吃得香喷喷，多年以后我才发现自己做饭其实很烂。

家人对我的情感只有自豪和骄傲。父母做了一辈子农民，根本不会懂我在外面的辛劳与寂寞。在他们心中，拿公粮、做公家的差事已是天堂，何来委屈？

我已是二十出头的男子汉，还是“当家人”。除了担当，还能求得家人对我有什么样的理解和回报？我们那代人没有现在这么丰富的文化生活，无论物质条件还是精神生活，人人都大同小异。在那样的时代，有多少苦闷和艰辛被默默吞下，自行消化。

我从来不会对家人描述自己回江坡时那一路的艰辛。到了冬季，白马雪山垭口大雪封山，超过一人高的雪，每年都会冻死几个急着抄近路回德钦的人。我们保护局的人从奔子栏集体回家，需要从金沙江绕道澜沧江，再慢慢转回德钦。保护局当时没有自己的车，我们需要集体搭车，顺利时也要整整七天才能回到德钦。

最怕的就是搭车。我的头发从小就是自来卷，大卡车司机路上如果要人帮忙，从后视镜中一瞥，准保大声地说：“那个卷毛，下去铺路！”“卷头发，去搬开石头！”或者车一停，直接喊：“卷头发那个……”

我就老老实实把冻僵累僵的身体唤醒，去干苦力。记得有一次，路面压满了山体抖落的碎石，我被一次次拎下去开路，清理石块，没有工具，只能用手来“铲”。飘雪的寒冬，短短几公里的路，我们却走了十多个小时，我的手也开出好几朵“血花”。

艰苦中的温馨最难忘怀。我最怀念的时刻是东风大卡车刚刚进入维西山谷，从高原的冰天雪地一下进入温热的低海拔峡谷地带，暖风撩动面颊，久违的绿色化开冰霜，被冻僵的手也渐渐解冻复苏了。感动之余，我突然升起在此地安家的想法：如果以后可以住在这里，那该多美好！想完自己又笑，不过是个穷小子的痴心妄想。

还有那个名为巨甸的小镇。当时的巨甸镇坐落在交通要道之上，在我们“山里人”的眼中，那简直就是繁华的“小香港”。镇子礼堂放映电影，连电视都没得看的几个年轻人，每人掏出五角钱走进去，演的是《搭错车》。

电影看得无比投入，电影放完后歌声响起：“酒干倘卖无，酒干倘卖无……”

情绪被煽到极点，黑暗鼓励着大家，嘶哑的声音从喉底滚滚而出，被压抑整整一年的情绪终于有了发泄的地方。整整一个电影院的人都使劲吼起主题曲，这是什么样的情景！那个年代，被压抑的人远不止我们。

恋恋不舍地走出影院，我们继续唱着歌，走回一个摇摇欲倒的木头旅馆。

“酒干倘卖无，酒干倘卖无，酒干倘卖无……”

后来才知道，我们如痴如醉地唱出的词，意思原来是：“酒喝完了，瓶要卖吗？”

上世纪八九十年代之交，人们情感普遍压抑。港台吹来的流行歌曲，黑白电视上晃动的香港电视剧，把一颗颗木然的心纷纷吹活过来。

最爱的歌肯定是邓丽君的，不仅跟着磁带唱熟，一群小伙子还试着把歌词翻译成藏语来唱：

你说你过两天来看我，

一等就是一年多，

三百六十五个日子不好过，

你心里根本没有我，

把我的爱情还给我!

前面都还好，翻译到最后一句全体犯了傻——藏文中根本没有“爱情”这个词!

在藏族传统中，有母子之间的疼爱，有兄妹之间的亲密，还有朋友之间的义气，但男女之爱总是羞于出口，以至于大家搜肠刮肚，还是找不出对等的词。最后，我们天才地把这句话翻译为——“把我的风骚还给我”!

正值二十出头的我，渴望着能大大方方说得出口的“爱”，和跌宕恣意的人生。而当歌曲和电视剧退潮之后，我能面对的却只有一片大山，和一个全靠我支撑着的家庭。

那个时候难免自怨自艾，还有恨，恨自己为什么会出生在这样一片山区。靠山吃山，只能过个护林人的单调人生。

一天，一个人骑着自行车来到我们保护站，说他从昆明来，要到拉萨去。晚上我们招待他免费住在站里，他回赠我们外界的故事。我们秉烛夜谈，小时候在火塘边听到的那些马帮故事复活了。我突然想起，从小我就盼望着远行啊。我决定放下一切，求他带我上路!但，第二天醒来，我背在身上的重重责任也一起醒来了。

我清楚地记得那个燃醒我远方梦的人叫黄凯。那段时间我写了很多信，长长短短，皆以“黄凯友”起头，以“和黄凯友共勉”结尾。但这些信一封也没有寄出，它们都深藏在我的日记本里，化成一道道不愿示人的伤疤。

对白马雪山的所有情感还来不及消化时，白马雪山着火了——1986 年，白马雪山遭遇了建区以来的第一场大火。

天干地寒，风干物燥，灾祸发生时正是青稞收割季。我刚请好假从奔子栏回到德钦县城，准备搭车回江坡，却被拽到领导办公室。

所长和副所长心急火燎，见面直接先给了我一袋子钱——临危受命，我需要负责火灾扑救中所有的后勤和财务工作。

那个时代，整个德钦县城除了政府财务人员，估计还没有人见过五万块的现金。从银行取回来的全是一两元的票子，五万块，在我眼中完全是一座压过来的金山。我背了一个马桶包，包里所有的东西都让位给钱，钱平平放实了，还不放心，又在上面加上漱口缸等等做“掩护”，之后直奔长途汽车站——当时保护局没有一辆车，我只有坐最早一班长途车，才能保证最快到达火场。临出发了，局长和副局长这才嘱咐：“路上小心，这可是五万块啊！”

出门就往长途汽车站跑。整个德钦县气氛紧张起来，大喇叭响彻街道：“白马雪山发生特大森林火灾，所有县级机关停止工作，一律奔赴火场救火……”仿佛一下切换到战乱的街头，人们惶然失措，一辆辆大货车被拦截，机关干部慌乱地组织人爬上车后斗，还有更多人匆匆回家，换上厚衣服，带个简单的小包就准备出发……

我必须在第一时间赶到火灾现场。当拦下第一辆快出发的车，赶到靠近火场的122道班时，已是夜里了。终于到达火场指挥处，现场指挥的领导一见我劈头盖脸就问：“小伙子，是不是你来管钱，我们有六百人，每个人都要马上吃饭！”

同事白玛师傅把德钦林业局唯一的小车开了过来，我们直接赶到离火场最近的书松村，到达时已是夜里十点。我拿着手电筒使劲敲粮店的门，粮店负责人却回山里老家了，一路折腾，又去请回负责人打开粮店门，大米一麻袋一麻袋地放出，还要背到车上。我当时体重 110 斤，一个米袋重 180 斤，压在身上，腿直抖，就这样来回背了七八次，才把米袋都装车。回途再敲开供销社的门，买了一大麻袋罐头。终于可以返回了，又忙中出岔，车子因为水温高，一次次抛锚，我们就得一次次摸黑去水沟提水降温……

终于回到山上，迎接我们的却是几百号人的愤怒。

山上这些人是最早来救火的，几乎全是当地农民。他们离开村子来救火的时候，本想要带点吃的，召集的人急了，大喊："这么大的火灾，县里怎么会没准备吃的，赶紧走吧！"结果，他们扑了十几个小时的火，却水米未进。

我当时还小，只顾一个劲儿地给所有人道歉。转头看到道班养猪用的一口大锅，赶紧叫人洗干净，煮大米稀饭。灭火的三四天里，我挨了这辈子最多的骂，任何人都可以把我揪过来骂一顿：要上山却没有吃的，会骂；从山上下来，饭没备好，还是要骂……

火灾中唯一没有责难我的是东竹林寺的和尚们。德钦县的喇嘛寺，只有东竹林寺在白马雪山保护区内。火灾发生后，第一个冲到火场的是东竹林寺的和尚。当时火浪翻过一座山头，正向另一坡面滚下，四十来个壮年和尚跑过去，在火舌处一路播撒"恰乃"མཆོད་ནས།，一路念经。"恰乃"在其他藏区也被称为"乃撒"གནས་ས།，是经过念经加持的粉末，可以驱邪避灾。后面的和尚也跟着用铲子挖出一个简单的防火带，不知是否是宗教的力量，后来熊熊吞噬的火焰真就在这条线上止住了！

当时焦困于后勤和财务工作中的我，第一次遇到如此大的灾难，不知道这连天灾祸什么时候才能结束。火烧得铺天盖地，从原始森林又蔓延到海拔低矮的箭竹林。在熊熊烈火的加温下，箭竹像信号弹一样砰地蹿上空中，又“叭”一声空袭到远处。面对这世界末日般的场景，我只剩茫然……

面对灾难，每个个体大概都会缩成一个卑微的存在。火场中的我，突然生出了一种宿命感：世界虽然很大，但属于每个人的只有一小点。工作多年的这片茫茫森林，一场火就能轻易毁灭。我，又算得了什么？

此时，我却不知道，命运中真正的缪斯正在向我走来，她如此深刻地改变了我一生的轨迹。

是啊，怎么能不说——

滇金丝猴！

二　与滇金丝猴结缘

写本书真不容易，很多时候我都想放弃，之所以坚持了下来，是因为我常常告诉自己，是滇金丝猴让我写这本书的。

每一种相遇，每一个缘分，无论善恶，无论是喜是忧，都是来度化你的。这句藏传佛教的名言想必绝大多数人都听过，却不一定信。我百分百地相信这句话，但经常忘到脑后，所以身边人对我的评价多是脾气暴躁，而不是心藏智慧。

当一个人的命运被美好的缘分改变之时，即便来路辛苦，回首时也会升起一丝难以言传的美妙感。佛教认为万事生发皆是一个连续不断的因果连接，种下了一个因，必会有一个果。我所感激的滇金丝猴的缘分，也是承了多少位前人接连种下的那份善缘。

人类并不知道滇金丝猴这个物种从何时开始，在滇西北这片广袤的森林中生存繁衍下来。现在，能够讲这个故事的也许只有山巅云彩托起的岩崖，或许还有屹立了几万年的原始冷杉林。

人类能说清的只是滇金丝猴被发现之后的故事，不过即使这个故事在历史长河中也显得面目模糊。滇西北密林丛生，人迹罕至，滇金丝猴一直远离人类视野，在当地藏族、傈僳族的传统文化和口耳相传的故事中并没有留下多少它的踪影。藏族称它为“支该”སྤྲེའུ་དཀར།，意思是白猴子，以此来与生活在较低海拔的藏猕猴区分；傈僳族则叫它“扎密普扎”，意为白色的猴子。我一直无法理解为什么会是白色，难道过去大家见到的都只是幼猴？

仅仅二十年前，在白马雪山见过滇金丝猴的几乎只有当地猎人。这种猴子没有什么经济价值，骨头不能入药，肉据说也不好吃，还要耗费极大体力才能猎到。如果没有下文那一系列故事，很难想象滇金丝猴会和人类发生什么深刻的交集。

一声枪响打破了滇西北的沉寂。1905 年，维西教案发生。在当时的排外大潮下，仅 1864 年到 1940 年间，就有八个传教士在滇藏边界被杀。每个在滇西北的传教士似乎都背负着神圣的使命，其中一个让他们不顾安危的使命便是寻找新的动植物物种。在法国传教士毕天荣（Félix Biet）的帮助下，法国人 R.P. 苏利耶（R.P.Soulié）走进了滇西北的高山密林：

几只新发现的栗色乌鸫集合成群，走了很长的小路，发现大体型猴子和豹子的脚印掺和在雪中，猎人们在陡峭的石崖上发现了一种长尾猴……

接下来的叙述峰回路转：

一声枪响，尸体横躺在我们脚下。第一眼看到这只仍在喘气的动物，引起我一阵恐惧，它太像人类了：这是一只年纪很老的个体（牙齿磨得厉害）；它的脸颊是肉色的，不均匀地分布着红色斑块。眼睛是栗色的，而且很小。这只猴子生活在这么寒冷的山中，高大的树木茂密繁盛，一些松树和很多巨人般的针叶树，这些树不少已经伏地腐烂或者垒在激流之上……

这是法国著名传教士谭卫道（Armand David）的传记《云与窗：谭卫道的一生》（*Le nuage et la vitrine: une vie de Monsieur David*）中记载的亲历者叙述，是目前可以找到的滇金丝猴最早的文字描述。

1871 年，谭卫道提到的这只滇金丝猴的标本，连同另外六只被猎杀的滇金丝猴的皮毛，经毕天荣之手，最终到达当时在四川的谭卫道处。中国植物学与动物学的进程被很多欧美的“植物猎人”“动物猎人”所改变，如果列出其中最重要的一个，那肯定是谭卫道。

谭卫道并非研究者，而是最好的收集者。这些滇金丝猴的标本后来被运到巴黎的法国国家自然历史博物馆，和大熊猫、绿尾虹雉等珍稀动物的皮毛放在一起，等待着被命名。

掌握一个新物种，便是进一步证明了上帝创造世界。世上的物种越美丽、越奇特，越能证明造物主的神奇，这就是传教士历尽沧桑、九死一生甚至客死他乡却依然坚持探寻的精神动力。而对于科学家来说，前所未有的物种极大地刺激了他们的科学想象，旧的知识不断被颠覆、更新，一个全新的世界带着致命的神秘魅力出现，这是科学家为科学甘冒风险的精神源泉。殖民主义者也为这样的探险不断输出人力物力，以期掌握更多资源。在那个注定物种大发现的伟大时代，正如 1831 年，二十二岁的达尔文乘着“小猎犬”号从普利茅斯港出发时，耳边响起的那声时代的最强音——“到远方去”！

滇金丝猴标本运到巴黎后，遇到了阿尔芬斯・米奈 - 爱德华（Alphonse Milne-Edwards）。米奈 - 爱德华是一位致力于探索物种分类的生物学家，祖辈几代都是动植物学家，他后来掌管了巴黎的国家自然历史博物馆。1897 年，滇金丝猴被正式命名“Rhinopithecus bieti”，以发现者传教士毕天荣的名字 Biet 命名（法文中的姓氏 Biet，在拉丁文中变成了 bieti）。“Rhinopithecus bieti”是滇金丝猴的拉丁名，“rhinopithecus”按拉丁文的文字意思可进一步分为“rhino”＋“pithecus”。有“rhino”前缀的动物都有一个极具特点的鼻子，比如“Rhinociroce”，犀牛。“Rhinopithecus”也被译为“仰鼻猴属”，仰鼻猴属的猴子，鼻子都很短，短得几乎看不到鼻梁，鼻孔上仰，直直冲外。除了拉丁名外，一个物种通常还有俗称（Common Name）。滇金丝猴的俗称是“black-and-white snub-nosed monkey”，即黑白仰鼻猴。

19 世纪，生活艰苦，交通不便。那些今天被尊称为“植物猎人”“动物猎人”的人，当年的每一次采集都冒着生命危险——海盗，疟疾，无法沟通的语言、民俗。如今，他们中绝大多数人的名字已被历史尘埃所掩埋。即使是对中国物种发现极为重要的谭卫道，在他自己的家乡也被淡忘了。说来有趣，谭卫道的法国家乡巴斯克地区也喜食辣椒。到了秋季，传统的家庭门口会晾晒十几串辣椒，这个场景让人无法不联想到谭卫道恋恋不舍的中国四川。四川就是谭卫道的幸运之地。当年谭卫道抵达中国后，先被派去如今的内蒙古地区考察了一整年，所发现的物种十分匮乏，他为此深感沮丧，但第二年的四川之行却为他打开了一片物种的天堂，四川成为他的终身福地。

整个滇西北的面纱自此也被揭开。初始记载中的关键词“落后”“偏远”，被置换为“神秘”“伟大”与“奇特”。动植物学的发展，就是这么悄无声息却又力重千金地改变了我生活的这块土地——滇西北。

之后近百年的时间里，滇金丝猴再次从人类的视线中消失了。光明开启又重回黯淡，此后再没有任何关于滇金丝猴的记载。科学界甚至认定这个稀有物种已经灭绝，直到新中国成立，才有了续篇。

故事还是伴随着枪响。

1962 年，中国科学院昆明动物研究所的兽类学家彭鸿绶在德钦做调研。他偶然发现了八张滇金丝猴的皮毛，这一发现震惊了中国动物学界——原来这种动物还存活着，但不知道皮毛是否新鲜，活体也一直没有人见到。

1979 年，中国科学院组织横断山综合科学考察，昆明动物所的李致祥、马世来等参加了其中的兽类考察工作。有一天，天黑了，最年轻的马世来还没回营地。直到深夜，他才一脸兴奋地进了门，进来就把一个大布口袋一放，袋口竟然露出三个毛茸茸的脑袋——滇金丝猴！

近百年的疑惑有了定论——滇金丝猴种群还活跃在白马雪山的层林之中！

此次科学考察直接促成了云南白马雪山自然保护区的建立。这时距离中国建立第一个自然保护区已有二十九年，当时每个保护区的成立，几乎都是针对一个独特物种或生态系统而进行的抢救式保护。

1983年，白马雪山自然保护区正式成立。年末，我们这群初中毕业生通过正式招考被录取，一群娃娃成了这里的第一批保护者。

进入保护区后整整八年，我没有见过一次滇金丝猴！

当时保护区有四十多个工作人员，没有见过滇金丝猴的占绝大多数。如果有一个人兴奋地回来告诉大家：我见到猴子啦！大家肯定会围上去，可惜看到的往往是“远远的小黑点”。虽然见过滇金丝猴的没几个，不过猴粪倒是都见过不少。有时我们巡护到原始密林的深处，看到地上一层猴粪，就知道滇金丝猴群最近在这里夜宿过，也许就是昨天。

只能闻着保护对象的粪便，在山里一溜达就快十年，提起这个，我们这群血气方刚的小伙子都很不服气，“要不然找神仙给它们托个话，我们是来保护你们的，可怜可怜，给我们露个脸！”

1987年，我的朋友钟泰是保护区工作人员中最早见过滇金丝猴的人，在白马雪山保护区南部，而且是近距离！

刚进保护区做工作培训时，培训老师拿着一张照片告诉我们，上面就是我们的主要保护对象滇金丝猴。大家死死盯过去：一只猴子，皮毛是灿灿的金色。照这张图去找滇金丝猴，无疑永远也找不到——多年之后我们才醒悟，滇金丝猴的皮毛颜色是黑和白，而我们当年看到的“样板照”是川金丝猴。

全世界的金丝猴共有五种，其中，越南金丝猴栖息在越南北部（研究者基本可以肯定中国境内也有，但因中越边境情况复杂，一直未能得到数据证实）；缅甸金丝猴（也称怒江金丝猴）分布于缅甸北部以及与中国交界的怒江地带；川金丝猴、黔金丝猴、滇金丝猴这三种都属中国独特物种。而五种金丝猴中，只有川金丝猴才有彻底的金色皮毛。

五种金丝猴中，川金丝猴和黔金丝猴已有科研单位计划做研究；缅甸金丝猴尚未被发现；越南金丝猴在中国的栖息地位于中越边界，“地雷”不少；只有滇金丝猴是待开垦的处女地。

上世纪七十年代初，李致祥、马世来等研究人员最早进入保护区短期考察，他们在《动物学研究》上发表了一篇关于滇金丝猴习性的文章，以报道见闻为主。稍晚，白寿昌等在较大范围内做了滇金丝猴的分布调查，而更晚的吴宝琦则关心它们的食性。

1987 年冬末，昆明动物研究所加大了对滇金丝猴的关注度。已在峨眉山考察藏猕猴两年并小有成绩的赵其昆，受命到白马雪山“看看”。但他在大山中转了四十天，还是没有见到滇金丝猴，他转而留心猴子的活动痕迹，对猴子的粪便分布做了比较规范的取样。数据分析显示，猴群冬季仍然活动在 4000 米海拔带，而这一趋势在植被很差的坡面也存在。前者说明该物种是分布海拔最高的灵长类动物，后者则反映出它有一定的地栖性，对生境变化有一定的耐受性。第二年，赵其昆将这项考察结果以简报的形式发表在《美国灵长类学报》（*American Journal of Primatology*）上。

这则零散的信息引起了国际灵长类学会主席 R. 米特迈尔（R.Mittermeier）博士的注意。由他出面牵线，昆明动物所安排所里的科研人员龙勇诚到美国加州大学进修一年，之后，美国人柯瑞戈（Craig Kirkpatrick）再跟着龙勇诚来云南做博士论文研究，主要考察滇金丝猴，时间是 1992 年 5 月到 1994 年 7 月。白马雪山保护局的董德福局长将此视为难得的机会，派我和钟泰做柯瑞戈的野外助手，接受相关的科研训练。就这样，滇金丝猴的生态和行为研究算是正式开始了。

那个时候，我和钟泰从未想到，我们的命运从此被滇金丝猴改写了。

钟泰已有调查经验，出发前反复叮嘱我把包袱重量减到最轻，除了牙刷之类，其他能共用的像肥皂、牙膏这些，绝不带两份，“你看着吧，到了山里你就知道，包袱第一要轻，第二还是要轻！”

包袱一减再减，最后每个人还是要背 50 斤。这次调查我们要走整整两个月，每次进林子至少也要五六天才能出来整顿补给，行军帐篷、睡袋、洗漱用品，还有大米、油……都要带着。

带的只是仅够生存的几样物品，可在高海拔地区爬上一段后，身上的背包就如同被施了魔法，变成了巨石。我和钟泰苦中作乐：还以为科研考察多崇高呢，原来是挑大包，苦力活儿！

1991 年的白马雪山保护区，区内的自然村有上百个，绝大多数村子都隐藏在大山的褶皱里，公路从江边穿过，剩下的路程全靠自己的双脚。我们要在两个月内用脚走完上千公里，这还只是地图上测出的直线距离，多出的那些上上下下、沟沟坎坎、悬崖峭壁……都没算在内。

首先要从海拔两千多的干热河谷走上海拔三千米的地方，从这里开始才有高大的云冷杉林。云冷杉和针阔混交林是滇金丝猴的主要生境，野生猴子可以上到海拔五千米以上，也可以下到海拔两千多米。

走进冷杉林中，人一下子安静下来。脚下刚刚还是飞扬干燥的尘土，现在已踩在厚厚的苔藓上。吸进来的是长期腐蚀的树干的味道。冷杉林树干笔直、粗壮，树枝到十几米的高度才撑开，密得穿不进阳光。山林浩瀚，我和钟泰钻了进去，成了毫不起眼的树叶。

这样的环境也带来微微的期盼——滇金丝猴。

突然，我的眼前出现了猴粪！几块猴粪饱含水分，似乎刚被“制造”出来。我赶紧趴倒，也许滇金丝猴就在附近……结果原地趴了快半个小时，连猴毛都没见到。我和钟泰悻悻地直起身子，这时他惊慌失措地大喊起来：原来一条蚂蟥钻进了他的裤管，正往肉里钻呢！

我最怕蚂蟥这样的软体动物，不敢上手捉，就捡了两根树枝，当筷子一样去夹，还用打火机烧，一阵手忙脚乱，最后钟泰受了不少皮肉之苦，蚂蟥才被折腾出来。我和钟泰相对苦笑：咱俩可真笨。

钻了半天林子，我们到了第一站：施坝林区里的傈僳族聚集点，一个叫吉义独的寨子。

绕过随地散步的黑猪和鸡群，我们找到学校。经验告诉我们，这里能找到会说藏语或者汉语的人。接待我们的是一个很年轻的女老师，她客气地把我们请进屋，找杯子倒茶，半天才翻出两个小小的杯子，两个还不相同。也许这里穷得根本找不出成套的杯子吧，我暗想。

晚上借住的人家更穷，屋子一角住人，另一角住牲畜。好在没有牛马之类的大型牲畜，不然屋子就要炸了。这个家里最值钱的可能就是一个红星牌半导体收音机，被主人郑重地挂在中柱上。

我们考察时经常会路过傈僳族村寨，除了房屋式样不同，傈僳族人的生活方式往往也和藏族人差别很大。他们虽也蓄养牲畜，但不会像藏族人一样去高山牧场，而更喜欢去原始森林放牧。

如果简单直接地解释滇藏高原民族居住与海拔的关系，可以画一座山，山脚即干热河谷地带，气候温和，居住人群以务农为主，种植水果、蔬菜，交通相对便利，这是高原人最理想的居住之所。海拔越往上，条件越差，农产品种类越贫乏，而傈僳族经常居住在深山里，人畜混居，半农半牧，生活艰苦。每个民族的传统地理观念，某种程度上也决定了各自的生活方式。

我和钟泰这次考察资金很少，我俩又是实心肠，背夫、向导通通不请，一切全靠自己。但在不熟悉的原始密林中穿行很危险，所以出发伊始，我们就向路上偶遇的当地老百姓问个不停，一是问路，避免在大山里迷路；二是打听滇金丝猴的情况。

但是吉义独这个傈僳村寨显然和外界接触甚少，村民的藏语和汉语都不太灵光。他们一连说了几遍“很大的水”，连比带划半天才明白，说的原来是“湖”。但当提到“灰白的猴子”时，村里人马上很肯定地说：“有！”

我们暗自笑开了花，赶紧在考察地图上做标记。那时候，我们关于滇金丝猴的知识完全空白，考察中得到的每个细节都要随时标注。

遗憾的是，大家对“灰白猴子”的认识都极为有限。我的脸上流露出一丝失望，他们马上表现出歉意，让客人十足满意仿佛是他们的义务。主人往我的碗里倒满牛奶，我知道这里的牛奶珍贵，马上一饮而尽。第二天离开时，等待我的是一大桶特意准备的新鲜热奶。

接下来几天都是野外露营，白天负重行进，晚上生火做饭。我们能背的重量有限，几天下来，米吃光了，必须回到最近的村里补充给养。按照地图和之前向老百姓了解的情况，我们小心翼翼地选择方向，但还是走了很多冤枉路，最终爬到一个山顶，当时暮色已起。刚翻过坡，我和钟泰就傻眼了：

脚下一整面坡的箭竹林，竹子低矮，走在竹林中就要承受竹叶的抽打。偏偏又下起雨，我们只有低着头钻，雨水沿着脖子集成一条条小溪。

后来我们才明白，遇到茂密的竹林，应该先去找有沟壑的地方，顺沟而行最省力，而当时我们只懂得生冲硬撞。弯身走实在太累，我们干脆缩起身子，抓着一根箭竹，再抓住另外一根，借着惯力往下滑。箭竹下面是厚厚的腐蚀层，竹叶在上面铺开，到了雨天就成了天然溜冰场。滑得飞快、过瘾，我高兴地快要"吼吼吼"大喊出来……突然，我和钟泰同时失控，从几乎四五层楼的高度斜斜地被山坡扔了出去，又"叭"的一声重重拍下。脑子被摔蒙了，清醒后才看到眼前到处都是戳起的竹棍，简直就是一把把竖起的刀子。我看得一身冷汗，转身看钟泰，他的裤子已经从大腿裂到屁股根儿。后来，胶布就成了我们野外工作必不可少的宝贝之一：只要衣服开花，胶布就上场。

即使摔蒙，也得继续前进，总不能直接扑倒睡觉吧。再说，就算野生动物也不会在大野地里随便睡觉，它们对夜宿地的要求多得很。深夜，我们终于摸到一个闪着细微灯火的地方，是采伐基地临时搭建的棚子。我们强打精神，烧火，把衣服烤暖，再洗米做饭……

生命退化到一食、一觉、一行，腿走得酸痛，上下颌都没有力气，要使劲咀嚼才能吞下等不及煮烂的食物……回到野外，身体的各种感觉也会结结实实回到肉身。

如果身边的人不是钟泰，也许我早就累垮了。我们都会抢着干最苦最累的活儿，换作别人，可能早就打起了小算盘："昨天我背的东西有点重，今天我可要背得轻点。"而我俩却相反，他觉得我很累，我觉得他很苦，刚开始都抢着背最沉的米，等做完饭，米轻了两斤，两个人又都盯着最重的锅。

“我来背！”

“我来背！”

钟泰的体格比我强壮，他总是抢到最重的包袱。

身体疲倦，但精神上总是兴冲冲，只因为身边最亲密的人永远会为自己着想，从来不会掺杂一丝自私。晚上我们终于找到宿营地，身上湿漉漉的，但只要停下来，就抢着生火、做饭。早上，只要他一起床，我就会“唰”地起身，从来不会有半点贪床的念头。

以后三十多年的野外考察中，我经常回想起年轻时的这段经历，明白了那是一笔取之不尽的精神财富。连续几个月的野外考察，体力和精力的消耗都极大，但和钟泰的感情成了最好的精神动力和解乏剂。我多么幸运，有钟泰这样的同伴，让我顺利渡过最初期的艰苦，并明白了精神之于人的作用：很多时候，身体压不垮人，但是精神却可以；反之亦然。

野外往往把人的需要简化到最基本的生存需求。人活一辈子，得到荣耀、金钱的机会很多，但获得一个人彻头彻尾的真心实意却十分难得。一个丝毫没有想要占人便宜的同伴，比黄金更加宝贵。

行笔至此，我的眼泪又一次涌了出来……

今晚临时住宿的这个采伐基地肯定没有滇金丝猴。这是一个傈僳族寨子，名为“各么茸”，傈僳语意思就是“里面的里面”，偏得不能再偏的地方。村子在一片原始森林中，砍伐公司进来，一片山被削得光秃秃，猴子肯定走光了。不过，因为砍伐，这个村子比周围的村子有钱，最富有的一家人竟拥有两辆东风车，在那个年代是人人仰视的富豪了。但这些卖木头的钱都没有留下来，原因是失去了周围的森林，这个村子来自林下产品的收入越来越少，不过这都是后话了。

第二天一早，采伐基地要运送一批木头出去，有顺风车，我们也乐得少走点路。东风车的后斗装满了木头，坐在上面像在三层高的观景小楼上。“楼”晃悠着上路，我们使劲拉着栓木头的钢丝绳，在临时开辟出的山路上被甩得东倒西歪。

“楼”也有静止的时候，东风车一停，司机就拿出酒来热情地分享。等回到公路，“楼”要顺着公路走了，我们下车，带着满肚子酒精和抓钢丝绳抓到麻木的手继续走山路。考察之路还很长。

两个月后，我们提前完成了两个区域的调查计划。考察地图上密密麻麻地标了滇金丝猴出现过的区域，这些都是靠向老百姓询问而得出的。滇金丝猴的栖息地附近稀疏分布着傈僳族和藏族村落。和不同村子的藏族人聊，都印证了滇金丝猴是警觉性极强的动物。藏族人祖祖辈辈生活在大山里，很多人都见过黑熊、白腹锦鸡之类的珍稀野生动物，但是一说到滇金丝猴，就连当地猎户都会摇头：没见过，但是听老人们说过。

我和钟泰提前两个月完成白马雪山南部的考察任务，积累了不少经验。老龙——龙勇诚——希望我们能继续完成西藏鸿拉雪山滇金丝猴种群数量的考察任务。

当时，保护区只有我和钟泰两个人在做种群数量调查，虽然我们缺乏做科学研究的基础知识，但工作的热情大得能把自己点燃。我们的目光跨过云南省，来到了西藏自治区的鸿拉雪山，鸿拉雪山在芒康，毗邻白马雪山，地跨两省。得知这个区域有滇金丝猴，我和钟泰决定跨省寻猴。

当时我们只能借到一辆摩托车，那是一辆从捷克进口的佳娃（Jawa）350，笨实、沉重。两个大男人挤上去，再挤上一包又一包的行李，这个庞然大物加上两个实心实肺的小伙子，厚墩墩的背囊，实打实的锅碗，一路轰响，霸气横溢。

到了芒康县一个名为徐中的区，我们向区长汇报工作，又拿出昆明动物研究所的调查介绍信。区长喃喃地说："噢，是汉字。我们整个区只有一个人懂汉字，但他今天回家了。"我赶紧跟他解释来意，把他从未听说过的滇金丝猴说得天大，半小时后，区长同意我们上山了。

第二天一早，我和钟泰刚采购完，一个中年藏族人气呼呼地找来了，"听说你们要上山找猴子，谁让你上山的？"

"区长同意啦！"

"国家把保护这座山的权利交给我了，区长说的话能管用吗？这个山，我说了算！"

我们那时只是二十来岁的小伙子，哪能入得了人家的眼睛。我们连连道歉，又拿出介绍信，对方还是干脆地回绝："我看不懂汉字，你们两个必须去芒康县林业局办手续！"

一句话就把我们支到一百公里开外，我们悻悻地跨上摩托车准备再次上路，却转念一想，还用去吗？真去了，谁又把我们两个毛头小伙子当回事儿！我们决定，干脆绕道盐井，从盐井再翻到鸿拉雪山的背后。

这样一绕，摩托车又轰然行了一整天。如今想来，自己都觉得好笑，不让我们上山，就绕四五天的路，从山的背后还是要上山，放到今天，只有两字奉送——傻瓜。

两个傻瓜到了盐井，本着能省则省的原则，直接住到钟泰的亲戚家，省了住宿费，还省了雇骡马上山驮行李和给养的钱，钟泰的亲戚会赶骡马送我们上山。

钟泰虽然和我们在一起时只说藏语，不过仔细听他说话，还是会发现他的藏语有些微小的口音。钟泰是纳西族，家在滇藏交界处，和丽江、香格里拉的纳西族相比，他们这支纳西族无论穿着还是习俗都有很大不同。据说，滇藏交界处的这支纳西族历史上是因征战留下来的，从地理位置来说是被藏族所包裹，所以，这支纳西族的藏话说得比纳西话好，生活习俗也基本藏化了。

走进钟泰的亲戚家，内部装饰和藏族人家一模一样，感觉不到丝毫纳西色彩。更传奇的是，这个村子不仅被藏化，村民更被教化成了天主教徒。这里的人不仅每个周日要去礼拜，还起了西方名字，钟泰的奶奶就叫玛丽亚。不过，到了钟泰这一代，历史大河又改变了他们的信仰习俗。但当时我对这些历史民俗没有任何兴趣，满脑子都是“明天要上山找猴子”。和主人商量好，可以找两头骡子送我们到山腰后，我就催着钟泰早早睡下。

第二天一早，男主人赶着骡子带我们上山。脚下澜沧江蜿蜒而行，视野中可见片片小方格田，或绿或黄，排列出一种错落的美感。男主人指着一片小方格说这就是他家的盐田，送完我们，他还要赶回去收盐。

盐井的盐，也是我童年记忆的一部分。每年都会有来自盐井的人驮着盐巴来到江坡村，他们眼巴巴地用盐巴换回青稞，以此养活全家。盐井的盐是白色的，好换粮食；而盐井对面的加答村，盐是红色的，大家都嫌弃里面掺的土太多。加答的人来了，都要先找到自己的亲戚带着，然后背着盐巴袋子一家一户地串门，央求着：“这是我的亲戚，这么远背盐巴过来也不容易。”

就算这样，他们驮来的盐巴也还是换不完，只能放到亲戚家，每隔一段时间，亲戚就会苦着脸央求大家再换点……

这就是自小盐田留给我的印象。但当时到了盐田边，儿时回忆却并没有勾起我一丝去看的欲望。直到足足二十多年后，这里成了全国闻名的旅游地，我自己也多次过来摄影采风。经过镜头的过滤，盐田在安静中穿透出远古般的原始力量，具有粗粝的审美魅力。

这和一个人的成长有关，当阅历增长，学识增加，眼中所见并非只是简单的山和水。但当年的我，眼光短浅，全心惦记的只是快点找到滇金丝猴。

上山途中，我们还看到一个傲立岭上的奇怪建筑，藏式风格，却顶了个巨大的“十”字。送我们的人说，这是他们的“拉康”ལྷ་ཁང་།，藏文直译为“神的房子”。“拉康”在藏区遍地都是，只要是供养佛的房子都有这个称呼。多年之后，我才知道此“拉康”非彼“拉康”，盐井的这个，是西藏自治区唯一保持至今的天主教堂。

后来，我每到盐井，必会到这个教堂，让自己安静地坐上一会儿。我没有改信基督，而是任思绪飘到一个遥远的时代——那个滇金丝猴被发现的年代。

这座西藏至今唯一矗立着的天主教堂，它的建造者之一正是滇金丝猴的发现者毕天荣。而这座教堂建造的同一时期，滇金丝猴也在这片地区被发现了。滇金丝猴的模式标本，一个来自我和钟泰的家乡，还有一个就来自这里，它们至今被珍藏在巴黎的法国国家自然历史博物馆的地库中。

我深知这个地方的偏僻，还有藏族人对自己的藏传佛教的执着，那究竟是什么使得毕天荣以传教士身份远渡重洋，跋山涉水、九死一生地来到这里，并和滇金丝猴这个物种结下不解之缘？

滇藏古道上，尘埃般飘散着不少前人的未解之谜，传教士毕天荣也是其中之一。我们已经找不到有关他的详尽文字记录，无法得知他远离家乡在藏区几十年的心路历程，只知道以他名字命名的动物并不只是滇金丝猴，还有当时一些欧洲的“植物猎人”和“动物猎人”曾专程拜访过他。他的三个兄弟也都做了传教士，一个在当时的满洲去世，另一个也来了藏区，还有一个在缅甸英年早逝。他们的外甥埃德蒙·阿罗古（Edmond Haraucourt）是法国著名诗人，他最著名的诗句便是：“远行，便是一部分自我的死亡……”

如今，我和钟泰也走上这样一条不自知的朝圣路。

这次鸿拉雪山的调查一共步行了十五天，钟泰的亲戚只送了半天就回去了，所有锅碗瓢盆、粮食、望远镜、照相机又都背到了我和钟泰身上。之后我们走了整整三天，才到了原始森林边缘，接着又是十几天的密林穿越，但还是一根猴毛都没有见到。不过，通过和牧民谈话，我们大概了解到当地的滇金丝猴分布。十五天的艰辛换来的成果并不大，好在我和钟泰都早有预料。

从鸿拉雪山回到白马雪山保护局，我和钟泰也完成了历时四个半月的考察。那个时候工作没有任何量化或者考核标准，但我们自己心里有个工作表：连续工作四个半月，所有调查花销加起来不到三千元，没有一次花钱雇用当地背夫和向导，尽管我俩有权自由支配调查经费。

四个半月，虽没有遭遇滇金丝猴，但我们对滇金丝猴的认识进了一大步。

这首先要感谢各地的老乡。每到一个地方，我们就和当地人拉开话匣子，离开的时候心里基本就有了谱。考察结束，我们已经能够综合各种因素，判断一片林子是否具备滇金丝猴栖息的自然条件。其次，要归功于滇金丝猴的粪便，粪便留下了丰富的信息。扒开粪便，如果里面全是黑色的，粪便呈黑色珠盘状，说明滇金丝猴吃了黑松萝；如果粪便呈绿色条状，说明滇金丝猴吃的是植物嫩芽。粪便还有干燥和湿润之分，相当于记录了猴群经过的时间，但是要注意，在潮湿的天气，即使看到潮湿的粪便，也不能说明滇金丝猴刚刚离开。

我和钟泰看了四个半月的猴粪，成了专家。其实，每个滇金丝猴野外研究者都有一堆猴粪的故事可讲。早在 1988 年，赵其昆老师就根据猴粪分布密度，做出关于猴群生境利用的论文；后来，赵老师的学生崔亮伟也是通过猴粪来研究猴群的过夜行为；再后来，刘之瑾通过猴粪来对滇金丝猴遗传做分析；等到滇金丝猴国家公园建立之后，会通过猴粪来鉴定猴子的健康程度，直到现在还是如此。通过猴粪研究猴子是一个创意，也是一个迫不得已的选择：当见不到猴子而只能见到猴粪时，猴粪就承载了部分研究任务。

白马雪山保护区里也有猕猴，多为普通猕猴、熊猴等。我们一看粪便就知道，哪个是猕猴的，哪个是滇金丝猴的。还有，同属灵长类，猕猴经过的地方就会成为“战场”，青苔、石头，它们都要翻个底朝天，目的是找昆虫吃。滇金丝猴偶尔也会下树吃石头下的昆虫，但却不会留下一整片“垃圾场”。更多的时候它们会在树上，翻开枯树皮，看到夺路逃命的虫子，马上把嘴贴上去，舌头一刷，成了。

我还是头一次进行如此大密度的野外考察，初尝像个青涩果子，入口极酸，酸涩难挨之后，甘甜总会如期而至，勾人回味。这把“贱骨头”，就这么无可救药地上了瘾。

相信很多人有过野外徒步的经历，看到这里，或许会觉得我过分夸大了野外的艰苦。其实，野外旅行式徒步和野外考察根本无可比拟。野外考察时，想要睡暖和的被子，就要自己背睡袋；不想睡地上，就要背上毯子；想吃饭，就要背锅、背粮食；任何生存需求都要靠自己解决。每次野外考察刚刚出发时，我的负重都接近自身体重，要背的东西太多，需要自己生火做饭，需要在原始森林中寻找安全的夜宿地，再自己布置好栖身御寒的被褥……

我和钟泰这次历时四个半月的野外考察，任务是摸清滇金丝猴的栖息地有几群猴子，也能大致估算出每群猴子的数量。完成滇金丝猴考察的前期铺垫工作后，紧接着就要进入下一项：定点观测。

还是由龙勇诚牵头。这个时候我们和龙勇诚已经很熟悉了，他年纪比我们大，我们很自然地称他“老龙”。

新一期的考察还有个新人加入，一个不远万里来华的美国人——美国加州大学的在读博士生柯瑞戈，我们后来叫他“老柯”。他要驻扎在观测点，利用整整三年的考察数据完成博士论文。

按照三方协议，白马雪山保护局将继续派出工作人员全程推进考察工作。保护局领导和龙勇诚理所当然地推出人选：钟泰和我。

1991 年，我的大女儿出生了，农村家里还有年迈的父母、未成年的弟弟。当时我一心想找个离家近点的工作，还向农牧局局长打了调动工作报告书，请求调到家乡的农技站。本以为这将是一个得不到回音的申请，但就在我入选滇金丝猴考察小组的指令下达之时，农牧局的调令也到了。一边是人生中也许唯一一次调离保护区回家乡的机会，一边是整整三年野外考察的艰苦，最终我还是选择了后者，我不想放弃这个一生之中唯一可以见到滇金丝猴的机会！

后来再遇见农牧局局长，他满脸不高兴，我把自己的原因一五一十交代出来。他听后乌云转晴，使劲拍我的肩膀："真是我们藏族好小伙！你有想法、有魄力，我支持！人就是要干事情，以后有任何事情都可以来找我！"

我是幸运的，人生中遇到很多实在人，一语投缘，芥蒂全消。

很快，我们等来了美国的老柯。老柯个子很高，头发棕黄，毛发很重，留着络腮胡，中文说得别别扭扭。我们叫他"老柯"，其实他很年轻，只是长相有点显老，再加上他又一脸络腮胡。我们几个和老柯站在一起，立刻成了小矮人。我们"中方"的领军人龙勇诚是湖南土家人，他行动灵活，体态精悍，但个头只到老柯肩膀处。

昆明动物研究所的老龙，还有钟泰、我、向导培楚，四个小矮人带着一个高大的老柯，又踏上了去白马雪山的路途。

昆明动物研究所和加州大学签订了三年共同野外考察协议。老柯只是个正在攻读博士学位的学生，他到底能为滇金丝猴这个物种带来什么样的发现仍属未知。不过，这是人类历史上第一次对滇金丝猴展开系统研究。我们要做的是长期野外跟踪监测，希望通过长达三年的野外考察，收集第一手资料来研究滇金丝猴种群生物生态学的习性。

三年定点野外考察，要做的第一件事情就是建观测站。建站点选在龙勇诚和钟泰第一次看到滇金丝猴的地方，海拔 4300 米，够高的！香格里拉的海拔才 3280 米。作为藏族人，我非常清楚等待我们的考察会有多艰苦，但滇金丝猴经常在这个海拔高度附近出现。另外，选址时还要考虑物资运输的便利。那个时候，羊拉公路还没有修，从 214 国道边有一条简易小道可以通到附近的村子，再徒步走到我们选中的这个营地，总共需要三天。此外，离营地徒步两天的地方还有另一个村庄。综合来看，这个营地是当时所有选项中交通条件最为便利的。

为了写这部分文字，我回头寻到当年的日记：1992 年 5 月 2 日，我们雇了骡子队，装上建营地所需要的东西出发了。雇的骡子足有三十五匹，这还不算我们身上人肉背起的东西，建房子的木料也不在其中，到时会全部现场取材。骡子队老板爱惜自己的牲畜，骡子驮的东西稍多一点就喊“重”，早上起得稍早就喊“累”，完全失去了老马帮的任劳任怨。我和钟泰看着着急，我们也是茶马古道上长大的孩子，反倒显得比马帮还在行。早上，我们发现马帮提不起劲头给骡子装驮子，我和钟泰就你一头我一头，“一二三”地搬了起来，上驮的速度比他们快了不知多少倍。马帮看着欺负不了我们，心里哪怕一百个不情愿也得上路。

三天之后，我们才走到未来的营地。这是冷杉林中突然出现的一小片空场，也许曾经做过高山牧场，后来因为海拔偏高而被废弃了。从空场往前远望，可以看到群山和密林，从背后爬上去，不远处就是一个高山垭口，翻过去又是一片原始密林。空地往下走十几分钟，有一个当年牧人挖出来又废弃了的水坑，清理之后可以满足营地的用水需求。作为观测滇金丝猴的野外营地，这块地方完全符合要求。

我们刚到就开始建造营地房屋。从方便角度，我们选择建当地人的木楞房。几根木头竖起来，几根木头横起来，穿插钉牢……我们的木楞房建了九天，而同等规模的藏式土夯房则需要二十天以上。而且我们建得太快了，想着只是给三年考察建个挡风遮雨的临时场所，有的木头缝隙足有半米宽，就直接用厚厚的塑料布钉在上面。门、窗、墙壁都是用塑料布做的。从舒适角度来看，木楞房并非好选择：冬天冷得彻骨，天暖时，太阳稍微打得猛些，屋里就闷得受不了。

走进我们的住所，两室一厅。一厅是公共空间，兼具厨房、饭厅、会客厅及烤火室等功能；一室专门留给老柯，是他的卧室兼工作室；一室属于我、钟泰还有老龙，一张长长的通铺。老龙同时还在做滇金丝猴分布的调查，要去很多地方考察，不经常在这儿。

还有那个废弃的水坑，我们用简单的材料围了一圈又一圈，做成一个水台。水台旁我们可以烧香敬佛，水台还可以让周围的动物来解渴。

我的日记还记着：进山为 5 月 2 日，出山 12 月 13 日。中间除了下山采购，我从未回过一次单位，也没回过一次家。

长期调研、滇金丝猴、深入、科学……这些关键词在考察之初曾是一幅幅绚丽诱人的图画，后来很快就变得枯燥、多刺，甚至对我们的身体造成了终生的伤害。

考察还多了一个朝夕相处的“老外”。相处三年，一言难尽。刚刚见到老柯时，我满心欢喜，认为这是天赐的学生物和英语的好机会。我特意带了本英语词典，还每天自学生物学知识，记读书笔记，下定决心不能错过这个学习机会。但是，老柯绝对是“世界”上最难相处的人之一。这个世界当然仅指我熟悉的世界，藏族人的世界是传统社会，一个村子的人七拐八拐都沾亲带故，相互之间和气为上。而老柯就是个美国空降兵，语言、生活方式、思想、原则，方方面面都和我们差别巨大，再加上我和他脾气完全不投，日子过得相当憋屈。

老柯难得一笑，板着脸，中文不好，基本交流都困难。除了工作，他干脆和我们保持零交流。不过他有自己的身体语言。出野外时，我和钟泰一般不希望和他同行，而希望由我俩把所需数据带回来。因为走的路有时会有悬崖峭壁，他一个外国人到高原，呼吸都困难，走路拖后腿，还要人时刻担心他的安全。但一个选择孤身来到异国做野外调查的人，总是有傲气和倔强的，有时他会坚持自己也去爬山。每每出发前，一个巨大的包会出现在我和钟泰的屋前。没有一句话，但意思明确：背着它，再带上我！

白马雪山保护局、昆明动物研究所及加州大学三方联合签订的协议中，白马雪山保护局负责派出人员，帮助完成调查任务。根据协议，我和钟泰的职责相当于研究助理，而非背包的小工，也不是打水、生火、做饭的仆役。同样是研究员，龙勇诚就会主动担起很多生活琐事，可惜他没时间常留山上。

这是我们在山上工作的第一个年头，做得最多的工作还是建站。我和钟泰也到山里找过几次猴子，但都空手而归。

时间很快进入10月份，我们已经连续四个月只吃最基本的米饭或稀粥了，只有刚刚采购完食物时才会尝到蔬菜的滋味。睡的是潮湿的铺位，永远黏在身上的睡袋，再加上让人透支的重体力劳动……身体的贫瘠，带来了心理的极度焦虑，但又不想和人诉说。钟泰一天比一天沉闷，那塌陷的脸颊和郁闷的神情都告诉我，他内心的煎熬并不比我少。而他选择了克制，并没有向我诉苦，我的心理垃圾自然也不能向他倾倒。

很快，第一场雪落下了。轻盈洁白的精灵在山中飞舞，这是我心中的生日。我告诉自己：今天就永远告别二十四岁，迎来二十五岁了。年岁在增长，家庭和单位的任务越来越重，而我却一事无成，傻乎乎地放弃了农牧局那么好的工作，还憋在这个该死的山里搞什么该死的研究。这一天，我又一次想起了远在家乡的妈妈。我独自躲到岩石背后，无瑕的雪花是我唯一的倾诉对象，我祈求妈妈身体健康，不要总惦记我这个不孝的儿子……

小雪逐渐转成大雪，天气越来越寒冷，时间也已转到 12 月。在一片冰天雪地中，营地终于建成了。大家决定下山修整。

再回到山上是五个月之后了。我们又赶了二十五匹骡子，运上来几乎一年所需的物资。三天后我们回到营地，远远看到一个空荡荡的木头房子。所有人似乎都愣了一下：半年没见，我们的营地怎么看起来这么单薄弱小，还不如一个普通牛棚结实。也许是之前的漫长等待已将它理想化了，落差之下，还要面对眼前这个简陋的营地——我们未来两年的“家”！

走进营地，心彻底凉了。屋外还有积雪，屋里却灌进了整整一冬的雪，积雪压实又冻住，雪高及腰。看来住不成了，大家齐力铲雪，三天后，我们把雪和冰请了出去，小屋才渐渐有了人的温暖。

靠边最“气派”的屋子留给老柯，他把各种仪器小心翼翼地“请”了进去，还有一台当时极为稀罕的电脑，装上太阳能充电设备。墙上挂一幅当地的地形图，未来这幅图将布满各种颜色的标记，标示出滇金丝猴的活动范围。老柯布置完自己的工作间兼卧室，还宝贝样地拿出一卷画，郑重贴到床头，居然是一幅老印刷画——“向雷锋同志学习！”一个老外把这样一幅画不远万里地带到海拔 4300 米的地方，这是什么精神？我们的好奇心被老柯磕磕绊绊的汉语阻断。这一幕成了围绕老柯的永远解不开的谜。

最中间的房间由于靠近烧火的屋子，经常充满烟火气，就成了我们几个的卧室。除了床，连一张桌子都没有。三年来属于我自己的空间、我的“安全角落”，就是我睡觉的那张床铺，下大雪的时候躲在床上看书，晚上躲在里面打着手电记下几行日记，还有在漫漫黑夜中暗暗流下眼泪……

木楞房空间有限，我带的私人物品简而又简：一双姐姐亲手织的毛线袜，绿色的；五件衣服，轮番穿，到了冬天就一层层都套在身上，最后全部光荣地被穿烂；十双军绿色解放鞋，后来才知道准备得远远不够；两个日记本，将有一整年都无法回到德钦，两个本子都要节省地写；两本书——《钢铁是怎样炼成的》和《英汉词典》。

这就是我们的“家”，乍看很粗糙、细看全是洞的木楞房。外面一圈木栅栏，防止牲畜和野生动物不期来访。往左走，爬上坡，在一片密密杜鹃丛中走一个小时便豁然开朗，再往上就是高原林地特有的景色——高山流石滩。

这条路，三年来走了无数遍。刚开始，我和钟泰还想仔细找出低矮杜鹃丛中最短、最省力的路径，没想到，日复一日地寻找，我们脚下很快显现出一条“路”。之后，任何人上山都可以轻松循着这条清晰的道路前进，不用担心会迷路。山里的猎人会寻找动物走出的“鹿道”“熊道”，而我们在营地附近几十公里范围内留下了一条条这样的“人道”。

我们走出的“人道”还有：背水的道，到周围最近的高山牧场的道，到人字垭口的道……世上最难忘的地方不是靠眼睛认识的，而是靠双脚。三年下来，这片山水早已刻进我们的脑子里。现在再回去找猴子，哪里有岩石，哪里有高树，哪里可以找到水源，哪里可以临时宿营，哪里在哪个季节滇金丝猴出现频率最高……毫不夸张地说，我至今还可以背出这个区域三天路程内的所有巨石、高树、悬崖等等标志性地点。三年的时间，我们在这个只有猎人和挖虫草的人才偶尔光顾的密林及流石滩中，走出了一幅属于自己的地图。

和很多人的想象不同，我们藏族人也许天生比生活在内地的人的肺活量大一些，但我们滇藏交界处的藏族人多在海拔 3000 米左右生存，并不是择高而居。我的家乡江坡在海拔 2700 米处，海拔 4000 的地方只有夏季放牧和挖虫草的人才会到，而海拔 5000 左右的地方只有猎人偶尔会寻到。高海拔地区行走对体力挑战极大，有的坡又陡得好像要直立起来，迈上一步，全身气力就抽干了，喘口气，抽上点劲儿，赶紧再迈一步。高原的路，连我和钟泰都走得气喘吁吁，更别提来自美国的老柯了。

走的山路多了，连老龙都学会了一句藏族谚语："慢慢地走吧，驴子都能走到拉萨去。"最艰苦的时候，何尝不是这句话激励着我们往前挪一步，再挪一步。

野外行走，也要和野生动物一样，感受大自然的所有风云变幻、风霜雨雪。

有一次，我们找猴子已快十五个小时，又遇到一场大雨，回到营地时已累得脱了形，满身的寒气还直往骨头缝里钻。我强撑着从墙根拖过一个塑料瓶，倒上一杯，独自享用，那是我们藏族人喜爱的青稞酒。记得采购的时候，我想要买两个塑料桶的青稞酒，老龙、老柯和钟泰都不同意，最后从两大桶减到一小塑料瓶。

清洌的酒划过喉咙，身体内一片干涸的大地顿时滋润起来。

"啊……"我眯起眼睛享受，睁开眼睛却看到了老柯充满馋意的脸。

"我……"老柯带着点儿不好意思。

我豪爽把酒杯递了过去，老柯破天荒地不嫌脏了，快速抿了一口。"啊……"，同样的生理反应也在他身上应验。

从此以后，我们的野外必需品里就名正言顺地有了青稞酒，纯正藏族人酿制！

还有，滇金丝猴！

安顿好了，就要进行第一次寻找滇金丝猴的长征了。首先需要掌握适合滇金丝猴活动的区域。当时龙勇诚和老柯用英语商量了很长时间，看了半天地图，最终确定了首次考察的路线：崩热贡卡—嘿该顶—南仁原始林—达日洪保—阿木咕噜—达永，一个大圈，十五天走完。除了实地调查，还要做村民访谈，最主要的是想发展一些“关系户”，方便以后借宿，缺粮时也好就近下村补给。

尽管此前我们已进行了四个半月的前期摸底调查，在1992年建营地间隙，也多次去野外寻找滇金丝猴，但是猴子会出现在哪里，仍然是个谜。猴子肯定有，但它们也许是世界上最警觉的动物，有着最敏锐的嗅觉、触觉、听觉、视觉，全方位地避开人类。我们开始注意行路时的落脚声，洗去身上的汗味，努力学着隐去身上一切“人”的痕迹，猴子却还是渺渺山中无踪迹。我们的野外研究规定严格，每个月有十五天做猴子研究，十五天做植物样方。在属于猴子研究的十五天里，即使没有见到一根猴毛，也要不停地寻找，承受一次又一次的挫折。

我和钟泰着急，老龙也着急，老柯更着急。浓浓的愁绪笼罩着营地：不会三年考察下来，一只猴子都见不到吧！

4月3日，一个在我生命中无法抹去的日子。我和钟泰找猴子又十一天了。耳边突然响起一个奇怪的声音，似乎是动物的尖叫声，我和钟泰对视一眼，立刻蹲下隐藏身形。从没听过的动物声音，但愿不是什么猛兽。声音渐近，叫声频起，还伴着一阵折断树枝的声音，一群动物嘈杂的声音。接着，一群黑白点旋风一般出现在我们眼前，它们在树枝间奔腾跳跃，还朝我们的方向望了望，黑白中夹着红点，紧接着，又旋风般从眼前骤然消失。

猴子！

我不可置信地望着钟泰。一向沉稳的钟泰也“飞”了起来：“追！”

全速跑！第一次不觉得背包沉重，可惜我的脚跑不过我的心，我的心更跑不过猴子。我全身血液沸腾，猴群的声音却完全消失了。我和钟泰调整呼吸，努力把心波调到细微，细到似乎能听到石头被寒冷冻裂的声音，但那些吼声、折断树枝声，还有集体迁移的嘈杂声，却还是神秘地一股脑儿消失了！

进入保护区整整十年，今天第一次亲眼见到滇金丝猴。激动过后，我只剩下满脑子的谜。我目测这群滇金丝猴有三十只左右（后来证明比实际少很多）；它们应该是集体化生活的，像猕猴一样，有猴王发令，不然不会同时出现又同时消失（后来证明只对了一半，滇金丝猴并没有猴王）；最让我百思不得其解的是滇金丝猴的行进速度。它们如果总像今天一样身手敏捷，我们以后的研究可怎么办？用惊鸿一瞥做动物考察数据？它们难道不吃东西？不消化？不睡觉？

后来，老柯的数据分析结果显示，滇金丝猴的年家域面积超过 20 平方公里，多年家域面积可达 50 平方公里，在所有灵长类中都可算“善跑型”。

我和钟泰回到营地，把遇到猴群的消息告诉老柯。第二天一早，他就和我们再次上山。我们三人在发现滇金丝猴的那个点上整整住了五天，把附近的森林翻了个遍，也再未见猴子的踪迹。

猴子当然有。此后我在野外见到的滇金丝猴多到不可计数，最近距离只一臂之隔，滇金丝猴也成为我生命中最重要的野生动物，负载了我最复杂的情感和我生命的年轮。而近年，滇金丝猴和人类的距离越缩越近，看到滇金丝猴成了件无比容易的事情。这时反而会觉得，对于滇金丝猴而言，人类完全看不到它们才是一种幸福吧，证明了人类对自然的侵占还没有逼近它们的家园。这种幸运是对滇金丝猴的，也是对人类的。当然，这是后来的想法了。

野外寻猴半年后，找猴失败次数还是很多，但跟踪到猴子的成功案例也增多了。我和钟泰发现了些许规律，凭经验知道在什么样的天气条件下该去什么样的地方寻找，还有一点非常重要——猴子不是追出来的，而是靠经验等出来的。

滇金丝猴非常警觉，疯狂地追在它们屁股后面，只会促使它们飞快地消失。而且，滇金丝猴是在树间奔腾跳跃，它们眼中只要有树就有路，而人类则要“脚踏实地”。我们追猴子经常会追到万丈深渊，只能悬崖停步，眼睁睁地看着猴子远去。

因为食物的原因，猴子需要迁徙。直到现在，人类还不明白它们迁徙的路径及迁徙速度不同的原因。有时候，猴子会发疯般地赶路，一路叫，一路折断树枝，好像这个地方马上就要天崩地裂。而我们找遍整座山林，也找不到任何足以威胁它们的因素。有时候，它们又走得很安静。有一次，猴群在我们正对面的山林，突然悄无声息，我还纳闷猴子怎么这么快就午睡了，它们却忽地在左边山头冒了头，我赶紧叫上钟泰去跟，还没下到山腰，猴子群已悠然出现在另一座山上，完全是“来无影，去无踪”的高手。

谁都说不准猴子的行程，跟踪全凭运气。每个月十五天的滇金丝猴观测中，最理想的状况是第一天就看到滇金丝猴群，之后十几天内尽量零打扰，不让它们感觉到人类的存在。猴子所在的地方要食物充足，还要它们心甘情愿只留在一小片地方……如此多的条件，所以追猴的十五天里我们经常只能跟到三四天。白天完全隐藏起来避免打扰它们；晚上只有等它们睡熟了，才赶紧吃饭，随便缩在一个地方睡上一觉；清早在它们醒来之前，要再次把自己掩藏起来。

每月有十五天做猴子观测。通常，我们跟踪到山对面的滇金丝猴群，这时我们便不会再冒险往前逼近。我和钟泰会小心隐藏，轻轻拿出望远镜和笔记本，以十五分钟为单位记录它们的行为。

看猴子，首要问题是分清哪个是公猴，哪个是母猴。可刚开始观测的时候，镜头里看上去全是黑白的点，刚刚觉得某一只有些威猛，也许是公猴，它只需轻轻一跳，便跳出了望远镜的边框。唉，还要重新找。

我这种暴脾气的人，很快就失去了刚开始看到滇金丝猴的兴奋劲儿。好好一个大男人非要紧紧盯着猴子，它们能有什么花样？一会儿跳来跳去，一会儿傻傻蹲在树枝上，剩下的行为就是吃和睡。它们居然每天睁开眼睛就吃，直到闭眼睡觉，一直就在吃吃吃！睡觉的时间也长，上午十一点就开始午睡，有时甚至睡到下午三点半，晚上天一黑又接着睡。这样的生活，让我窥看都没兴趣！

看得实在枯燥无聊，我的眼神落到钟泰身上，决定还是跟好朋友耍耍赖："你来看吧，我受不了啦。"我们只有一架望远镜，按规定要平分观测任务。

滇金丝猴看多了，我们渐渐能够分清楚公猴和母猴了。

公猴个子大，肌肉结实，发起力来整个树都晃三晃。它最经典的动作是感受到威胁时，会努力把嘴咧开，把最尖利的两颗牙使劲亮出，如拔剑出鞘。

母猴一般来说个头比公猴小得多，整个线条都柔和下来。母猴姐妹情深，经常看到两只或几只母猴黏在一起。城里的女孩如果要好，就泡在一起逛商场；雌性滇金丝猴则互相你给我理毛，我给你理毛。

还有小猴，它们是猴群中的活跃音符，攀爬跳跃的本事还不强，莽莽撞撞，一跳一跌。

在观测笔记中，公猴的简写记录代号是 M（英文 male 的简写），母猴要记 F（英文 female 的简写）。我们学到的科学记录方法是要以十五分钟为单位，记录它们的全部行为，比如，睡觉要写 SLP（英文 sleep 的简写），理毛要写 G（英文 grooming 的简写）……

记录工作很枯燥，需要细心和耐心。我和钟泰从来没有偷过懒，从来没有为了舒服地休息一会儿，就根据经验胡乱编造数据。

另外十五天要做植物样方。白马雪山保护区内的植物区系多样。这里覆盖着整个中国西南山地罕见的大面积原始森林，维管束植物 167 科、627 属、1835 种，其中，白马雪山特有植物就有 11 种。做植物样方并非大海捞针，还是要严格围绕滇金丝猴做文章。我们做的十五天滇金丝猴追踪观测更多是为了研究滇金丝猴的行为，而十五天植物样方研究则是希望通过研究滇金丝猴的食物及栖息地利用状况，来解开滇金丝猴的谜团。

研究刚开始时，我们甚至不知道滇金丝猴到底都吃些什么。分析几个月的观察数据后，我们才得出肯定的结论：滇金丝猴的主要食物是松萝。

松萝，地衣属，是一种寄生类植物，喜欢附生在云杉、冷杉的树枝上。海拔低的松萝为浅绿色，长长地挂在树枝上，风一吹就飘扬起来，为森林增添了不少浪漫。而滇金丝猴爱吃的黑色的松萝，长在海拔更高的地方，短短地裹在树枝上。如果说低海拔的松萝像老人的苒苒长须，高海拔的松萝就是中年人的茂密胡须，两者质感相差甚远。后来我判断一张滇金丝猴的照片是否在纯野生环境中拍摄，只看松萝就够了。

吃黑松萝，滇金丝猴可是熟练工种，它们完全一副机械化操作的架势：一只手拉着树枝保持平衡，另一只手不停地抓起松萝往嘴里送，手和嘴配合协调，忙而不乱，还能剩些精力四下张望。滇金丝猴有着旺盛的食欲，早起天才蒙蒙亮，睁眼第一件事情就是吃，不停地吃，持续地吃，一只胳膊吊在树上，颤巍巍地还在吃……一种野生动物的原始本能中，吃占了多大的分量啊！

看着滇金丝猴大快朵颐，我和钟泰饥肠辘辘，但搜搜包，带的食物中，米需要生火做熟，只有点糌粑凑合解解馋。可惜身边没有水可以用来合成糌粑团，我俩就仰头倒入糌粑粉，被呛得要打喷嚏，可又害怕吓跑滇金丝猴，只能把快涌出鼻子的喷嚏生生压回去，脸憋得通红。都怪猴子，馋我们。

围绕滇金丝猴的食物，我们做了很多植物样方。当观察确定松萝是滇金丝猴的主要食物后，我们又围绕松萝做了不同海拔、不同栖息地的植物样方。为了确认一棵树可以寄生多少松萝，我们锯倒了几棵大树，还雇了山下村子的老百姓和我们一起捡出松萝，集中起来称重量。七八个人忙了一个星期，才完成了这个“大工程”。

滇金丝猴有迁徙的习惯，它们不会把一片山林的黑松萝全部吃光才离开。它们“贪吃”却“勤快”，整个猴群边吃边挪地方，等转了一圈再回到之前那片山林，松萝又恢复了——真正的“可持续性利用”。

研究黑松萝是从滇金丝猴的食性入手，我们还想研究滇金丝猴生境的植物，那就需要做一个区域的整体植物样方研究。

首先要“拉线”。一根白线拉出去是一公里，要拉出四根，框出一个一平方公里的面积，框里做出来的调查就成为这个区域的样本。但是大山并不平整，一会儿上一会儿下，想要拉出一个平整的一公里白线并非易事。我眼力准、脚力快，最后拉出的直线让所有人都佩服。

我还锻炼出一个本事：数树叶。也是先用眼睛测量出一个“方框”，数方框内的树叶数量，然后估测整棵树有多少个这样的方框，再做乘法。我数起树叶来通常很有成就感，常常乐此不疲。

有时也会想，等有一天我出了山，跟别人夸耀自己的本领：能在任何地方拉一个几平方公里的白线框框，能数出任何一整棵树的大概树叶数量，会不会被送进精神病院?

每天都有干不完的事情，钟泰和我都沉浸在高涨的热情中。

工作中常常攒了一肚子的问题，可惜只能等老龙上山时才可以提问探讨，和老外老柯无法交流。其实零交流已是幸运，我最讨厌当自己全身湿透，拖着疲惫的身体回到营地时，他还要满脸怀疑地问：“你怎么回来得这么早！工作真的完成了吗？”我的个性本来就火爆，再加上在野外几乎每天都要工作到体力透支，回来半点安慰没有，还要被怀疑偷懒！一来二去，我和老柯成了一对不投脾气的“冤家”。

钟泰稳重老成，可以做到和老柯相安无事。他们之间经常会出现这样的工作场面：老柯记着笔记，钟泰盯着望远镜，对着远处的滇金丝猴群："第一个家庭一只公猴、四只母猴。"

老柯一边郑重地问："能看到今年生的婴猴吗？"一边笔头大动，时而陷入深深的思索。

在耐心和细心方面，钟泰比我高出不少，他也是我和老柯之间的黏合剂。如果这个小团队没有钟泰，我肯定早就忍不住委屈，坚决退出了。

我和钟泰每次出去做调查时都极力避免带上老柯，因为加上他就意味着要给他背包，照顾他的生活，工作量多了三倍不止。但不要小看老柯，一个能到地图上看都看不清的滇藏交界处工作的美国人，意志必定极为坚强。他识破了我们常常想"甩开"他的心思，每隔几天就坚决要求和我们出野外调查。而和他一起工作，我总是会乱中出错。

我的日记中浓墨重彩地记录了一天——1993 年 6 月 12 日。这一天，我们带着老柯走到一个几天前猴子才出现过的区域，本来信心满满，但走了半天仍然没有找到猴子，老柯的脸色渐渐变黑，照相机也被他气呼呼地收到包中。

行至一处悬崖，前方已无路可走。我和钟泰把背着的大包放下，想先踏实下来再仔细找猴子，可老柯一屁股坐到地上，眼看着就要冒出一串中英文混杂的抱怨话。这时，钟泰突然蹲了下来，顺着他的手指，我们望向对面山上：猴子！

此时正是上午猴子的活跃期，只见它们两手翻飞，不停把松萝送进嘴里，小猴子们聚成一片跳跃的灰白点……

当时我们与猴子的直线距离不过 70 米，这在我们三年的调查中都属于非常难得的近距离。我们在山这边突出的悬崖上，猴群虽然已经发现了我们，偶尔冲我们这边张望，但两山间沟壑的保护，让它们又放松地转回头吃东西了。

我们三个都看得兴奋，老柯示意我取回他的包。早些时候他感觉看猴无望，就把包留在旁边的杜鹃丛中。我慢慢后退、提包，突然发现包的拉链居然大敞着，还没等反应过来，一个黑黑的大家伙就从包中溜了出去，摔到笔直的悬崖下，那是老柯的照相机，上万块！

我吓傻了，就算是悬崖也要下去找。手和脚死死抠住山石，心中一直默念“教、松、青”（藏文：佛、法、僧），等看到照相机时，我连眼睛都不敢睁，先拉过来摸了摸，居然不是碎片！又睁开眼睛仔细看，真的没有任何损伤！照相机居然在半空中挂到杜鹃花的树枝上。我躲过了一劫。

相机事故后，也许老柯还觉得不过瘾，又亲身上演了一幕“悬崖夺命”。案发现场还是杜鹃林。滇藏交界处海拔 3000 米左右的高山深处可见密密层层的杜鹃林，多年之后，白马雪山的杜鹃林成为《中国国家地理》评出的“中国十大最美森林”之一。白马雪山的杜鹃花全部绽放时是一首交响曲，层层叠叠开出几座山的壮阔。

那个时候我们整日钻林子，已练出浑身绝招。杜鹃林树枝低矮，穿行时需要低头俯身，借助手抓树干的力，与其说“走”，不如说“悠”，一路“悠”着行进，速度并不会降低。我和钟泰已将此锻炼得如同游戏，却忘记老柯根本不会这种“非人类”行进法，总忘记头上的飞来横木。我们一路听到各种铿锵有力的碰撞声，都是老柯顽固的脑骨和上百年老木的亲密接触。他摸着满是血的秃头，自言自语着各式英文咒骂。有一次，老柯直接翻下悬崖，只是一转眼的事，人滚落的速度却是飞快。我听到悬崖后很远处传来一串“F”打头的词语，心下大惊：坏了，老柯肯定摔成重伤。我赶紧下去，等我连滚带爬找到他时，看到的却是一幅宁静的画面：老柯躺在悬崖边上，手擎一朵鲜花，好像在观赏着什么盛世绝品。而细看，他的手肘、膝盖等突出部位已满是鲜血。

这个老外！

我自己也摔过无数次，但从不会有老柯这样的“摔后闲情”。

老龙每次上山，都会带一本厚厚的英文词典，每个晚上在棚子里还会学上一段英文。老龙年纪比我足足大了一轮，看着他还在抓紧每一分钟刻苦努力，我就忍不住着急起来，想起今天又没有学英语，昨天没有好好看书，前天更没有好好写日记……老龙到山上的时候，我的笔记就会热闹上一阵。老龙会教我们英文和科研调查的基础知识，算是我和钟泰的科研临阵指导员。老龙把工作重心放在滇金丝猴种群调查上，滇西北和藏东南的山山水水踏了个遍，基本弄清了滇金丝猴的种群分布。

龙勇诚个子矮矮，在山上能吃苦，爱说爱笑，还会主动参与烧火做饭，和老柯截然相反。我和钟泰也把老龙看成“自己人”，但有一样他和我俩不同：他怕熊。

一个春日，我带他在“达日堡”མདའ་རི་ཕུ的谷底做调研。正是动物们结束冬眠，纷纷出窝觅食的时节，融雪的水沟旁留下几个新鲜的脚印，是熊。我看了习以为常，老龙则喃喃地说：“4 月份熊就开始活动了。”

他这句话我从左耳朵进，右耳朵就出去了。我继续准备晚上的露营。我看中了一处极好的天然暖棚：两棵自然倒下的参天大树，正好搭成一个可以容纳两人的窝，周围还有些经过一冬早已干燥的植物。我把树洞稍微掏了下，又把干燥的箭竹和其他干枝叶塞了进去。我不禁庆幸今晚的顺利，往常我和钟泰往往需要耗费一个多小时才能挖出一个可以搭帐篷的平地，而今天，住的地方得来全不费功夫。

整个人塞进去，遮风避雨，干燥的植物防潮又保暖，恰巧还是寒冷的4月份，如果到了夏季多雨天，这里就会憋闷得无法入睡了。我很得意于自己找“窝”的能力，抬眼却看到老龙脸上挂满了担忧。

他左看右看，突然说：“周围有那么多熊，来了怎么办？”

“来了就拣我们其中一个吃呗。”我答得极轻松。

“我们还是生堆火，在火边睡吧。”

我累得抬不起胳膊，但还是硬撑着站了起来。我俩又找了些薪柴，这回功德圆满，我赶紧钻进窝里，倒下就睡着了。

夜黑风高，我突然被一阵“噗噗”声惊醒，不会真的是……

睁眼一看，乐坏了。“熊”的个头不高，身材苗条，还在一个劲地吹火，眼看火苗要灭，又捡来很多柴火往里填。第二天，老龙黑着眼圈，叙述他为了我们两个共同的安全，如何做了一夜辛苦的“守火人”。

我的“潇洒”也非天生。我和钟泰曾经也无比害怕大型野生动物。

那正是国人开始探险旅行的上世纪九十年代。当时的杂志和电视还曾流行过一阵“野外历险”的故事，各种在荒漠、在高原、在密林、在河滩中，遇狼、遇熊、遇蛇，遇一切危险动物，都会被拿来渲染一番。大自然在被赋予浪漫与远方的角色之后，还要承担吓唬凡人和衬托伟大探险人物的双重功能。

虽然我们已在保护区工作十多年，但谁都没有整日在山林中打转，那些野外的熊和狼的凶猛故事，作用还是很明显。不过，一旦走进大山，即使心里再害怕，也抵不过日复一日负重行走的劳累。我和钟泰走得实在太累，再无精力分心给狼和熊，经常倒头便睡，只求一夜无梦。至于那些熊和狼，真来了，想吃就吃，反正一副臭皮囊，早死还省得再受这份罪呢！早起看到自己没有成为凶猛动物的嘴下鲜肉，胆子也渐渐"练"大了。

白马雪山里，恣意生存在大自然的野生植物和动物，千百万年来早已形成相互依赖又相互制约的生态系统，人在这里反而是孤单的。没有巨大的人类数量在后面"撑腰"，独自单薄地走在茫茫山林中，人的社会属性外壳被脱下，赤裸裸走进天地，就可以遇见**众生**。

野外听到狼嚎再正常不过。一入夜，我们经常听到营地对面山上的狼嚎。听熟后，知道每晚都要朝天嘶叫一番的是同一匹狼，虽然从未谋面，我却突然感觉和它之间有了某种"共情"，也许它的夜晚也如我般凄凄惨惨戚戚，有时突然也想引颈长鸣一声，抚慰这只狼：这世上孤独的，不止你一个……

我和钟泰曾经在非常近的距离遇见一只狼。它来得悄无声息，当我们发现时，和它的距离已远远超过人与动物间的安全距离，这只狼随时可能因感受到威胁而扑向我们。可再一细看，它的步伐摇晃，每迈出一步似乎都做了巨大的努力，最吃惊的是它的肚皮只是薄薄一层，紧贴在腹腔，与其说是在走，不如说在地上蹭。它摇晃着从杜鹃林中出来，见到我们两个"肉块"，却没有任何力气捕食，只是带着浓浓的弱者的自卑，默默离开，承受即将饿死的命运。从那一刻起，我对狼的认知彻底改观。人们多会用"奸诈狡猾"形容狼，可在我的眼中，它只是那个历尽艰难也无法填饱肚子的可怜生灵。

在白马雪山，对任何野生动物都无须过分害怕，因为当你面对它们，你就会发现它们更害怕你！

唯一稍微需要提防些的是熊。熊种类很多，生活在白马雪山的是黑熊，站立个头平均两米。黑熊力气很大，在保护区每年都发生黑熊伤人事件。成年黑熊用巴掌扇人，人的半个脑袋就如肉冻般剥离开躯体。但黑熊袭击人通常只有四种可能性：一是狭路相逢，忽然遇到的熊会因为感受到威胁而发起攻击；二是带着小熊的母熊，为了保护幼子会主动攻击人类；三是受伤又经历了很长时间饥饿的熊，也会主动出击；四是数次被人类干扰而缺失安全感的熊，也会主动攻击人。

我们尊重熊，熊在明面上也给我们留了些面子，可在暗地里又是另一番打算了。

在野外，我们学会了一个重要的生存技巧：藏食物。当我们把整片地区都走得烂熟，每次只要是原路进原路回，都会事先把吃的东西藏在某个树洞里，以减轻后面十几天的背负重量。食物用塑料袋层层裹好，塞进树洞，再用苔藓塞住，遮住味道以防动物偷食。绝大多数食物会原封不动等我们返回，有时则不翼而飞，只剩满地的残碎塑料袋。最可恨的一次，我们从山下藏民手里买回一只鸡，裹上泥巴埋进火坑，就等烤熟后撒上盐巴，享受天堂般的滋味，结果整整一袋盐居然全部被盗，连个盐星都不见。一看就是熊所为，罪证是撕得零星的塑料碎片，只有熊才有如此锋利的爪子。不过我和钟泰也在暗自发笑：不知这只馋嘴的家伙现在在哪里疯狂找水呢！

野外考察的三年，从头至尾相伴的只有钟泰和老柯。毫无私人空间的相处让人窒息。当万千情绪排山倒海般袭来，我们能做的，只是把这些情绪都暗暗压给自己。人的世界中得不到沟通，倒是在和这些白马雪山众生的偶尔邂逅或擦肩而过中，心灵有了舒缓的时刻。

藏族传统文化中，从人类到动物，都带着“索”སྲོག。“索”可以翻译为“生命”。当一个生命逝去，它的“索”也会随之消失。小时候，当我采摘一朵小花时，奶奶也会教训我：“一株小草里面也许会寄生着小虫子，也是有‘索’的。”这和人们常说的“扫地恐伤蝼蚁命”是一个道理。奶奶说不出这么深的佛理，但她朴素的教育筑成了我对生命尊重的根基，白马雪山三年的野外经历又让这根基发了芽。我只是和狼、熊、猴子平等的“众生”之一，一念之间，每个动物的喜怒哀乐很快就在眼前明了。

我宁可相信，自己如同藏族传说中的故事，只是在树下甜蜜地睡了一晚，醒来时便可听懂鸟语兽言。野外的三年正是我脱胎换骨的深深一眠，我在山里的时候便明白：这辈子如果和这些野生生灵断开联结，我将是个被剩下的可怜鬼。

关于野生动物的故事，我可以讲上几天几夜。我可以讲出它们的悲伤，也可以讲出它们的可笑，不过铭记于心的，还是它们的赐予。

每个月做滇金丝猴研究的十五天最辛苦。从营地一出发，就要带上十五天所需的所有粮食，各自的被褥和锅碗，我和钟泰每人背上至少会压上60斤。所以我俩很少带帐篷睡觉，一是因为帐篷太沉，二是我们的野外生存能力让我们随处都能找到露宿的地方，更何况，我们有几个“三星级宾馆”，还有一个“五星级”的！

“三星级”的离营地路程一整天，是当地老百姓高山牧场的一个牛棚，附近很容易找到水源，牛棚虽破却可遮挡风雨，对我们来说已足够评为“三星级”。

“五星级”的就是拜动物所赐了，那是一个看来普通的岩洞。巨大的岩石下端凹进去，像一只慷慨保护的大手，雨水冰霜阻隔在外，我们只管放心躺进去。最绝的是洞里厚厚一层鬣羚的粪蛋，也许鬣羚一代复一代，在这里排泄了上百年，结实圆滚的小粪蛋垫了足足半米厚。躺上去，无数温柔的“小手”就赶过来给你做按摩，身子稍微一动，粪蛋赶紧滚起来，身体各个部位又立刻被“关照”得无微不至，稍稍一压，“哗”，粪蛋下去了，再稍稍一抬，“哗”，粪蛋又平了，酥麻的感觉直钻到骨头缝里。粪蛋还吸潮，睡上一夜，长期露宿在外带来的风湿关节痛全都消失无存。鬣羚的粪蛋，简直比任何高科技都灵验、舒服。

睡觉前我们还会把水壶吊到洞口上方。一觉醒来，石头上“主动”渗进的水就足够我们烧上一壶茶了。而要是在其他地方，这个时候正是我和钟泰“打架”争抢着去打水的时刻。

每次回到这里，就好像一个历经风霜的苦行人终于回到有妈妈的家，被慈爱地照顾，心神松弛。

我们把这样的住宿地称为“五星级”，很多人也许不理解，甚至会认为是在美化野外生活，这是因为不了解我们真正的野外生活。

滇金丝猴野外考察，每天最痛恨的不是变化无常的天气和陡峭的悬崖峭壁，而是背上永远死沉的大包。野外寻猴十五天，就要把家背在背上十五天。巨大的体力消耗可以咬牙顶住，但是人的脊柱却不由人的意志做主。我和钟泰经常疼得晚上直不起腰，到了白天依然要背起大包上路。因此，减重就成了第一关注点，我们一笔笔“斤斤计较”着：锅碗瓢盆，再轻也要算 5 斤；

粮食省着点吃，只算10斤；照相机、望远镜和脚架，至少15斤；再加上我俩的换洗衣服，还有手电、本子、笔、洗漱用品、盐巴、茶叶、酥油……这些都是不能去掉的，还有睡袋，任何时候都得背上。如此算下来，我们每人身上都至少四五十斤才能上路。看来看去，能减去的就是帐篷和防潮垫，毕竟这两样东西只关乎舒适，而不像大米和盐巴一样关乎生存，也不像本子和望远镜一样关乎工作。帐篷大约8斤，防潮袋要2斤，10斤的东西，背与不背，就分出了“地狱”和“天堂”。

在野外，我们住的最多的地方是参天大树的下面。只要不远处有水源，就在树下直接铺上塑料布，钻进单薄的睡袋，头枕大地，眼望星空，闭上眼睛就是一夜。半夜，被寒冷冻醒过，被急雨浇醒过，被大风吹醒过。当然，也有美好得难以言说的夜晚。夜里偶尔醒来，疲惫渐去，心神清明，星光下的天与树，甚至空气的味道，都有了另般模样。这样的夜，将人安静抚慰，很快就再次睡去。

夜晚的睡眠质量完全仰赖环境，依靠的是所选的那棵参天大树是否足够茂密，否则就会“夜半惊魂”，被一阵忽来的大雨浇醒，淋成落汤鸡。所以，寻找夜宿点时需要抬头往上看，高原原始森林的大树虽然生长了几百上千年，但很少能长成一把密不透光的“大伞”，不过神奇的是，树冠虽依稀见光，却张力十足，将雨滴严严地挡在外面，如同藏区牧人住的黑帐房。

三年下来，我们对各种睡过的树、藏过食物的石洞、烧过火的灌木都心存感激。每个人都会说感谢“大自然无私赐予”，可很少会有人像我们的感受这般深刻：大自然对于我们，就是三年来实实在在的每一餐、每一眠。

我们藏族人的传统文化认为，即使貌似没有思考能力的植物也和人有着千丝万缕的联系。我们处于一个永远关联的世界，草木、大树、岩石、流水并不只是单纯为人所用，而会反过来给人类带来影响。好的影响可以让人生活得顺畅快乐，坏的影响可以直接让人倾家荡产。藏族人带着深深的敬畏来看待周围的环境，没有一个藏族人可以疏忽和无视身边的环境。

生生不息的转世，你今生遇到的每一个生灵，在你的前世或万千轮回中，也许曾做过你的母亲，或是你曾深爱的爱人、曾无比疼爱的孩子……这是最朴素的解释方式。这样的说法也许大家都听得耳朵出茧，早已不以为意。我们藏族人也从小耳闻目染，心里或许不是深深认同，但是只要有机会听到高僧讲经，听着听着，不知不觉，眼泪就滚了出来。

半年后，我们找猴子渐入佳境，观察的时间也越来越充分，我们能一眼就看出公猴和母猴的区别，下一步要探讨的问题是：滇金丝猴的猴王在哪里？

只要参观过动物园，见过猴山，都知道猴群会有个猴王。“擒贼先擒王”，老龙和老柯都认为，如果能把滇金丝猴群的猴王找到，后面的行为观察就会清晰、顺利。

猴王在哪里？一开始我们认为是那只总站在最高处的公猴，足足观察了几天之后，发现这只猴子不仅没有发号施令，后来还从“领导”的高位退下，跑到其他地方耍去了。再继续找，猴王也许身居边缘地带，或者隐在丛林深处？定点观测时我们每半小时就会将每只猴子的行为记录下来，可几个月下来，猴王的毛都没寻到一根。

我和钟泰都有些坐立不安，尤其每次十五天的滇金丝猴野外调查结束之后，体力透支已让人疲惫无比，再加上毫无成就感，到下一次的调查就更加赌着一口气。可是野外调查最不能赌的就是心气儿，因为经常会眼睁睁看着自己的努力被“雨打风吹去”。

也许老天爷觉得我们可怜，终于给了我们一次连续十二天观测猴子的经历。野外十五天，能紧紧跟着猴群足足看够十二天，这样的机会，三年来仅此一次！

从营地翻过人字垭口，宿营后又走了一整天，就在一个不常见到猴子的地区和猴群狭路相逢了。当然，“狭路相逢”只是个比喻。先听到的是它们的声音，嬉戏玩耍和折断树枝的声音从很深的山谷传来。刚一听到猴群的声音时就要俯身贴地，小心移动，慢慢接近。如此挪动了半个多小时，黑白点出现在视野中了。离猴群还有 100 米，这个时候，如果和猴群之间没有鸿沟悬崖阻隔，就不敢再往前一步了。我们卸下大包，拿出笔记本，剩下的观测工作全靠望远镜。

幸运的是，这十二天里猴群移动距离不大，猴子也没有在一连串人类可望不可及的悬崖峭壁间移动。我和钟泰每个白天小心翼翼地观察，随它们移动；晚上等它们睡去，才敢做些简单饭食。第二天早上四五点钟就不敢睡了，只要出现一丝光线，滇金丝猴就动起来，我和钟泰也要开始一天的工作。

之前总是提心吊胆，害怕把猴子跟丢了。这回可以把心放回原处，踏实观猴。十二天，我发现自己竟然看猴上了瘾。之前认为“大姑娘绣花”一样无聊的事，竟然看出门道，举起望远镜就舍不得放下。猴子的一个挠头、一个龇牙，从之前的“无意义”渐渐变成“有意思”，又很快转成“多种含义”。观猴成了本悬疑小说，看不到时百爪挠心。

这十二天就是我们和滇金丝猴的“蜜月期”，猴子就是我们最珍惜的爱人，我们对它们的了解和感情一起日渐加深。

清晨，滇金丝猴随着早上第一缕光线渐渐醒来。醒后的首要任务就是吃，争分夺秒，唯恐落后，松萝被源源不绝送进嘴里，从早上四五点钟直到上午大约十一点，成年猴子终于吃累，纷纷搂抱着或者独自一个开始午睡。而那些小猴子终于摆脱家长的束缚，欢叫着凑到了一起，互相捉咬打闹。小猴子玩性十足，在树枝上做着各种“危险”动作，像一个稚嫩的小孩子在使出浑身气力耍杂技，害我数次笑翻在地。

这样的时刻太难得，在它们的父母尤其是大公猴醒着的时候，各个家庭间的领地划分得非常清楚且严格。如果有偷偷“串门”的小猴子，即使为了玩耍，大公猴也会毫不留情地警告，警告不奏效就追逐抓咬，直到将其驱逐出境。

我和钟泰这回还有机会分辨出几个完整的猴子家庭。一个家庭和其他家庭之间保持严格的距离。一个家庭只有一只大公猴，它通常气势凌人地守着自己的领地。在大公猴的威严管制下，一起生活的有两只或四五只母猴，加上母猴怀中的婴猴，和几只身量很小的幼猴，这就是一个完整的滇金丝猴家庭。

吃食、宿眠、转移，这些活动均以家庭为单位。大公猴时刻监督着家庭成员的一举一动，母猴甚至幼猴对大公猴明显恭让三分，行为中不乏讨好举动。理毛是滇金丝猴交流和表达感情的主要行为，母猴总是主动给大公猴细致理毛，反过来却罕见大公猴给其他家庭成员理毛。

这是一个无须质疑的“男权”家庭组织体系。

有一次，我和钟泰观测到整个滇金丝猴群迁移去饮水。我们记录到它们的饮水次序是：一个家庭完全结束饮水，悠然离开后，第二个家庭才上前饮水，如此一直轮到最后一个群体，最后是一群公猴，它们之间也要按着一定次序，否则龇牙追打的威胁场景立即上演。

我和钟泰当时完全没有能力对滇金丝猴群的社会组织形态得出结论，只是隐隐感到，它们的社会等级严格。

我们的观察细致到一个家庭，等级在家庭中也无处不在。大公猴大摇大摆来到水边低头喝水，母猴们则小心翼翼地在后面等待，轮到它们喝的时候还要喝得文静，不可造次。有一次，一只大公猴喝完后，心满意足地静坐一旁，一只小婴猴直接跑到大公猴前急急喝水，毫无顾忌，大公猴视若无睹，而它身后，正好有一只等待已久的亚成体，亚成体却不敢跨越“雷池”一步。它焦急地左右踱步，但也只能按捺焦躁的心情，直到大公猴走开，才欢跳着去大口大口地喝水，显然已经渴坏了。看来，即使是自己亲生的，大公猴也会严守自己的主体地位，婴幼猴尚可容忍，但亚成体的雄猴就成了潜在的威胁因素。

猴子看多了，作为男性，还看到了大公猴霸道背后的辛苦，它们活得可真累！大公猴就是一个不停维护自己尊严和权力的机器，守着手下的“三妻四妾”不被别的大公猴“吸引”，时刻保护自家的一亩三分地；所有成年雄猴都是威胁，没有同性朋友，即使自己的孩子，长到接近成年时也成了威胁因素。我和钟泰除了每天十几个小时的观测之外，聊的几乎全是滇金丝猴。作为两个野外独身的男性，难免对雄性滇金丝猴多了点关注，产生了某种“共情”。

我们一直在找猴王，可在实际观测中，只能看到家庭与家庭之间因大公猴的地位而引出的等级高低。之前我们总是自我谴责观察不够细致不够努力，但在这次长时间的连续观测中，一个想法突然产生：也许滇金丝猴没有猴王！

至今，我还能回忆起和钟泰一起冒出“也许滇金丝猴没有猴王”想法的那个夜晚。夜深无星亦无月，风懒懒地吹着，这个想法却如天意降下的一缕神光，把我们的心魂打得通透。过去种种艰辛委屈皆化为尘土散去，将来种种则闪动着神秘诱惑的光芒……这才是野外最奢侈的浪漫！

之后，我们和龙勇诚以及老柯反复推敲野外观测的数据，在我和钟泰做出推论之后，他们也以科学家的严谨确定：滇金丝猴的社会组织结构中真的没有猴王。

我们对大公猴的“偷窥”却没有结束。野外观猴中，注意力总是不由自主地被“永动机”般的小猴吸引，可我还是特意留心大公猴的一举一动。大公猴体格大而壮，不动时自有威仪，动起来则是树颤枝断，即使隔了二三十米，仍能感觉到空气中的力道波动。大公猴最惹眼的是它的屁股，生得雪白又肌肉足实，简直是美丽和力量的完美结合，赏心悦目。相比之下，雌猴的屁股多了两个“碍眼”的大红斑，有时甚至红肿难堪。当然，“碍眼”或“难堪”只是出自进化到今日的人类审美观。在绝大多数灵长类动物那里，越红越肿越是“性感”——它标志着雌性已到最佳受孕期，从猕猴到黑猩猩，多少雄性灵长类为了这两块红斑而厮打不休，代价惨烈却终身不悔。

在整整三年的考察中，我们都无法做到“个体识别”。滇金丝猴群距离远，跟踪困难导致直接观测时间不够等都是原因。我们虽然一直跟着同一群滇金丝猴，但还是很难分清哪只是哪只，除了个别有明显特征的猴子。

长期跟踪中，我注意到一只患了白内障的母猴。从人类角度看，它不仅外表古怪，行动中也带着迟缓的病态。它所在的家庭中还有四只母猴，大公猴对这只患病的母猴似乎也很冷淡。我暗暗以己度猴，想这样的母猴可能会因为外表或疾病原因而得不到传宗接代的机会。转到第二年春天，谜底揭晓了：它的怀中探出一只小脑袋，母猴小心翼翼地呵护着婴猴，而它自己毛色暗淡，行动更加迟缓了，一副新手母亲的疲态。看来，对于大公猴，外表不要紧，传宗接代的需求是最重要的。

秋季是滇金丝猴的繁殖季节，蓝蓝的天上白云流动，树下的公猴打了一场又一场。大公猴之间的厮打往往短暂又快速，两个公猴在相互扯毛挥拳中已快速明白彼此的实力，体弱一方飞快逃走认输。论起打斗效率来，比我们人类高多了，掂量掂量，不成就撤，没什么面子压力。但当棋逢对手或者其中一只年少心高，再或者个别经验不足又死心眼时，往往就会血溅沙场，结局惨烈。野外猴群中常有豁嘴或断手断脚的雄猴。科学数据表明：野外滇金丝猴出生时的雌雄比例为1∶1，到了成年则成为3∶1，即多达三分之二的雄猴没有机会组建自己的家庭。母猴四五岁便进入交配期，公猴到七八岁才能交配，即使已成为一家之主的雄猴，也随时面临被更强壮的雄猴打败而从巅峰跌落的威胁。研究还表明，一只成年公猴占据“主雄”的时间常常只有三四年，一旦失败，重展雄风再进家庭的可能性极低。和雌猴比，雄猴间的竞争格外严酷无情，可能它们穷尽一生，也无法逃脱大自然优胜劣汰下的炮灰命运。

我的心为公猴的命运所牵动，目睹一只公猴血染沙场会让我难过好几天。后来和研究滇金丝猴的同行闲聊，大家都会忍不住为自己的雄性身份抱几句不平：“咱们男人才更脆弱，更需要关心和保护啊！”

还有一次，到了午休时分，一只公猴，身边有三只母猴，它却偏偏越过身边的两只，够到最远的那只母猴，搂过来一起午睡。看来大公猴也有自己倾慕的异性，我为这偶尔流出的感情而深深触动。我自省，这也许只是我个人非理性的“共情”揣测，但每个人的野外调查都会打上自己的私人烙印，交上去的是枯燥的数据，留下的是专属自己的独特的情感历程，我愿为自己保留这一点点不理性的隐秘空间。

野外的寂寞太长，失眠的夜晚太多，时空太澄澈。二十六岁的我，第一次感觉剥离了转动着社会法则的巨轮，独自面对自我。第一次，我看到了我身上的烙印：情绪化、感情浓烈、爱幻想；而在之前，这些都被单位和他人打上标签：“为人热情”“不好管理”。

我的那些被单位和他人所诟病的压抑的浓烈情感，到了天大地大的野外却被全部收纳、包容。我曾无数次地为滇金丝猴的行为而感动。有一次，滇金丝猴群不知为何分头行动了两天，当它们重新聚在一起时，每只猴子都兴奋得又跳又叫，那种快乐也给了我好几天的好心情。

我知道自己永远无法真正进入滇金丝猴的情感世界，但它们投来的碎片化的情感却为我增加了不一样的快乐。我看到这些快乐、这些畅快，都是因为我的敏感和热情。我看到了我的内心，通过自然，我第一次走进了我的心灵。

多年之后，我读到一本书，才知道二十世纪八九十年代美国流行文化中的一个重要部分就是“重归荒野”——在完全没有人为干扰的大自然中体悟自我，让大自然的力量融进身心，认为这才是一个人宝贵的成年礼。而我在考察滇金丝猴的三年中，已不自觉地完成了这一珍贵历程。

乔治·夏勒（George Schaller）在《与兽同在》（*A Naturalist and Other Beasts*）中的这段话也许能更加完美地阐释：

每个人一生至少应该有一次到荒野朝圣的机会，去思索它的奇妙，发现如今差不多已消失殆尽的田园风光……那里还驻留着人类昔日的野蛮魂灵，那里的动物在追寻自己的命运，它们是过去的鲜活遗物——当人类还是史前地球上的流浪者时，它们就已存在……

考察滇金丝猴渐入佳境，可野外考察永远没有把握十足的时候。找到野生动物已属不易，还要争取野生动物不跑，观测野生动物的时间越长越好。

理想摆在眼前，需要做的就是使野生动物习惯我们这些考察人员。这就需要我们反复出现，直到动物最终发现我们并不会构成严重威胁。方法说来简单，实现起来却无比漫长。野外滇金丝猴的“习惯化”更是难上加难：滇金丝猴的栖息地近一半是悬崖峭壁，当猴子翻越而走，人只能干瞪眼，相遇都是难事，又何来习惯？

我们的考察过了整整两年后，我和钟泰都感到滇金丝猴群渐渐不那么“敏感”了，它们逃之夭夭的“特异功能”也渐渐消失了。任何动物和人都会有一个适应过程。如果你开车走过滇藏线一段，就会有深层次的体会：同样是岩羊，长期在公路边活动的羊群，在保证一定的安全距离内会任随各种车子来往；而仅仅越过几个山谷，一头还没有“适应”车流的岩羊，人类只要一探头，它转身便逃。直到今天，在滇金丝猴的几个野外种群中，我们追踪过的这个种群还是属于容易接近的，这缘于我们当年孜孜不倦的“追求”。

老柯又开始摩拳擦掌，一次次提出要跟我们一起去找猴群。我和钟泰考虑到背负重物穿梭在悬崖峭壁间的危险，一次次拒绝。和老外共事，说任何事情都要准备好充足的理由和无懈可击的逻辑。终于在一个夏日，任何理由都已无法动摇老柯要一起寻猴的决心，而我们也觉得是时候让他来体会一下我们的艰辛了，所以，每次只要找到猴群，我和钟泰就会有一个人回去叫上老柯。

清早收拾好行囊，我瞄了一眼老柯的大行李包，暗自叫苦。我和钟泰暗地里达成共识：让他自己先背一段路再说。临出发前，钟泰搬了下老柯的行李包，递给我一个吃惊的眼神，于是我也挪过去碰了一下。哇！老天爷，这哪是他能背得动的？没有争来争去的时间了，我们就地打开包，只给老柯留了衣服和睡袋，其余都由我俩分摊消化。我和钟泰的包都重到完全背不动，只能减掉一些吃的东西，我们当时打的算盘是老柯绝不可能坚持太久。

带上老柯，我和钟泰前进的速度被拖慢了一半。终于到了这个季节猴群最喜欢活动的一片原始森林，可连续找了两天半，都没有见到猴群。

高原地区，海拔 4000 米以上的夏季时常大雾弥漫，天晴时地表水汽蒸发，天阴时云雾下沉，大雾连绵数天，望远镜根本派不上用场。撤回去不甘心，留下来又无法正常开展工作，这种时候只能和老天耗时间，和自己耗体能储备。

终于，从营地出发后第九天的下午，猴子找到了！当时我拿着高倍望远镜在林间扫描，无意中看到一块白岩石和一条下垂的黑线，死盯了好一阵，“黑线”慢慢收回了——猴子！而这一发现却给我和钟泰惹来“大祸”：老柯要亲自做群体扫描和个体跟踪，由早到晚视线从不离开猴群。他仔细观察了三天，丝毫没有返回营地的意思，而我们背来的粮食已经见底，连续四天我们都吃稀饭加压缩饼干。老柯的心思似乎根本不在食物上面，天气越来越晴，吃的越来越少，最后连煮稀饭也撑不了一天了，而我的腰痛又恰不逢时地犯了，回去补充食物的事自然就落在了钟泰身上。

一去一回，钟泰从营地背回粮食至少需要两天，这意味着我和老柯要单独相处整整两天！我俩从来不是很好的同伴。但现在，只有我和他。

我一边做好他的副手，一边还要用各种方法暗暗阻止他追猴追得过远。钟泰离开前，我和他联合起来很认真地“警告”老柯：不能靠猴子太近，否则猴子跑了就要跟，跟得远了，钟泰怎么能在漫漫大山中寻到我们的踪迹？我们手里只有仅够维持一天的粮食。

千叮咛万嘱咐，我也用了各种办法，可老柯工作起来一切全忘到脑后……我只能死死跟住他，急得满嘴都是泡。两天半后，钟泰终于带着粮食和我们会师。而这时，离我们当初分别的地方已经隔出了两座大山。钟泰能顺利找到，全凭了我俩对整片地形谙熟于心。原来，在钟泰出发前，我俩特意商量了猴子可能迁移的路线和我们可能的应对措施，我又一路在岔道口留下标符。我和他虽然从未画出过各自心中的地图，但两份地图还是默契地吻合了。

三年患难，我和钟泰的友谊越来越深，和老龙也成了一辈子的好朋友。1992 年，我又认识了一个很重要的朋友奚志农。现在，他已是著名的野生动物摄影师。

三年考察期间，我们和外界联系的唯一通道就是电台。早在几天前，保护局的同事就通过电台通知我们，龙勇诚要上山。每次随着龙勇诚的到来，都会有一两匹马驮着新鲜蔬菜、熏肉以及每个人的家书一起。这一次，跟在龙勇诚身后的，还有一个新人。

他瘦而高，满脸是爬到高海拔处的疲惫和兴奋。龙勇诚介绍他叫奚志农，白族人，家住昆明，是云南林业厅做宣传工作的。奚志农也兴奋地说，他来的目的是拍摄滇金丝猴，自己的家乡云南除了有孔雀和大象，竟然还有这么一种珍稀的猴子，还生活在海拔那么高的地方。他的家人和朋友听说他要去德钦，都急坏了，说海拔那么高，去了是要死人的！

直觉告诉我，这个人有点儿意思。一般人到了我们营地，肯定要抱怨三天山路如何艰辛，而他，满脑子全是猴子。

第一次他住了几天，没有拍到猴子，悻悻地回去了。不久后又来了，我们带他找了几天猴子，这次还是没有看到，又不舍地走了。

尽管这时候我们已有相当多的找猴经验，但运气还是占据绝对因素。就连我和钟泰，即使走上三四天，找到猴的成功率也只有百分之六七十，更别提只是偶尔上来的人。老柯曾经用蹩脚的中文说："猴子的事情很难说。"如今，老柯离开白马雪山已二十多年了，这句话还在流传着。

找滇金丝猴已是困难重重，更别提拍摄。但在短短两次野外徒步中，我们和奚志农竟然成了好朋友。究其原因，一是因为来这里的人实在太少了，整整三年，除了龙勇诚和山下村民，还有偶尔来运物资的马帮，根本没有其他人来看过我们，而奚志农细致、热心，相处下来，把我们的心焐得暖暖的；二来他也极能吃苦，从昆明大城市来的人居然能和我们同吃同住，很快，我们就把他当成自己的兄弟。

到了奚志农第三次上山时，我和钟泰就在心里给自己下了任务：一定帮助他拍摄到滇金丝猴。不然，我们心里就会像没有好好招待客人一样愧疚。

当时正是夏季，按照猴子的一般活动规律，它们应该在达日堡附近，但我们足足转了三天，猴子踪迹全无。我和向导又顺着悬崖，绕到山的背后，花了整整一天步行到萨丁帕，一路行走在陡峭的悬崖和雪峰边缘，结果还是扑空而归。

这一片猴子的活动区域只剩下达永没去了，而我们在上个冬天遇到一场非常大的雪崩之后，就再也没有在这个区域观察到过任何猴子的痕迹。

看着奚志农找了几天都未见猴子的失落表情，我和钟泰商量，还是再试试我们认定没有猴子的达永，也算为朋友尽了全心全力。第二天一早，我们三人走进达永，钟泰帮奚志农背着那台九十年代电视台用的 BETA 录像机，至少 20 斤，再加上沉重的脚架，压低了行进速度，每走几步就要站下休息。走着走着，突然，我们竟看到了猴粪，非常新鲜的猴粪！再一听，猴子的叫声隐隐就在旁边。上帝啊！原来猴子已经来到鼻子底下。众里寻它千百遍，蓦然回首，你们居然在这儿！

这是奚志农第一次见到滇金丝猴，他已经顾不得支起脚架，直接把衣服垫在岩石上就开始拍，直拍到电池全部用光。在他后来一次次的回忆中，当时的他已是泪水模糊，都看不清焦点是否已经对实……这是人类对滇金丝猴的首次视频记录。

对我来说，奚志农不仅是一个好朋友，更是一位领路人——是他帮我打开了摄影的大门。

1993 年的德钦是国家级贫困县，一台最简单的照相机都极为奢侈。白马雪山保护区在和加州大学签订科研合作协议时，其中一个条件就是要求加州大学购买一台单反照相机。

那是我摸到的第一台照相机，掂在手里不算重，佳能机身，再加一个

75-300mm 镜头。后来奚志农跟我们说，用的时候千万当心，这款相机里面的材料都是塑料的，是佳能相机中最便宜的机身和镜头。胶卷也极为有限，整整一年只有三五个卷。奚志农来的时候也会送一两个胶卷，一卷 36 张的限额，导致我们每次按快门都要给自己一个不得不按下去的理由，否则就会生出浪费的罪恶感。钟泰对摄影的兴趣没有我的大，我很是兴奋。照相机仿佛勾起了我内心某种从未被开掘的欲望，只是简单的拉近和推远，图像便会变化出截然不同的意味，我渐渐上瘾了。

既然是考察工具，拍摄最多的就是滇金丝猴。刚刚上山的奚志农热心地承担了洗胶卷的任务。带走的是胶卷，等他再从昆明来时，递到我们手中的就是色彩鲜艳、高清晰度的“大城市才能洗出来”的照片。每一次，他都认真对我说，你有这么好的机会，天天和猴子在一起，你可要好好拍，要让中国的普通老百姓都看看滇金丝猴是什么样子的！

那个时代的人，做什么都摆脱不了那种沉重的责任感，天降大任，时不我待，今日必须埋头苦干。那个时候，《动物世界》是绝大多数中国人认识野生动物的唯一渠道，但很少有人想到让中国自己的动物登台亮相。当时在云南林业厅宣传处任职的奚志农升起了一个朴素的心念，前路茫茫，却阻不住满心的豪气与激情。他的激情也点亮了当年的我。不过我当时对拍摄的认识很初级，低到了只是为了不辜负朋友的一番心意，又恰巧在海拔 4200 米的地方生出生命蹉跎之感，太缺少可称得上“意义”的激励。我从“玩玩”的感觉中走出来，开始琢磨怎么好好拍一张好的“动物照片”。那时认定的标准无非两个：动物清晰，个头大。可怎么拍摄一张“清晰、个头大”的滇金丝猴照片呢？

如今动物摄影界用的“长炮”至少是500mm镜头，有的甚至是价值近十万的800mm镜头。野生动物即使是在对面百米开外的山坡，“长炮”一到，毫发毕现。而我当时手中的照相机要求我和滇金丝猴的距离不能超过50米。

怎么接近?

跟着猴子，猴子肯定跑丢，唯一的可能性就是迎着它们，猜准猴子要经过的地方，在那里等它们。这个时候，我和钟泰已渐渐摸熟了猴群的一般规律，对猴子迁移的轨迹能预测出十之三四。那就赌赌看!

我开始“潜伏”：衣服是深绿色，头上、身上绑几圈绳子，插上层层杉树枝，提前预测好猴群行进方向，一藏就是半天。无数次，只等来一身森林昆虫叮咬的大包。不过，有那么几次，猴子真的来了——

在远处听猴子迁移的声音如浪涛，近到10米处时便是山崩地裂，之前清脆的撅树杈声渐渐聚集成风雨雷电，简直力吞山河……滇金丝猴个头比人矮得多，但在野生环境，却自然生出了一股裹挟的力道。以前只是远远观察，这回置身于龙卷风中心，我努力按住要炸飞的心脏，才明白永远不要忽略任何一种野生动物的力量。这个想法刚起，我马上又得到第二个真理：永远不要忽略任何一种野生动物的聪明。

一只大公猴停下了，不停地吃起松萝。这个海拔的黑松萝很短，它需要两手飞快地在树枝和嘴巴间移动，忙得似乎失去警惕。而在它两米之后有一棵别致的“小树”——第一次变装成功的我，这棵“树”想探出手中紧紧攥着的照相机，结果念头刚起，大公猴突然对着我的方向转过头来，吓得我一下屏住呼吸，眼睛瞪得圆圆，眨也不敢眨。大公猴使劲要在这棵“树”上找出破绽，它似乎感觉到一些不妥却又无法确定，最终转过头去继续吃食，我刚松了口气，它又突然转过头……截至那时，还没有人如此近距离地接触过大公猴，没有人知道这个直立起来不比人矮且浑身都是肌肉的灵长类，会不会在感受到威胁时主动袭击人类。我心里没底，只得压下一切活动的欲望，别说拍照，眨眼、呼吸也不敢。好在大公猴和我玩了几轮藏猫猫之后就腻烦了这个地方，一个纵身没了踪影，而我这棵“树”则浑身大汗，收获全无。

第二次成功潜伏，我和猴子的距离更近。我吊在冷杉树上成了“树杈”，“树杈”前方大约 6 米处是两只母猴，气势比大公猴弱了许多，警惕性也完全比不了大公猴。“树杈”心里暗喜，感谢老天眷顾，屏住呼吸将相机轻轻一抬……“呲啦啦”一阵惊叫，猴子跑没了！

第三次、第四次……第 N 次潜伏都以失败告终。我总结出拍摄的秘诀：一运气，二运气，三还是运气。好运地猜到猴子的迁行路线，好运地在猴群来之前赶到，好运地把自己安全藏在悬崖峭壁间，好运地有猴子恰恰停在照相机前方不远处，且，好运地不动。好运要排成一串儿砸下来，才能撞出那个“决定性瞬间”。这样的运气“标价”很高，一次又一次地失败，我只是责怪自己付出的还不够。

可没过几个月，这个“瞬间”居然真的砸了下来！

那是 1993 年 7 月 14 日的一个下午，我和向导培楚结束了一天的工作，下到谷底溪流边，踏上回营地的路。这时，山上猴群的声音隐隐传来，仔细辨别，像是往我们这边的山顶而来。我的眼前立刻出现山顶上那片延绵的裸石，猴子最容易出现在原始冷杉丛中，但丛林的遮蔽性会使照片效果大打折扣。我一直盼望着猴群可以出现在一片岩石上，毫无遮拦，这是一个天然的摄影棚，我一直在等它们自愿走进……如果藏在那块高出其他石头一大截的岩石后面，等一群猴子全过来，那拍出来的照片会是什么样儿？算了算时间，全力冲刺到顶需要三个小时，如果运气好，猴群按我猜测的方向行进，会恰好在下午四点多到达山顶，那会是它们找到夜宿地前相对安静的时刻。我感觉自己的心燃烧起来，腿脚像遇到吸铁石般忍不住跑动起来，每个毛孔都在激动地喊：千载难逢的时刻啊！

我赶紧跑到河边，就着河水塞进剩下的压缩饼干，揉揉肚子，赌一把！

我让向导先回去，独自一个人向山顶发起冲刺。这时考察已近半，我和钟泰对周边十几公里范围内的任何一座山都了如指掌。我抄了一条完全在林中钻行的“小路”，在树缝中从 2600 米直上到 4500 米的位置，这是一条我们平时完全不会考虑的大坡面的山路。我丝毫没有停歇，上山的速度比平时工作要快上几倍，但猴群的速度更快，到山巅时，猴群风驰电掣的声音已袭到跟前。我飞快抽出一条细绳，一头拴在大树上，另一头在腰上转了几圈，顺着绳子爬下巨石，居然在悬崖中找到一个V字形缝隙，赶紧把自己塞了进去，又把刚扯下的几根树杈插进绳子，一棵粗枝烂叶的“小树”迅速长成。

我平时随身会带一条绳子，想着悬崖求生的关键时刻，这也许就是根救命绳，今天第一次派上了用场。那一刻我命悬半空，心却顾不上忐忑，将照相机拿在胸前举好，恳求天降大运。

风卷残云似的声音越来越近，猴子来了！它们从我面前呼啸而过，有四只猴子停在离我约七八十米远的大石头上，是两只母猴和两只小猴。“小树”悄悄探出一个照相机头，“哗”，猴子瞬间跑光。

老天好像要平抚我的沮丧，又有一只母猴抱着一个婴猴回来了，停在石头上吃着什么……

我大喜，赶紧拍了下来。

接着，一只大公猴也跟了过来。

我心中暗喜：一公一母加一小，这是一个滇金丝猴的家庭啊！还没等我按下快门，老天又决定在画面中添一抹重笔：又一只母猴慢悠悠跟着走过来，身后还跟着一个亚成体，母猴坐定一转身，怀里还有一只幼猴。

我惊呆了，这是一个猴子的完整家庭，六只猴子齐齐出现在眼前，而且是在一块巨大的裸露岩石上！不要说是在镜头中，在我的追猴生涯中也是第一次。

尽管隔着大约 70 米的距离，猴子一家也发现了我，冲着我的方向警惕遥望，但也正得益于这份警惕，除去还不懂事的亚成体，五只猴子都齐齐把脸正向着我。

我的心真切地感受到一种天启般的预示，镇定地按下快门……

我只拍到了九张，快门就已经按不下去了——我的胶卷用完了，滇金丝猴也恰在此时离去。我目送这一家离开，心中响起大海落潮后的缓缓浪声，仿佛一个进程到了终结时刻，分明有什么东西穿过了层层浪涛，却没有留下明确的言语。

我郑重地将那卷胶卷交给奚志农，告诉他这很重要，也许……不过……希望没有拍虚。过了半个月，我们的电台传来联络员依稀可辨的声音：云南省林业厅的奚志农打来电话，说肖林的照片非常成功。

不久之后，上山工作的老龙带来了那张照片。大家都抑制不住地激动，这张照片意味着我们整个小组近两年的工作终于有了拿得出手的视觉成绩单。之前我们和奚志农、龙勇诚讨论时，大家一直惋惜没有一张成功的滇金丝猴照片，无法向世人展示这个物种，这样，把川金丝猴当滇金丝猴的笑话也就会一直出现。

奚志农后来见了我就激动地说：这是目前最棒的滇金丝猴照片。

直到今日，这张照片还是业界加冕的滇金丝猴野外状态下最经典的照片。也许你曾看到过的一些滇金丝猴照片更富细节，不过那些照片都不是在纯野生状态下拍摄的。一些研究滇金丝猴的专家学者朋友至今还会跟我要这张照片，滇金丝猴纯野生状态下的完整家庭状况呈现，到目前为止这是唯一的一张。是骄傲，也是遗憾，遗憾是至今二十五年过去了，我自己也再没有拍出一张能够超越这张的照片。

有一次，龙勇诚在发表的文章中将这张照片的拍摄者署名为“肖钟”。他特意用我和钟泰两个人的名字组在一起，谢谢老龙能把这份深意隐藏在文章之中。是啊，我和钟泰在整个科考中付出一样多，这张照片是我们共同的成果。

时间转眼到了 1993 年。只是 10 月底，先是落了雪点儿，很快就直接砸下雪块了。海拔 4300 米的山顶早早进入冬天，只有遥遥山脚下几块斑驳的秋色能稍稍安抚心灵——冬天还没有完全到来，但转过几天，山上山下就都被寒冬吞噬了，我们的营地加上我们的心灵也都一起进入漫长的“冰川季”，最早也要等到来年 5 月才能重新发芽。

漫长到七个月的冬季，考察还要继续。雪中考察，危险倍增。寒冷要求我和钟泰背上更多的酥油、粮食、被褥。冰雪使我们步履艰难，雪改变了我们早已熟悉的路，掩盖住悬崖与峭壁的危险；雪还让我们无处停歇，只要一屁股坐下去，裤子就像海绵一样吸满了水。实在太累了，只能背着几十公斤的大包依靠着大树，缓口气。行进的速度不到平时的三成，体力都被这片绵软的白色吸走了。雪地的强烈反光，让我们每次考察之后，脸上都要脱一层皮，辣辣的，身边能摸到的只有酥油，只能用酥油抹一抹。

1993 年 12 月 24 日，圣诞前夜，圣诞老人送了我们一个礼物：这是我们这一年观猴的最后一次，猴子也很奇怪地跑到了之前从未去过的“撒啪沟”。滇金丝猴就是山顶的“游牧民族”，有时候行动会突如其来，让你摸不着头脑。

这天，老柯收到电台信息：他妈妈邮寄的圣诞礼物到了，不过没有办法带上山。虽然暂时拿不到礼物，他还是抑制不住兴奋，喝了两口小酒。而我没有分享幸福的感觉，只在日记本上匆匆写下几行字后沉沉睡去：

晚上五点三十，我和钟泰又回到临时营地。整个人已经麻木了，从早到晚除了干活就是干活，剩下的力气拿来吃饭，如果还能余下那么一点点的力气，就想把又潮又阴的裤子烤干，不过这想法太奢侈了……

严寒的冬天越逼越紧，出帐篷行走都成了困难的事情，我和钟泰盼望着考察中止，我们就可以回家。但老柯却选择在一个阴冷的雪天和我们面谈，他希望得到冬天滇金丝猴的数据，告诉我们：这很重要。我和钟泰对视了一会儿，便无条件地接受下来。

理智告诉自己必须要服从，感情上却过不去这个坎儿。毕竟我们已经七个月没回家了，除了每两月才轮到一次下山补给的机会，我们已经做了七个月的“野人”。谁不愿意回家，尤其是春节。而且冬天不回，就意味着下一年也无法回了，要在这里住满两年！

通过电台，我和钟泰让同事通知家里：过年家里可要缺我们了。信息通过电台发到山下，可等了很久也等不到回音。我越琢磨越担心，大女儿那个时候还不到三岁，我上一次离家时，她抱着我说：“爸爸，在外面不要摔跤。”这是她能够想象的危险的极限了；还有我年迈的父母，一个人支撑起全家重担的妻子，以及姐姐和两个弟弟。此时，大弟弟已参加工作，我不在的时候，他应该就是家里的主心骨，而他居然没有想到我一个人在野外承受的煎熬，没有通过电台给我传些家信，哪怕只是一句简单的“一切都好”，这些他居然都没有想过，真不知道他是怎么当家的，会不会让父母家人受苦……

每天机械地做完所有工作，回到那个冰冷的营地，拖着透支的身体打水、生火、做饭，咀嚼咽下……喂饱肉体，并驱动这个肉体完成一切任务，整个夜晚才属于自己。但这样的夜晚，除了寒冷还是寒冷，拥入满怀的只有寂寞，唯有月亮陪伴。如此夜复一夜，我便一发不可收地爱上了月亮。

月亮带给我抚慰，我静静坐在大树下，或者大石头上，记忆深处的东西洒落一地。

如果说爱上雪，是出生时分定下的缘分；那爱上月亮，就源于这三年的野外生活。而野外这三年，何尝不是另一次转世投胎，痛苦重生？

月亮于我，没有汉语语境下的“举头望明月，低头思故乡”。这只是一个静谧又神奇的时刻，可以带着我神魂抽离肉身，暂且忘却营地的凄冷寂寞、枯燥无聊，忘记没有营养甚至常常吃不饱的饭，或者也可以什么都不想，放心地把自己交给月亮，任它带我翱翔……

月亮成了我那时最好的忘忧剂，看月亮也成了一份无法与人分享的密语。我只是那个二十多岁的毛糙男人，身上还有劳作的汗臭，只有月亮才能让我看到这身粗粝皮囊之下，那颗柔软的心，或许这颗心还是高贵的。

那时还记了很多日记，自己和自己对话。如今，纸面已长出岁月的锈黄，就如我两鬓掩不住的雪白。那个时候我最想念的是妈妈，重翻日记，很多段落都是写给妈妈的：

我破天荒来到妈妈的皱纹里，我爬呀爬，跑呀跑，像是总也走不到尽头，爬过一座山又是一座山，过了一片林又是一片林，那里也有河流、麦田，有耕地的汉子，有累弯了腰的农妇，等我钻出来，已是满头的白发……

日子再难熬也阻不住时间的脚步。到了大年二十九，我和钟泰、向导培楚一起打水，洗净头发。在山上，不可能洗澡，也不可能理发，每个人的头顶都炸开了花，洗后的头发垂了下来，很快结出几缕冰柱，我们使劲晃起头，冰柱敲打出清脆节奏，大家开玩笑地说，一起跳个热巴舞吧！

营地一直留着一张牛皮，是之前杀过一头牛一直没有舍得扔而留下的。无法考察的日子，这张牛皮终于有了用途：铺到雪地上，一个人坐在上面，顺着一个陡坡，下滑几次就滑出一条“冰道”。我们三个人赶紧齐齐坐在牛皮上，齐齐飞了出去，又齐齐跌进厚厚的雪地，越玩越刺激。老柯一直背着手，不屑于我们这种低龄游戏。

闹一闹，也许可以缓解对家的思念之苦。

掰着指头数到了大年三十。我们的木棚后长着一棵高大的冷杉树，树龄至少三四百年，两个人才能环抱树干。我往树的顶部爬去，直到觉得危险才停下。我掏出藏族人的五彩经幡，高高挂起。藏族人认为，春节挂的经幡越高，这一年才会越顺利。一个人挂在树上，我的目光不自主地落向家乡的方向，静静地掉了会儿眼泪。

大年初一，要天不亮就把干净的水背回家，这是藏族人敬“鲁”ཀླུ།的仪式。“鲁”（江坡当地读音为“勒”）神是掌管水的神，经常被翻译成中文的“龙神”或“龙王”，但藏族人的鲁神和汉族人的龙王区别甚大。藏族人敬鲁神，要在井边敬上一碗煮熟的米饭和肉，焚上香，然后才能去打水，背回家的水必须足够多，按藏族的习惯，家里所有能装水的容器都要满盈新水的喜悦。

如今没有肉食和薰香献祭，到营地附近最干净的水源地需要走几公里的下坡路，路上铺满了冰。我们三个人在大年初一的凌晨，带着锄头和刀艰难地开出一条路，冒着寒风和冰雪背回了我们心中最干净的水。我用这样的水把随身的手帕洗了。哪怕缺水，哪怕在海拔4300米的冰天雪地，我还是要洗，因为妈妈曾对我说，作为一个藏族人，一定要干干净净，没有条件洗身体，也要洗洗，哪怕只是洗一双袜子……妈妈的教诲充满了浓浓的母爱，这也是我们藏族人祖辈相传的古老传统，我在这个过程中得到了一丝慰藉。

大年初一，想家的气氛弥漫开来。我和钟泰、培楚以及老柯都不愿意说话，甚至不愿意相互看上一眼。我一个人拨动着收音机，放出来《一封家书》：

亲爱的爸爸妈妈，你们好吗……

爸爸妈妈不要太牵挂，虽然我很少写信，其实我很想家……

爸爸妈妈多保重身体，不要让儿子放心不下……

歌没唱到一半，满屋子都是抽泣的声音。几个大男人在一起，气氛越来越压抑，阴冷的天气中谁都待不住了，一个个回到自己的铺位。

大年初二，一早起来就觉得骨子里生出了些怪异的东西。早饭时，我喝酥油茶的声音有点大，老柯瞪着眼睛对我说："你喝茶要这么响？"

我不高兴了："喝茶你都要管？"

老柯不甘心吃哑巴亏，也把喝咖啡的声音拖得很长。

我俩拉起一场酥油茶和咖啡哪个能喝得更响的比赛，直到肚子一晃全是水声。现在想来特别幼稚，但春节时营地里的那种安静，真是太难受了。

之后的几天，大家你对我，我对你，始终没有半点说话的兴致。本应欢天喜地的春节，我们过得无比压抑。

上山时，我带了一本《钢铁是怎样炼成的》，在山下每次看都昏昏欲睡，这几天躺在床铺上居然看得泪水不断。保尔·柯察金的话语不断敲打着我：

人的一生应该这样度过，当他回首往事时，不因虚度年华而悔恨，也不因为碌碌无为而羞愧。这样，在他临死的时候，能够说：我把整个生命和全部的精力都献给了人生最宝贵的事业——为人类的解放而奋斗……

英雄主义在困境中可以给心灵注上一针强心剂，可我们现在的日子算什么？不过是无谓的牺牲，没有意义的受罪，唯一的真实就是无边无尽的寂寞，是越想赶走，越要缠着你的寂寞。

漫漫的白天加上漫漫的黑夜，任何有字的纸张都是宝贝。书很快翻完了，我居然从上回奚志农带给我们的箱子里又翻出几本老杂志，小奚可真是一个细腻的人。精神食粮从天而降，我在心里高呼："小奚万岁！"

门外忽然传来一个女人的声音。

怎么可能！我笑自己得了癔症，继续看书。不对？确实是女人的声音，好像还和在饭堂烤火的钟泰、老柯聊起来了，夹杂一个男人的大声问询："肖林！肖林呢？"

真的来人啦！

我从上铺爬下来，还没来得及套上外衣，一个话筒加一张女人热情的笑脸就迎了过来："你好！"我有点儿蒙，直逼过来的还有一台摄像机，摄像机后面是一张得意扬扬的脸——整场事件的策划者奚志农。

小奚真是一个戏剧感很强的人。后来他老实交代，他说动了这个漂亮的女孩张玫，放弃在昆明过年，一起来到冰天雪地的白马雪山给几个研究考察滇金丝猴的"英雄"送温暖。从大年初一开始便下大雪，他们一路坐长途车，搭便车，公路到了书松就没有了，他们的钱只够雇一匹马和一个向导，剩下的东西都靠自己背着，在雪地里整整走了三天半。奚志农说他担心我们感觉孤单，一直希望早点通知我们，可我们几个人早就关了和外界联络的唯一渠道——电台。白马雪山保护局早就放春节假了，我们想着没有人会联系我们几个，于是索性彻底关上了。我们本想闷头做"隐士"，未料世间还有人惦记我们。再看他们两个，脸和嘴都冻开花，还在兴奋地冲我们微笑，没有人可以在这个时候不被感动。

奚志农太希望大声把我们的故事讲给更多的人。这次春节探访的素材后来制作出了一个十五分钟的短片——《来自海拔 4300 米的报道》，在电视台播出了："在海拔 4300 米的地方，科学工作者坚持生活工作了十个月之久，这本身就是一个奇迹……"

我穿着打补丁的蓝秋裤，头发又脏又乱的一团，满脸惊讶的形象也随着镜头被送进了千家万户。我和钟泰都是第一次上镜头，小奚用摄像机记录着我们的工作，我们用塑料布抵抗严寒的小屋，还有褥子上结着的一层冰……张玫还给我们带来了几十个彩色气球，最简单的颜色，在白皑皑的雪地上飘动，给这片冰天雪地带来一丝温柔。

张玫拿着话筒问我们在野外看到猴子的感受，钟泰说："滇金丝猴是世界性的珍稀动物，是中国的国宝，也是我们德钦人民的财富。每次看到猴子我都有很重的责任感，每一次都会暗暗对它们说，现在你们放心吧，你们安全了，我们会保护你们的……"钟泰的话就是我们当时最真实的声音，也许现在的人会视为唱高调，但每一个那个时代的亲历者都会明了其中的真挚之情。

奚志农的来访好比难得的冬日暖阳，而那个冬天的其他回忆是一场场大雪和一次次腰痛。至此，我和钟泰仗着年轻力壮撑起来的身体，已开足马力工作了两年多，现在开始出现各种症状。我最强烈的反应是腰疼，发作时常常疼得整夜流汗，整晚都要用厚衣服顶起来，但还是会疼得整夜无眠。很久之后，我才知道这是腰椎间盘突出，通常会在五十岁以上的老年人身上出现。我们透支了自己的身体，一起来的还有痛风、风湿性关节炎……

钟泰的身体也连续出现问题，他犯了严重的牙疼，肿得连续几个星期只能一小口一小口地喝粥。

截至这个冬天，我和钟泰已在考察中每人穿坏了几十双解放鞋。那个时候我们的钱只够买胶鞋，而每双鞋子的寿命恰为十三天，不会长也不会短。损坏的通常不是鞋底，而常常是鞋的侧面，往往会炸裂开来。我和钟泰分析，应该是因为长期上下山，路途崎岖陡峭，脚在鞋中冲来冲去，再加上被水浸湿后往往又被快速烤干，布片承受力有限，如约在第十三天散了架。

在山上过冬，最难熬的是孤独？还是粮食短缺？或者是病痛？这个问题真的很难回答，这几种煎熬都是现代人没有机会去体验的。

气温低到极处，电池不经用，手表和照相机的寿命都缩短了。很奇怪的是油也会结冰，不过反正无菜可炒，有油也没用了。每天都吃大米粥和方便面，撑了一个月，我和钟泰都打起地窖里鸡蛋和土豆的主意。最后一次运输物资时，我们特意把这两种“奢侈品”放到地窖里，就等有一天饿得手扶墙的时候再拿出来。取出来时却傻眼了：所有鸡蛋都变得轻如羽毛，摇一摇也没半点蛋乳的声音。赶紧敲开一个，居然只剩了空壳。所有鸡蛋都没有任何缺口，肯定不是动物偷嘴，但现在只有蛋壳内一层薄薄的可疑黄膜，鸡蛋就这么轻易地化了！还有土豆，重量倒是没减，但用手一拿，扑哧一声，攥出一手的土豆水，所有土豆又都这么流走了。直到今天，我还没有解开鸡蛋和土豆这两宗谜案，只能猜想是在极端寒冷下的反应吧。

冬季下雪很难开展工作，熬到了公历 3 月，原本心里有了盼头，但 3 月 21 日起，我们的盼望居然换来了一场大雪，整整下了近一个月。后来下山后才得知这是白马雪山六十年未遇的大雪，这场雪把我们牢牢封在了屋内。

我们几个人经常对坐烤火，几个小时也没有一句话，饿得已经忘记人类需要说话。等到马拉松一样的大雪终于停了，山下遥遥地多了几块含混的绿色，我和钟泰、老柯都齐齐往山下冲去，三个野人同时嗅到了新鲜植物的巨大诱惑。

灰白大地间冒出的绿色刺激了我们，我们疯狂地扑了过去，只有一地的荨麻，浑身是刺。不管了，我们把方便面的袋子套在手上，再顺着茎粗鲁地捋下嫩叶。根本等不及回营地，马上就地用石头架出一个火塘，用简易的饭盒煮了起来，没有盐没有油，舌头已经不知道滋味为何物……直到每个人都吃了几饭盒荨麻叶，肚子才感觉出了舒服，毕竟整整一冬我们都没有吃到蔬菜了。

冰雪融化，绿色的植物一夜之间多了起来，心里也生出了盼头。渐渐地，望远镜中还出现了山下隐隐的桃花，雾一样蒙在眼前。要重新出发去找寻滇金丝猴了，这是我们第一次在开春时节找猴群。我和钟泰按照传统的找猴路线转悠了几大圈，没有见到，倒是隐隐听到山下面有可疑的声音，难道猴群破例去了低海拔的地方？几次寻找，果然发现它们在海拔 2000 米左右的沟谷活动。

这是一片阔叶落叶林，显然不是滇金丝猴主要食物——松萝——的寄主植物。在我们的望远镜里，猴子开了吃戒，看来它们经过了一个冬天也饿得不轻，正全力往嘴里塞嫩绿的嫩芽和苞蕾。

我们第一次记录到滇金丝猴食用松萝以外的食物！这次发现也让我们明白，初春时分，猴子会下行到海拔低且有阳光的山脚阳面，享受早春的阳光和鲜嫩的食物，而冬季则会上到海拔最高的地区。

气候温暖的时候去海拔低的地方容易理解，但为什么寒冷时分却去了环境最严酷的地方？这个难题当时颇令我们费解。虽然滇金丝猴是除人类之外栖息海拔最高的灵长类生物，但每种动物都有趋利避害的本能，这种“反本能”的行为背后肯定有更深层次的原因。这个谜底要从滇金丝猴繁衍生息的动物本能去寻找。滇金丝猴的婴猴通常会在公历2月左右诞生（仅限于我们跟踪观察的白马雪山北部猴群，其他猴群因活动地纬度不同而有婴猴出生时间的差异），虽然天寒地冻，但却天敌稀少，滇金丝猴的繁育本能战胜了对严酷环境的畏惧。而现在到了春天，它们降到海拔低且有嫩芽吃的地方，也是为了满足母猴哺乳的营养需要。

我和钟泰那个时候远远没有看透这层深意，不过也都注意到了母猴怀抱里的婴猴。这个时候的母猴都成了“独臂大侠”，永远有一只手死死把小猴揽在怀里，小猴也紧紧抓着母亲的肚皮，生怕被甩出去。母猴做大幅度动作时明显有了顾忌，一改之前的跳跃翻腾，只走“安全路线”。

婴猴长到一个月时才能离开母猴的怀抱，从出生起它就成了全家瞩目的“宝贝”。婴猴出生之后主要由母亲看护。3月时我们看到的母猴，只要怀抱婴猴的，身上的皮毛都会显得干枯。整个家庭成员，从大公猴到大公猴的其他“妻妾”，再到未成年猴，都会对婴猴流露出好奇，稍不注意还会发生小猴被偷事件。母猴唯一放心的往往是家庭中的其他母猴，小猴的“阿姨”往往母性大发，尽心尽力照顾婴猴。和人类社会不一样，人类社会中的母亲把孩子托给别人照管，这个“别人”往往是保姆或者自己的母亲、朋友。“给你添乱啦”，表达出让别人照顾孩子是一种歉疚。但观察滇金丝猴社会，怀抱婴猴的母亲却往往被其他“女眷”奉为上宾，会得到别的母猴理毛等照顾。母猴把自己的孩子托管给其他母猴，好像成了一种施舍。后来，我在动物行为学著作中学到了一个专业术语——“阿姨行为”。“阿姨行为”通常发生在灵长类动物中，一个家庭的雌性照顾婴儿，既为自己将来成为母亲“学习技能”，同时也是这个家庭成员之间的联络手段。

一只小猴还在妈妈的怀抱中，大公猴伸手去抱却被母猴阻止了，新手父亲似乎明白了妻子的诉求，一手搂过母猴。我按下快门，一张母慈父爱，共同守护婴猴的照片诞生了。我承认我加了一点自己做父亲的私心。后来我在一本书中读到，动物对怀孕并没有一个清晰的概念，它们没有在肚子隆起和婴儿降生之间建立联结，以至于有的动物会对出生的小生命又喊又叫，把刚刚欲死的疼痛感归罪于它。动物的母爱一般来说起始于跌宕起伏的分娩之时，紧张又充满柔情的情感升起，母亲和孩子的情感纽带在此时联结，婴儿降临之后，它们弱小的啼哭也会唤醒母亲身上尚未完全苏醒的母爱。

如果说母爱是一种在心灵世界中浅浅聚集、等到新生命降落便被唤起的原始情感。那父爱呢？

遗憾的是，在滇金丝猴乃至其他灵长类动物行为学的研究中，对父亲角色的研究少而又少。

雌性等于慈爱，雄性便要残忍——仔细想想，人类社会对动物的世界总是免不去那种高高在上的姿态。可我分明在野外观察到过大公猴对婴猴的照顾，比如那张定格下来的充满温馨的一家三口合照。同样身为雄性，我觉得滇金丝猴这个物种的雄性并不是只会打打杀杀、掠妻杀子。

不过在野外，我们也确实领教过好几次雄性大公猴的威严和凌厉。

一只金雕在天空盘旋，大公猴一声吼，猴群立刻分成两组，所有母猴和亚成体及小猴飞速往树下、地面撤离，所有大公猴箭一般射到树冠，冲金雕发出威胁的吼声。金雕是高原天空中的一霸，翼展可以达到两米，但在大公猴的攻势下也成了败将。大公猴的手下败将不仅仅有金雕，龙勇诚也曾光荣地成为其中一员。故事发生在一次野外观测中，老龙披着雨衣，那时的野外装备不像今天这样品种繁杂，老龙身上这件雨衣颜色很鲜艳。结果，猴子们发现了“潜伏”的老龙，几只大公猴带着全猴群几百只猴子冲他怒吼，气势震山动地，直到老龙狼狈地跑掉，我和钟泰捂着已经笑疼的肚子，继续潜伏。

说老龙成为大公猴的手下败将，这其实代表着一种幸运，因为经过两年多的考察跟踪，这群滇金丝猴已经渐渐习惯了人类的存在，不像以前一样闻到一点风吹草动就风驰电掣般跑远了。现在只要我们在它们“宽容”的距离（100 米）以外，就可以低眉顺眼、小心谨慎地工作了，这真是大度地对我们高抬贵手了。

白马雪山这个种群至今都是滇金丝猴所有野生种群中相对容易接近的，整整三年的数次接触，猴群已在安全距离内接纳了我们。

工作越来越顺利，身体却越来越糟糕。我们每个人都面临频繁来袭的越来越严重的病痛。连不经常上山的老柯也得了腰椎间盘突出，野外考察稍有闲暇就把自己放倒在地，用块石头垫在腰下——老柯从来没有跟我们说过他腰痛，只是默默地学会了我减轻腰痛的土方法。

有一次，我们结束了十几天的滇金丝猴连续观测，终于返回营地。从海拔 2900 米的谷底直接上到 4000 米处，又是烈日当头，浑身浸在汗里，大家都累得不成样子。终于到了坡顶，老柯整个人瘫倒在地，背下顶着一块石头，又疼又累，炎热又凑过来捣乱，豆大的汗珠层出不穷。

我笑着说："需不需要吹点凉风？要不要我把风引过来？"

老柯白了我一眼，又闭上眼睛，继续煎熬。

我吹起了口哨，这是藏族传统的引风哨子。以前从澜沧江边到江坡还没有通公路时，所有东西全要靠自己来背，一路没有树木遮映，高原的强烈日晒很快将一切打得蔫头耷脑。这时我就会让自己停下来，在一个平台上休息一会儿，面朝着澜沧江，吹起这个传统的引风哨子。缓缓地，一片薄纱抚来，风，几乎每次都如约而至。

如同回到家乡，哨音飘浮在空中，风慢慢地荡漾开来。老柯静静地睁开眼睛，仿佛在确认是风真的来了，还是自己患了癔症。突然，他长长地伸出双臂，像是在对整个世界发出疑问："为什么？为什么？为什么你们藏族人可以让风过来？"

同一个屋檐下生活了近三年，我们和老柯即使隔着语言的障碍，也对彼此的个性了若指掌。老柯从来没有说过半点对物质条件的抱怨，我不得不佩服这个老外的坚强，但又无法认同他不合群的倔强。病痛一点点消磨着人的耐心，我和老柯的关系又紧张了。

到了5月，轮到钟泰出去购买物资，一走至少要一个星期。我一个人做植物样方，但我的身体也正巧在这个时候落到谷底，腰疼得整夜无法入睡，冷汗打湿几层衣服，手肘也无缘无故地肿了起来。每次做样方，我都要忍着剧痛爬到树上。但回到营地，等待我的却是老柯问责的眼神："怎么这么快，样方你做完了吗？"如果钟泰在，他会善意地调节好气氛；如果我那时不是那么年轻，也会换位思考，去问问老柯是不是因为论文到了关键时刻而心烦，或者，这次的植物样方是否分外重要？而当时的我，满腹委屈无处发泄，在当晚的日记中写下："这世界上怎么会有这么自私的人！"委屈一次次累积，直到无法负担，终于在一次做样方的时候，一个人放声大哭。那一刻，我完全崩溃了。

三年考察生活的最低谷，没有打任何招呼，就这么突然来袭。被大雨打成落汤鸡，之后几天都穿着带潮味的衣服；在野外宿营时不小心把鞋袜烤坏了，从牧棚里找出破胶鞋，用布条裹住脚，跋涉回营地后才发现血已经流了一脚；长达七个月的冬天，被雪国封住的营地缺少食物的日常；腰椎间盘突出和风湿痛，夜夜无眠的折磨……这些都没有把我打落谷底，而偏偏是此时，一个人的这个下午。

人掉到谷底也是件好事，因为之后的每一步都会脱离谷底，踏向更好更高的地方。钟泰很快回来了，此时我俩已经从上山前无话不谈的朋友，转成了什么话都不需要去讲的生死之交。二十四小时黏在一起，很多时候真的懒得说话，不过默契却永远在那里。钟泰采购回来，马上就察觉到我的痛苦，之后几天的野外考察，他总是在我耳边唠叨："你该休息了，让我来。"于是我又没出息地大哭了一场。

那一年的考察进行得格外艰难，我们每天早出晚归，像勤劳的猎人一样"猎"回各种考察数据，而老柯则在这些数据上构建着有史以来第一份最详尽的关于滇金丝猴的科学论文。科学报告固然枯燥，但对我们来说却极为迷人，因为我们知道每一个结论的背后，都有血有肉，有温度、眼泪、委屈、欣喜和激情。这个时候，我们已经确定了滇金丝猴百分之八十的食物是高海拔的黑松萝，而且还确定了滇金丝猴的社会组织结构是以家庭为单位，一雄多雌的家庭制度。让我们自豪的是，老柯、老龙、钟泰还有我，我们四个人的小团队的合作成果，因为数据考证严谨翔实，为之后的滇金丝猴研究打下了基础。

在加州大学、昆明动物研究所及白马雪山保护局三方签订的考察协议中，考察小队预定的撤离时间是 1994 年 5 月。

终点赫然立在眼前，我却变得烦躁起来，之前不敢给自己期望，所有梦想和思念都被压抑，现在沉睡的部分突然被唤醒，变成了一匹无法控制的野马。

高原的春天到了，虽然还是寒气袭人，偶尔也会雪花漫天，但那种长时间令人窒息的寂静总算到了头，偶尔的几声鸟叫，能让人身心立刻舒畅。山下传来消息，说羊拉的桃花开了，恰好轮到我下山买粮食，我立刻冲下山，一头扑进春风里。我很想对所有见到的人打招呼："你好，我出来了！"我就是要兴冲冲地大喊大叫，哪怕被当成神经病！

采购时，我偶尔看到中央文件中已经鼓励放开第二职业，顿时有了落伍的感觉。我开始在日记中列出一长串考察结束后要做的事：抓紧帮爸爸开一家小卖部，这样他就有了一份不累又能消遣的差事；再买辆车，但我还不会开，所以下山第一件事是考个驾驶执照……

5 月 4 日，正式离开的日子到了。

杜鹃花有一种奇特的现象：一棵树的花要轮着开花结果，种子在第二年才落地，待到第三年，这棵杜鹃花才会重新开花。

紧靠着营地的杜鹃花，只在我们上山第一年开放过。今日要离开时，才发现它们已经抽出了花朵。那是今年的第一枝，花苞呈浅紫色，想到我无法等着它变成深紫，舒展生长，长成可以捧在手掌心中那么大，突然，我不愿意离开了……

追寻滇金丝猴的日子就要结束了，可我还没有看够这群猴子。滇金丝猴的世界，真是越看越上瘾，越看越迷惑。

比如，一个由多个家庭组成的猴群，难道真的没有一个"统一指挥"？比如，猴群前一晚在海拔 4000 米的山里夜宿，第二天一大早就要集体翻越 4600 米的流石滩，那这么一大群是怎么达成默契的？这一直是滇金丝猴研究的一个谜。我们也一直猜测，可能有一只特殊的猴子发号施令。

直到有一天，整个猴群来到一个深水沟处全部停下来，先是一个家庭慢慢过了沟，另一个家庭也过去了，这时，一只母猴突然发出了极为特殊的声音："沟喽噶，沟喽噶……"奇怪的事情发生了，已经涉水过沟的猴子全部退回来，整个猴群也都后退走了。

发生了什么事情？我愣住了。难道这只母猴可以统率猴群？我赶紧观察，这是一只没有带小猴的母猴，除此之外，看不出它和其他母猴的任何区别。另外，猴群为什么要退？

可惜，猴群很快退走，"沟喽噶，沟喽噶"的声音，我再也没听到过。

1992 年 6 月 11 日的观察日志中，我写道：

今天的猴子破天荒爬到 4600 米，这是三四年考察的唯一一次。猴群经过流石滩，没有了树林的掩护，我和钟泰终于数清楚了这群我们跟了很久的猴子的数量——公猴 41 只，母猴 58 只，亚成体 24 只，婴猴 21 只，还有不确定的个体 34 只，总共 178 只！破天荒唯一一次。更值得注意的是：它们晚上爬沟时，有三四只公猴在前面引路，可半路杀出来一只母猴，把大家又引到其他地方，前面的猴子无奈地转了方向。老龙估计这是猴群中的王后，但万一不是呢？

直到今日，这个谜还未解开。

三 滇金丝猴出名了

山中归来，我得了失语症。

我感觉一个黑洞正在慢慢地住进我的身体，无论身体还是心灵都处于极度不健康的状态，一不注意就要被黑洞吞噬。

放假回家，我下田犁地，拉着牛才犁了两道土埂，身体就变成一口枯井，无论怎么使劲都无法抽出一滴力气。想扛着犁回家，十几斤的犁也扛不动，只好丢到田里。还有，极其怕冷，手上沾一点凉水，鸡皮疙瘩立刻就从手背一路蔓延到肩膀。我害怕了，瞒着家里去医院检查，结果是极度贫血。

脾气也变得很怪，不是脾气大，就是情绪消沉，不愿意说话。有一次，保护局组织分享会，全局的人都来听我和钟泰的三年考察经历。轮到我，讲了还没几句，眼泪就流得止不住，连话都说不清，只得哽咽道："事情就是这样……”汇报就这么结束了。

“事情就是这样”，我一直回想当时为什么会这么说。我生来个性急躁，平生最不会做的事情就是说话，尤其是说服别人，事情爱怎么样就怎么样，从来不会多做一分争辩。那个时候我或许朦胧地感觉到，三年山上考察，虽然不至于“山中方一日，世上已千年”，但山上山下确实把我们和他们隔出了一条河。隔河宣讲，我有心无力。

“事情就是这样。”所以，多说无益。

同事们都保持沉默，但人心都是肉长的，直到今天还有人会在聊天时偶尔说起：“你们当年的考察真不是一般人经得起的。”

后来我看了很多案例，那些在极端环境中生活过一段时间的人，往往都很难重归原本的生活轨道，轻者失语，重者精神失常。回到我自己，这个适应的时间漫长无比。当年只是本能地觉得无法被人理解。从山上重回人间，却更感孤独寒冷。用了整整几年的时间，我才慢慢劝自己融回人间的柴米油盐、俗世庸常。

我喜欢写日记。三年来考察日记写了厚厚四本，供销社买来的本子，塑料封皮上印着“为祖国奋斗”这样的座右铭；还有穿着条纹运动服的女性，身姿矫健，是八十年代末到处都有的那种图像。现在，我喜欢在独处的时候翻开这些“古董”，去触摸过去的样子。年轻时写下日记，只是为了督促自己学习，今天它却成了自己渴望攥紧时光的救命草。

1994 年，我根据考察日记整理出一篇文章，描述了我们在山上艰苦又独特的日子。奚志农看了很兴奋：“我一定帮你把这篇文章发表出来，这样的故事要让更多人知道！”挑选媒体的时候，他琢磨了整整一圈，就像没有一家媒体“够格”发表我这篇“重量级大作”似的。最后，稿子到了《中国青年报》驻云南记者站站长手里。我们都在兴奋地等着我的文字在国家级媒体上印成铅字，但等来等去，却等到了一篇署名为云南记者站站长的文章，内容全是我写的，形式上却改成了这个站长跋山涉水、艰苦采访出来的“报道”。

我们全怒了，奚志农更是两眼喷火，“去告他！”我一纸诉讼告到法院，这也成了我和奚志农这辈子唯一一次上法庭的经历。幸好，当时奚志农给那个站长的是复印件，原稿还留在我们手里，我们一方证据确凿。但审判结果出来，只是庭外和解。

庭审最后一天，昆明的一家媒体来采访我。我知道因为《中国青年报》的背景，就算采访了也无法最终见报，就毫不客气地说：“我文章写得不好，但那是真实的，是在海拔4300米的雪洞里写出来的。这个站长什么时候去了？为什么有些人的德行就是这样的！”

后来很长一段时间，奚志农都不再去看这份报纸。他的个性在那个时候已展露无遗，有冲劲又倔强。

打完官司，奚志农一直鼓励我继续摄影。可考察结束就意味着上交照相机。我那时的工资每月一百多块钱，一套专业照相机于我而言贵如天上的月亮。1994年，野生动物摄影之于我，遥远似月，连做梦都不敢想。

我回到原单位，端起铁饭碗。唯一一处改变是，我不再唯唯诺诺，只知服从命令。我跟领导申请调离下面的奔子栏保护站，回到德钦保护局工作。上山前我就和领导提出过，我是家里顶梁柱，两个老人、两个幼小孩童全靠妻子一个人照顾，我只有在德钦上班，才可以定期回去照顾家里。那个时代，在基层工作的人只会想着卖十足的“苦力”，以期换得一点“说话的资本”。我每次提出调动工作，局领导都没有明确表态，等我下了山，他们的态度依然模棱两可。我的火一下蹿得很高，直接扛着被子就住进了单位的办公室里。最后，领导算是默许了我的调任。

我心满意足地过起了边塞小镇青年的生活。怎么形容新生活呢？晚上有了电，对着一台黑白电视机，敞开看电视。当年每晚必追的剧是台湾连续剧《情义无价》，我看得如痴如醉。还有就是可以敞开肚子吃肥肉了。记得刚到保护区工作时，德钦全县城只有一家旅社，叫“国营旅社”，旁边开了一个饭店，叫“国营饭店”，是整个德钦县城最高级的去处。饭店门口永远煮着一锅肥肥的猪肉，人们顺味而至，豪气地叫上一大碗米饭，夹上两块肉，再浇上肥厚的肉汁。吃得太香了，好像这辈子的全部美味都在此时享用了一般。后来县城又开了一家“桥边小吃”，德钦人开始吃到炒菜，但再也吃不出那种香得可以把自己舌头都一口吞下肚的感觉。如今，德钦饭馆四处开花，来自“吃饭”的快感又少了许多。

德钦县城所在地是升平镇，这里更早以前被称为“阿墩子”，年长的藏族人则称“居”འཇོལ།，“居”为财宝汇聚的地方。后来我在藏地旅行，和藏族老人说德钦或者“阿墩子”都说不通，说起“居”，他们就使劲点头。德钦一直是茶马古道的重要枢纽，历史上贸易活动十分繁荣兴盛。

那个时候的德钦，还保有着整个滇西北藏区的最大集市。集市开时，四川、西藏两地藏区的人都会赶过来。这个集市每年国庆节举行，秋收之后、冬寒之前，物品丰富，时间又大把，藏区东南部的老百姓们终于盼到出门“耍耍”

的时节。他们走出山的褶皱，赶着骡马来做“物资交流”。在那个物品流通十分困难的时期，从几百公里外的山沟赶着骡马来赶集的人，也都担负着这一年养家糊口的大任。集市一开，德钦县城内外就成了天然露营地。天大地大，有路的地方就聚集着骡马和人，帐篷一排排列了很远。

从牧区来的帐篷是黑色的，牦牛毛织成。搭架这种黑帐篷简单到只需两根棍子，一根竖着，一根横着，横竖交叉处放一个牦牛的关节骨，恰巧就能卡住。棍子和骨头搭出了一个架子，帐篷搭得稳全靠黑帐篷的张力。这是藏族人传统的帐篷，那些经常要浪迹天涯的人，把家浓缩成两根棍子、一块骨头、一张牦牛布。他们吃喝也简单，随便找三块石头，就能搭出临时灶台。我们藏族人只要在天地间找到三块石头，就可以随时随地喝上热茶，再拌上随身带的糌粑，走到哪里都不会为吃喝发愁。藏族人常会说：一个家里很穷，养了三个姑娘，却只有一个头箍，出门的时候只好轮流戴着头箍出去。头箍比喻的就是三块石头上架的那口锅。藏族人还说，只要搭起这三块石头，喝茶的队伍中也许就会有神仙加入。

集市开了。天南地北的土货摆了一地，“茶马古道”复活了。牲畜、松茸、药材、山货……人们送些土特产过来，再买些土特产回去。我们藏族人特别讲究面子，尤其是从大山里出来的人，头天可能还穿着脏脏的藏袍卖货，第二天就西装革履，穿戴一新，但也还是老老实实蹲在地头卖货。他们走过了千里路，唱过了千首歌，远方的气息永远刻在朴实的脸上。跟他们接触，你很快会为自己的势利和小气而脸红。他们对金钱的态度那么朴实，有钱便豪气地去用，而不去担心口袋空空的日子。

赶集的人很多是从擦瓦龙、扎那乡而来，那里地处怒江峡谷的最深处。

赶完集回去的人们，还会赶着骡马，顺便走一次卡瓦格博的外转之路，翻几道海拔 4000 米以上的大山，看够了才回家。边走边唱，十几天的辛苦路，却是这些藏族人难得的福分。

德钦县城一年一度的热闹过去了，生活重归安静。如果从天上望下来，三江并流处的重山如同凝固住的激流险滩，这个小小的边塞小镇，恰是人类从大自然层层激荡中借来的一条缝隙。谁也没有想到德钦有一天会出名，更没有预料到，藏族人转了上千年的卡瓦格博圣山突然有了这么大的名气。

命运难料的还有滇金丝猴。

不包括尚未发现或认定的新种，世界上大约有 150 万种动物。150 万种，你知道名字的野生动物有多少种？熟悉的又有多少种？动物本无美丑高下之分，只因人类看待它们的眼光不同，而导致了它们命运的不同。

当年，滇金丝猴的毛皮被传教士从滇西北运到四川时，谭卫道手里已搜集了不少此前西方世界从未听闻的动植物标本。谭卫道终其一生在中国发现了两百多个种类的动物，其中有 63 个并不为当时的动物学家所知。这些中国特有物种一起被运到巴黎，但它们后来的境遇却大不相同。

其中，最为举世瞩目的无疑是当时被称为“黑白毛熊”的大熊猫。1936 年，美国人露丝想偷偷带走一只大熊猫幼崽。在上海出关时，中国海关因为不认识这种动物而拒绝放行。露丝贿赂了海关，之后这只大熊猫持着一张宠物狗的过关证，漂洋过海到了美国，受到美国人的热烈欢迎。据说当年布鲁克菲尔德动物园对公众展出大熊猫，头三个月，前来观看的人数就高达三十万以上。

滇金丝猴的际遇又是另一种。它的皮毛被运到巴黎之后，一直保存在法国国家自然历史博物馆的地库里，失去生命的黑灰皮毛暗淡扁塌，成了安静贮存的“模式标本”。而野外在冰雪和悬崖间跳跃着的滇金丝猴，又退回到一种无人寻找的神秘状态。

历史轻松地一跨百年，人间几番轮回，这一回，重新发现滇金丝猴的是中国人。一些中国的先见之士奋起做了滇金丝猴的“保护骑士”，并很快成为一个时代的焦点。毫不夸张地说，下面要讲的这个故事是中国现代环境发展史上一段重要的历史。值得庆幸的是，我是亲历者。

但是，这个故事尝起来像我们藏族人的浓茶，有点苦涩……

1995 年，我和钟泰下山的第二年，德钦县政府由于财政困难，正式决定开采施坝林区。

德钦的砍伐历史足足已有几十年，毫不夸张地说，九十年代之前的德钦发展史，就是一部砍伐史。在白马雪山住了一辈子的老人常常讲，白马雪山东部地区曾有过整个白马雪山最好的一片原始森林。我们也曾翻找过历史资料，资料表明以前的森林面积达到几百平方公里，可以肯定地说，这里曾经是整个西南山地最好的原始森林之一。但从七十年代开始，仅仅八年的砍伐便使得千万物种的庇护所成为荒地。1983 年，白马雪山自然保护区建立，之前的砍伐基地也被划进保护区范围。

砍林子运木材的道路也渐渐成了省道、国道，从香格里拉到德钦的 214 国道，就是从白马雪山曾经最好的这片森林中“开膛破肚”而来的。开发是那个时代的主旋律，顺着西南山地的道路史一路追述，也会看到一部血淋淋的原始森林砍伐史。树木倒下，道路进来。木材公司还嫌陆路运输不够快，将参天大树砍下直接放入金沙江中，浩浩荡荡顺江而下，再专门到下游一个河面窄小的地方截收木头，运输效率极高。八十年代有部叫《话说长江》的纪录片家喻户晓，如果现在重看，就会看到这种惊心动魄的水运木材的情景，和当年那“人定胜天”的最强音。

木头收入曾经占德钦县财政收入的百分之九十，德钦财政是名副其实的“木头财政”。经过这些年的砍伐，德钦全县除了保护区之外的最好的原始森林资源全部枯竭，伐木场于是转移到了施坝。

消息传到我和钟泰耳朵里，我们立刻急了。施坝就是我们三年考察前做滇金丝猴种群数量调查时第一个到达的地方。虽然我们当时没有亲眼看到滇金丝猴，但在对当地老百姓的调查中，我们确定这里生存着一群滇金丝猴。滇金丝猴种群调查结果也清楚地表明：现有的滇金丝猴种群中，有一群就栖息在此，数量约有两百只。

自然保护区可以要求保护，但林区的砍伐也有法可依。可是，人类怎么和滇金丝猴讲这条分割线呢？自然系统，相互依存，唇亡齿寒，无法划出分割线。

滇金丝猴猴群的迁移范围可达 50 平方公里，每个种群通常有固定的“家园”范围。但不同种群的相互接触能够促进滇金丝猴的种群交流，优化种群基因。猴群的一场场厮杀，会导致猴群成员伤残、死亡等，但也有可能使得一个群体的某只年轻力壮的大公猴在另一群体夺权成功，一个更加强大的外来基因就此有了繁衍生息的可能。

听到施坝林区要砍伐的消息，我和钟泰都急得嘴里长泡。施坝林区周围已不接壤原始森林，几十年的砍伐让这里成了“孤岛”，滇金丝猴无处可逃，我们俩却除了掉泪别无它法。砍伐由县里决定，不仅合法，还合惯例，甚至合乎情理——整个德钦县的财政一直以来都架在木头上，不砍木头怎么发工资？

此刻在昆明同我们一样着急的还有奚志农，他也在为此四处奔走。奚志农有个朋友叫熊建华，是一位摄影师，心地单纯善良，但不幸患有先天性小儿麻痹症。奚志农曾经给他推荐过一本书《环球绿色行》，书的作者唐锡阳曾经是《大自然》杂志的主编。《环球绿色行》写的是唐锡阳和妻子马霞（Marcia B.Marks）自费拜访全世界自然保护区和国家公园的心得与感受。在那个出国对于绝大多数人尚属遥远的八十年代末九十年代初，他们的经历宛如传奇：走了二十几个国家，是为中国环境保护学习经验、找到对策。《环球绿色行》发行量不大，却被全国很多热爱自然的人口口相传，视为珍宝。奚志农、熊建华也是它的千万读者之一。

奚志农的焦急触动了熊建华。熊建华试着给唐锡阳寄出一封求助信，并在信中留了奚志农的电话。信寄出不久后的一个晚上，奚志农家中的电话响了。

1995 年的中国，走在大街上随便问一个人，什么是环保？大概没有几个人能说得出。那时没有雾霾、没有垃圾围城，酸雨、污染等还是新鲜词汇；那时人们讨论的中国环境问题还仅止于“白鳖豚濒危”这样的事件；那时“保护”还属于奢侈的“拖后腿”行为；那时媒体中会出现“动物重要，还是我们老百姓的死活重要”这样的声音，并且往往还得到大多数人的深深赞同……

隔着一根电话线，两个从未谋面的人，商量如何阻止遥远滇西北一片林子合理合法的砍伐。这样的事情，只有他们那种性格的人才做得出来。

奚志农的个性自不用说，后来我了解到的唐锡阳也是个倔强了一辈子的人。唐锡阳在“文革”时遭到严重迫害，用他自己的话说是“妻离子散”。妻子被红卫兵打死之后，他一度想要轻生，于是在游泳池一遍遍练习跳水，目标是务必让头先入水，这个练习是为了将来自杀时可以精准地一跳毙命。不公的待遇让这个知识分子充满愤恨，平反后他从大自然中得到了前所未有的安慰，“只有大自然对我是公平的”。之后，唐锡阳走遍中国的自然保护区，写成《自然保护区探胜》一书。他在西双版纳采访时遇到第二任妻子马霞。马霞是美国人，中文说得磕磕巴巴，而唐锡阳的英文能力基本为零，两个人在一起居然能沟通无碍。唐锡阳退休后，携手马霞一起写成了《环球绿色行》。

电话里，唐锡阳让奚志农直接给国务委员宋健写信。奚志农觉得连夜写出的信没有把握，就把写给宋健的信、滇金丝猴照片及我们三年心血凝结的考察报告一并寄给了唐锡阳。唐锡阳收到资料后，又花了三天的时间对信做了修改：

……这片原始森林和林中的滇金丝猴，已经生存千百万年了，千百万年没有毁掉，为什么一定要毁在我们的手里？……我不相信只有“木头财政”这一条死路。吃完这片林子，就剩下保护区了，是不是又要吃这个保护区？吃完这个保护区，还吃什么呢？难道我们解决问题的办法就是“吃祖宗饭，造子孙孽”？……在这严峻的现实面前，或者当机立断，或者遗憾千秋……

收到唐锡阳的修改版后，生怕其中涉及科学的部分不够严谨，这封信又经过多位动物学、生态学家的严格推敲，最终在龙勇诚的办公室打印出来，奚志农郑重签上自己的名字。

1995年12月8日，信从昆明寄出，投递对象是唐锡阳的一个特殊的读者——时任国务委员国家科委主任的宋健。

《环球绿色行》虽然不是畅销书，却在爱好自然的人群中口口相传，曾有人把它推荐给当时的全国政协副主席宋健。宋健按照官级比唐锡阳不知大了多少，按照正常渠道似乎永远无法产生交集的两个人，却因为这本书得以相识，而共同对自然的无私情感，又让他俩从此惺惺相惜。

宋健对这封信的批示是："奚志农同志，大概是出于无奈而发出的最后呼喊。"这个批示连同信件一起被转到原国家林业部。宋健要求专门调查，并依法施加影响。由原国家林业部、原国家民委、国务院扶贫办联合组成的专项调查组在第二年1月份抵达德钦。

这个过程已经被无数媒体用赞美的语气宣扬了一遍又一遍。施坝林区砍伐，从写信到禁止只用了几个月的时间，它就像一曲凯歌，为环境伸张了正义。这个过程迅速而强劲，出乎周围所有人的预料。我和身边所有人都能感觉到，中国的环境保护已到了转变的拐角。停止砍伐是大势所趋、人心所向，中国政府高层也意识到不能再走资源消耗型的经济发展老路。而地方政府相对滞后的意识和行动，以及资金紧缺带来的无可避免的短视，正需要这样的"绿色之火"来指引。

推动环境保护的还有民间力量。1993年，中国第一个本土环境保护非政府组织由梁从诫和几位理事共同发起成立，取名"自然之友"。唐锡阳是自然之友的会员，阻止施坝林区砍伐的这封信也由他交给了第一任会长梁从诫。

这个时候，全中国究竟有几个人知道滇金丝猴？但一个神秘未知的物种，遥远的滇藏边界的"香巴拉"，还有正在兴起的环境意识中积蓄起的无处释放的情绪，都足以让人热血沸腾。滇金丝猴的故事也打动了当时方兴未艾的高校环保团体。

不久之后，奚志农专程去了北京。在北京，他见到了心心念念的唐锡阳老师和梁从诫先生，并加入了“自然之友”。当时以大学生为服务对象的环保组织“绿色大学生论坛”，还组织起全北京的高校环保团体，请奚志农做了演讲，之后大学生又在活动现场给施坝的两百只滇金丝猴点起两百根蜡烛。几个月之后，奚志农受《东方时空》的邀请再次来到了北京的中央电视台工作，同时也给唐锡阳带去了白马雪山保护局董德福局长的邀请。唐锡阳不禁升起一个想法，为什么不带上一批年轻的大学生们在即将到来的暑假去一趟白马雪山呢？唐锡阳的夫人马霞也和唐老师私下商量，拿出一万块钱支持大学生们，当时的自然之友会员杨苹和丈夫也找来了四万块钱的赞助。振臂一呼需要勇气，而中国复杂的环境问题究竟什么样子，还是要去现场才能明白。

1996 年 7 月 25 日，“大学生绿色营”开营。几十个学生上了火车，朝白马雪山奔来……

“大学生绿色营”又称“绿色营”，第一期营员有大学生、记者、国家干部，钟泰成了他们的向导、塌方清路工……后来唐老师给他赠书时签名——“致 96 绿色营营员钟泰”。

当时我对“绿色营”知之甚少，刚进单位大门就见操场上都是大学生。他们刚刚从明永冰川做环境调查回来，风尘仆仆，大包上满是泥尘，我心里满是佩服。

直到中央电视台的《新闻联播》《焦点访谈》，中央级媒体《中国青年报》，甚至国外的媒体《时代周刊》（*TIME*）都发表了大篇关于绿色营的报道，“中国民间环境保护运动”之类的说法才让我对这次的大学生行动有了更高层次的认识。“大学生绿色营”后来被推崇为“中国绿色学校”，而白马雪山自然也成为了大学生环保运动的摇篮。学生们奔赴白马雪山的事迹吸引了众多媒体报道，使白马雪山和滇金丝猴在那个夏天迅速被千家万户所知晓。

两年后，“大学生绿色营”的随队环境学者沈孝辉根据这次远征出版了一本报告文学集，书名为《雪山寻梦》。这本书我捧起便无法放下，一夜伴着震惊和眼泪。

沈孝辉的经历和唐锡阳的一样曲折。作为“文革”时期的大学毕业生，他被分配到辽宁，在那里，他遇到了一辈子的爱恋——长白山。我和沈老师所爱不同：一座是北方火山喷发形成的山体，一座是滇西北第四纪冰川雕刻后的山系，“冰火”本不融，但读沈老师的书，我常常生出一种被他的文字点到骨头里的浑身发麻的感触。

《雪山寻梦》有一处，我读得泪流不止。当时，唐老师的爱人马霞已经是癌症晚期。7 月 25 日，绿色营出发前几个小时，大学生们去火车站之前特意到马霞所住的医院送鲜花。唐老师忍住泪水说：“同学们的花，马霞已经不能够亲手来接了。”——就在几个小时前，马霞去世了。

唐老师带着伤痛和大学生们在云南一路考察，一直到了白马雪山垭口，旅途的奔波换成了大自然的沉静，唐老师摘下一朵小花：“我平时不摘花的，这朵花代表马霞，她就是一朵默默无闻的小花……”当时已近七十高龄的唐老师，终于不再压抑自己，在所有人面前号啕大哭。大家煨桑祭奠马霞的香烟，在白马雪山慢慢升高、远去。

感谢沈老师写下《雪山寻梦》，让我这个局内人了解到那么复杂的内因外情。

“96 大学生绿色营”出了不少如今在环境保护圈赫赫有名的环保人才，他们和老一辈的环保主义者们的经历很不一样。新一代的环保者们，见证了河流从自己小时候的鱼虾众多到长大后的垃圾漂浮，他们对自然的追求中更有理论和政策上的觉醒意识。

与他们相比，我是幸运的。一个藏族人的孩子，生在雪山脚下，长在雪山中，工作又是保护这座雪山。虽然我的文化程度不如他们高，但我可以在最茂密的森林中撒欢奔跑，在这片最纯净的天地中生长、老去。

大自然难道不是人类最应该去珍惜和保护的吗？如果说欧洲从工业革命到自然意识觉醒，用了一百多年，那么，可以说，中国的自然保护行动在 1996 年尚属初级阶段，中国的自然保护任重道远。

当时中国的自然保护区一般都在深山老林，很少有像白马雪山保护区一样，区内还有居民。白马雪山自然保护区建立时，保护区及周边生活着近一万村民，因为白马雪山有滇金丝猴这个旗舰种，德钦的生态靠滇金丝猴保护下来，可以说，人类反倒欠了滇金丝猴的。

历史大潮浩浩荡荡，人类的命运也被洪流激烈地冲荡着。所有参与过这次滇金丝猴保护运动的人，命运也都被改变了，不论是自愿还是被迫。奚志农在这件事情之后成了名人，从此在电视报纸上频频现身。不过，他也成了让云南省林业厅头疼的一个人，原本的林业厅宣传处的工作无法继续。“塞翁失马，焉知非福”，无处可去的奚志农收到了中央电视台《东方时空》栏目抛来的橄榄枝。他去了北京，做了中央台的一个摄影记者。他后来关注的“藏羚羊大屠杀”，又成为了继滇金丝猴之后，国内环保界的第二大热点。

不过所有事情都有多面性，只要做事情就不可能让每个利益群体都百分百的满意。奚志农是一个热血人士，尤其对动物和环境，我看到他多次激动不已，语言激进、情绪激动。这样的一个人必然会带来很多争议，奚志农一路走来，内心也必然会越来越孤独。

不过，他对我和钟泰还是满心兄弟相待，到北京后，我们也一直保持联系。

1995 年，要求禁止砍伐施坝林区的呼声此起彼伏，国务院责成林业部成立调查组入驻德钦，动静不小，最后一纸红头文件，施坝林区因栖息着滇金丝猴群，砍伐严令停止，地方财政困难将由中央财政转移支付来解决。

但让所有人都没有料到的是，到了 1998 年，德钦县竟然又开始采伐各么茸林区！两三人都环抱不过来的原始森林原木被一批批运出来，可见砍伐之惨烈。事实证明，这些砍伐区后来恢复出的次生林，有很长一段时间都只是箭竹和杜鹃林，原本参天的原始森林在斧头下完全消失了，我们心中极其愤怒。

此时的奚志农刚刚从《东方时空》辞职，得到消息的他当即去找了《焦点访谈》的制片人，希望做一期节目来阻止原始森林的采伐。相信每一个经历过九十年代的人都知道《焦点访谈》——那个时代的“打虎大英雄”，曝光了很多其他媒体不敢讲的幕后黑事，让老百姓看得人心大快，而且坏事情一旦曝光，往往很快会得到解决。

《焦点访谈》的两位记者直接飞到丽江，我租了一辆北京吉普去接机。

“要不要先到丽江休息一下？”我问。

“直接去现场！”一下飞机，两个记者就流露出“赴汤蹈火，在所不辞”的冲劲儿。我也跟着紧张起来，他们带的摄像机大得惹眼，一看就是媒体采访，可乱砍滥伐拍摄起来显然没那么容易。我才开始意识到自己领了件多么艰巨的任务。

果然，刚走进砍伐区，麻烦就来了——几个人围了过来，严厉地问：“你们拍什么？”记者镇静地亮出他们的身份，说是来拍摄采伐情况的。我捏着一把汗，故作镇定地和来人用藏语搭讪，想营造一种“自己人”的氛围。来的人用眼睛厉害地“检查”了我们仨，然后什么也没有说，就任由记者拍了。

这个难关就这么容易地过了！回头看，那个时代的人普遍单纯，德钦人更是简单得没有“防火、防盗、防记者”的意识。而且，砍伐的工人都是最底层的老百姓。

《焦点访谈》的记者们还采访到一个因采伐受伤而被锯掉一条腿的人。镜头里一下充满了悲伤的气氛：“我们山上以前什么都有，老虎啊豹子啊，后来山秃了，这些动物也就全都走了……”镜头永久地记录下一个破败小屋和小屋里一个穷困得失去希望的人。

老百姓已经感觉到砍伐并没有给自己的生活带来什么实质性的改善。采伐使当地人赚了些苦力钱，但那不过是涸泽而渔，过几年再看，当时砍伐的地方大多成了远近最贫穷的村子。当年还有人羡慕这些砍伐带的村民可以拿到伐木的薪水，可如今，没有砍伐过的村子仅靠采集松茸和其他野生蘑菇就有不错的收成，更何况有的地方还种药材、采虫草。

“自然环境保护重要，还是老百姓吃饭重要？”那个时期，环境保护界经常被这样质问，仿佛环境保护只是奢侈品。问出这样话的人，他们真的明白现实情况吗？他们把自然看成是有刻度、可计量的一道数学题，这种态度真是充满了人类的短视和盲目！

采访结束后，我们回到当时的木材公司所在地拖顶乡。两个记者和司机都去采访了，正好碰到当时分管林业的德钦县副县长。副县长在接受采访时说得有些随意，后来联合调查组下来，他立刻被摘了乌纱帽。

节目录制好了，但不知通过什么渠道，中央政府和林业部首先知道了这件事，文件下发到云南省，云南省直接问责德钦县。事态一下严重了，整个县政府人心惶惶。一会儿听说省领导带着州领导和县领导去中央汇报情况，一会儿又是谁谁谁被撤职，刚刚听说事情过去了，又马上听说还有更大的责罚等在后面……这期《焦点访谈》的播与不播，简直成了“焦点中的焦点”。“肯定不播了”“绝对不播了”“省领导都拿到文件了怎么还会播出”……我听了一耳朵传言，每次都暗自摇头，我和两个记者还保持着联系，我知道这期节目肯定是要播出的。

1998 年夏天，长江洪灾暴发，这是新中国成立以来的最大洪灾。当电视屏幕上出现坐着水桶在洪水里漂流的孩子，被困在屋顶等待援救的人们，背着沙袋去堵水口却被洪水卷走的解放军战士，被洪水吞噬的家园……1998 年 8 月 1 日，我们期盼的这期《焦点访谈》在中央一套播出了，节目取名为“补贴到手，斧锯出手”，德钦各么茸林区就这么和全国观众见面了。

据说时任国务院总理朱镕基看了报道，怒得拍了桌子，连夜发出责令。德钦再次被推上风口浪尖。不仅是德钦县、迪庆州，甚至云南省政府各部门都有了非常大的压力，云南省省长紧急发出“斧锯入库，锄头上山”的红头文件。

天然林保护工程已于 1997 年开始实施，“98 特大洪水”本就让每一个国民的情绪都提到一个高点，德钦依然在砍伐的节目恰在此时播出，无异于掀起一场社会舆论的特大洪水。“天保工程”深入人心，保护森林的法律法规有了强大的威慑力，无论官员还是老百姓，都绝不可能再让乱砍滥伐的事情发生。现在走村串户去和白马雪山的老百姓聊天，大家还都能清晰地记起1998年的大洪水，他们会流露出明显的遗憾和羞愧：“看到电视上，大水冲得房顶都不剩，就觉得是我们愧对人家了……”善良的老百姓一直把砍伐都认成自己的错误。

我做梦都没有想到，这件事竟引起了如此大的连锁反应。当年只是出于对滇金丝猴保护的朴素情感，觉得一辈子做这个物种的保护，这个事情我就应该去做！

这场舆论风波的后果：德钦县财政得到转移支付，还间接促成了维西县的萨马阁林区和澜沧江沿线的滇金丝猴栖息地划入白马雪山保护区范围内。白马雪山自然保护区的管理机构也从科级提升为县处级，保护的范围从22万公顷扩大到28万公顷。

至此，白马雪山的所有滇金丝猴种群得到了更为严格的保护。而且，我们保护的不仅仅是滇金丝猴一个物种，更是白马雪山28万公顷的生态系统，这样完整的生态系统在地球上独一无二。围绕滇金丝猴的保护手段有很多，最有效的无疑是栖息地的绝对保护。只要栖息地得到严格的保护，任何物种的生息繁衍都不再是问题。

2003年，奚志农拍摄制作的纪录片《神秘的滇金丝猴》，在被誉为“绿色奥斯卡”的英国自然银幕电影节（Wildscreen Festival）上获得了TVE奖，是首次在这个电影节上获奖的中国纪录片。

滇金丝猴出名了，整个中国天然林的砍伐都被禁止。无论保护区内还是保护区外，至今，我们都不需要再为滇金丝猴的命运而忧心忡忡，奔走相告。

一个时代过去了。

我们的生活、滇金丝猴的故事都还在继续，如金沙江一样，时而滚滚，时而静淌，没有一刻可以真正地平息……

四　WWF和藏族人的生命观

我的生命分为两段，前一段是“上山前”，后一段是“下山后”。

“上山前”的人生得益于我的父母和江坡村，他们赋予我善良的基底，也让我明白不要去幻想红运当头，因为生活总是千难万险，我需要一副又臭又硬的脊梁。是的，“上山前”的我，笨拙、老实。

三年考察生活是炼狱，也是重生。除了对苦和累更加“免疫”，还会偶有浮云从心田升起，搅起些不甚实际的小幻想、抑扬顿挫的句子、似有还无的神秘……不记得从什么时候开始，我放纵自己浪费时间去“瞎想”，直到有一天别人说我“浪漫”。

我，浪漫？

发育不良，几个月没洗过澡，还带着一身的病，这样一个肉身真真是自己也羞愧。但只要到海拔4000米以上，云彩便是身下之物。躺在山巅，被一个洁白的世界接纳，远离尘世，这时候会突然生出对命运、世道、自我的种种豁然之感，有了些在山下完全无法体会的“浪漫”之情。

1993年11月28日的日记中，我这样记着：

早晨我早早来到山边，一天的观猴记录又开始了。长时间不见人烟的我，却看到许多和我遥遥相对的山顶，有缕缕青烟直上蓝天，于是蓝天青烟和高耸挺立的雪山构成一幅如画壮景，小小的我也在缥缈的空中……

在这样的静谧中，猴群就在临时营地不远处活动，几天都没有离开，真是难得的天堂日子。每天做观猴记录，有时累了，就把望远镜调向山对面的高山牧场。有一次，我的视线中竟然出现了一个小姑娘！小姑娘身着藏装，腰身不盈一握，脑后的长辫子又粗又黑。她在镜头中跳来跳去，跳出一段快乐的音符。更妙的是，与小姑娘相伴的是位头发花白的老爷爷，烟云缥缈间爷孙俩那悠然的牧民生活，简直是一幅慰我忧愁的桃源美卷。

这次考察持续了十三天，等到猴群走了，我才依依不舍地离开，这是整个三年间最愉悦的一次工作经历了。回到营地，我就迫不及待地和大家分享“奇遇”，几个大小伙子立刻骚动起来：“在哪儿？在哪儿？我也要去看！”等我老实交代完，他们全都一脸失望：“原来是那里啊！我们早就知道这对爷孙了，哪儿像你说的，跟神话故事一样！”我不敢再争辩，只捂好心里那汪甜蜜，一个人的时候再拿出品尝。

“下山后”我还发觉自己开窍了，开的窍之一是对“村寨”和“老百姓”

有了全新的认识，后来接触了非政府组织（NGO），才知道还有个新词汇——“社区”。

早期去村子宣传环境保护却被当成过街老鼠的往事还历历在目，上山后却相反，滇金丝猴野外考察工作太艰难了，进入层层大山，村里的老百姓就成了我们最大的支柱和后盾，我们不再是给他们压力和命令的保护区工作人员，反而时时刻刻要依靠他们。

我们海拔 4300 米的营地是从山下村子到高山牧场的必经之路，路过的村民往往会顺道来营地喝杯热茶，上山时带来新鲜蔬菜，下山时留下酥油和奶渣。在考察的第二年，整整一个冬天我们都没有下山，冰天雪地中，向导吉层的妈妈捎来十个鸡蛋和两把青菜，我们才想起月份已转到 3 月，这抹捎来的青色嚼在嘴里，唤起的是身心深处的春天。还是那年 11 月的隆冬，滇金丝猴在一个很小的区域里待了十二天，当时我们带的食物已经见底，稀粥也已喝了三天。钟泰留守继续观测猴群，我一个人跑到最近的尼吾村去“要饭”。我先去找一个总帮我们的老妈妈，她带着我一户户敲门，可哪家都没有大米了，要来要去，只有当地老百姓种的一种“鸡眼豆”，但这东西山上营地的锅怎么能炖烂？见我犯难，老妈妈又转身敲开了村里唯一一个干部家庭的门，这次真的要来了五六斤白米。老妈妈再转身回家，从吊起的竹篮里翻出几枚鸡蛋，小心翼翼地塞在米袋的中间……

吃了百家饭，喝了百家茶，我再也不是那个和老百姓张不开口、只会住牲口棚的青涩小伙儿了。我学会迅速打开局面，和大家聊得火热，聊他们最关心的收成，聊今年气候对农作物的影响；看到他们田里的活儿忙不过来，直接撸起袖子干——我至今都是田里一把好手；屋里屋外转一圈，这家的经济情况怎么样，家中劳动力是否足够和得力，什么样的帮助最急需，这一切都心中有数了。

村民们总是很容易记住“保护所那个卷头发的肖林”，农忙时节就把钥匙甩给我，家里能吃能喝的随便享用，当然也少不了要干干家务活儿。他们并不把我当外人，剩下的酥油茶直接倒给我，而不需要客气地为“客人”再烧一壶新茶。

三年考察，对当地村民送来的一粒米、一块酥油，我都心存感激，总想有朝一日能涌泉相报。可拿什么来报呢？

“如果有一天，可以有活佛或者格西再来给我们讲次经就好了。”村里的老人们感叹地说。每一个藏族人都能深深理解这样的需求。如果说藏族人是高山上的草木，那佛教就是太阳，经文就是雨露，草木需要时时经受照耀与洗涤。但滇金丝猴分布的深山地带，交通极为不便，无论村民出山还是请僧人进山，在当年都是浩大的工程。下山之后，我一直想找个机会带着格西去给滇金丝猴附近几个村子的老百姓讲经，但是我又哪来那么大的能力和资源？

没有想到，下山后和 NGO 的一次偶遇却打开了这道大门。

1995 年 4 月，我和钟泰接到保护局通知，要去西双版纳参加麦克阿瑟基金会（The John D. and Catherine T. MacArthur Foundation）的一个培训。在那个“旅行”属于奢侈的年代，单位把这个机会当作给我们在山上几年辛苦考察的回报。当时西双版纳可是全国人民都渴望的：热带丛林，丰富的植被，美丽的傣族姑娘……

当时 NGO 是一个新鲜的词汇，NGO：Non-Governmental Organizations,

直译“非政府组织”。在那个年代，这个全称有点“吓人”，所以 NGO 这个洋词儿出现的频率更多。我和钟泰不懂这些称呼背后的博弈，只是兴奋地踏上了培训之路。

上世纪九十年代，一场大雪就让白马雪山进入封山状态。4 月中旬我们出发前，连下了四五天的雪，封山整整一个星期。开山第一天，我和钟泰去坐长途车。我们特意套了好几层厚衣服，裹成一个圆球，结果还是冻得够呛。车子时时在雪地里打滑，稍稍冲出雪的包围，又感觉要滑到悬崖边了。那时，从德钦到昆明需要坐四天的车，好不容易下到低海拔处，脱离冰雪包围，尘土又充满整个车厢，我俩坐在最后一排，看到从车窗透进来的阳光都被灰尘裹得严实。

我和钟泰“腾云驾雾”地到了昆明，脱下厚厚一身衣服，脱完竟然装了半麻袋，转身再上长途车，又摇了三天，西双版纳到了。平生第一次来到热带，我们又脱了半麻袋的衣服，上街各买了一条短裤，哇，清清爽爽。两个高原土老帽去逛街，4 月份居然就有很多水果，绝大多数是我们第一次见。我和钟泰尴尬地头碰头商量：“买个尝尝？”“不会吃，多丢人！”

这次培训的项目是野生动物资源调查。培训老师是个英国人，据说是全球猫科动物顶级研究者。当时，西双版纳的野象谷还没有开发旅游，遍地都是野生动物，资源保存极其完好，地上很多动物脚印。老师带我们追踪亚洲象，用石膏复制脚印，教我们通过辨认大象陷进泥巴里的脚印尺寸来估测其体重。第一次和世界级的专家学习，我和钟泰都心怀忐忑，但上手一学就感觉得心应手。我们丰富的野外实践经验让我们学习起来毫不费力，人也放松下来。

培训处组织大家去傣族餐厅吃饭。伴着歌舞表演，我和钟泰喝了点酒。

听着傣家小姑娘们跳来跳去竟然全是一种调儿，我不耐烦了，直接站起来说："你们都休息一下，我们两个藏族人上台给你们表演！"

所有人都愣了，随即响起的掌声热烈得能把房顶掀翻，热浪把我和钟泰推上表演台。我浑身的血液涌上大脑，想起了一个顶顶重要的问题：表演什么啊？我和钟泰商量了几个回合，俩人会的都不一样，干脆豁出去了，我随口一曲弦子边唱边跳，好在钟泰也很快进入了状态。

我肯定得了当晚的"最佳丢脸奖"。第二天，所有人一见我和钟泰，就像开关按钮被触动一样笑个不停。话匣子打开，大家听说我们坐了七天的长途车来培训，都敬佩得不得了。培训总共六天，我们来回的车程就要十四天。我心里暗笑说，真没见过"世面"，我们在德钦还等了一个星期的车呢。

培训接近尾声时，每个人要讲一个自己旅途中的故事。轮到我时，我张口就来。我们从德钦到昆明的路上需要夜宿旅舍。在一处前不着村后不着店的荒山僻壤，司机和旅舍老板联合起来欺负乘客，将一碗只有两块骨头的排骨萝卜汤收了天价，我气得饭都吃不下，碗里剩下的米用筷子胡乱拨了一地。住宿地的床铺很脏，我要求服务员更换，服务员一脸不屑："人那么脏，还要干净铺盖！"第二天早上天不亮长途车就要出发，我一看没有人检查床铺，临行前就把床单撕了，胡乱一卷，大摇大摆地走了。所有人听了都在笑，两个老外简直笑疯，不知道大家是觉得我傻，还是觉得我坏。

从那次培训之后，我便和项目的负责人刘蕴华老师有了联系。后来，刘老师转去世界自然基金会（World Wide Fund for Nature or World Wildlife Fund，简称 WWF）任职。自然基金会是历史上第一家进入中国的非政府环境保护组织。1996 年，刘老师通知我去参加北京的一个培训会。

这是一次环境教育的研讨会，讨论议题包括节约水资源、治理空气污染、垃圾分类等。在九十年代中期，中国的环境还远不是今天的样子。那个时候北京没有雾霾，“沙漠逼近北京”才是当时大家最关心的环境议题。环境讨论的焦点也多集中在政策法律法规上：乱砍滥伐、兴修水库……老百姓对于“环境”“环保”这些词还很陌生。在这样的背景下，当时研讨会提出在社区中做公民的环境教育，这种观点无疑先进而新鲜。

我在会上听了很多新鲜的词汇，灌入了不少先进理念。但是直觉告诉我，这种城市里的环境教育与我们保护区内针对少数民族村落的环境教育，绝对不是一个概念。轮到我发言时，我直接提出我的困惑：城市里的环境教育已成体系，有现成的课本和教程，我也可以带回去和我们当地的学校合作，可我担心本地的孩子无法认同。比如，课程中反复提到节约用水，说洗脚的水可以冲马桶之类，可我们那边通常家门前就一条大河，从家里流出来就直接流到河流中去了。小孩子从小在河流边长大，看到的是用不完的水……环境课程再先进，搬到我们那边去也没有什么意思嘛。

刘老师问我，什么样的环境教育才是对白马雪山有效的。

“找活佛或格西到村子里去讲经吧！”埋藏已久的夙愿看到希望，我的话匣子一下打开，“白马雪山保护区现在面临的最大问题，是周围的村民是否能够爱护野生动物，如果能够做到没有人偷猎已经是巨大的改善了。而‘不杀生’这个约束力量只能来自佛教。我妈妈是个很虔诚的佛教徒，受她的影响，我这辈子就认定，一个虔诚向佛的人，他的内心肯定也是善良的。我在工作中接触过很多老年人，很难找出一个心眼很坏、成天算计别人的，他们的生活很朴素，这种朴素不是天生的，而是长期信仰的结果。年轻人则变化很大，尽管和外面的年轻人比起来已是非常朴实，但他们太看重利益的得失，目前佛教的传统力量对他们还有约束，但所有人都能感觉到这种心灵的约束力越来越弱。我接触的很多老年人都希望喇嘛能来村里讲经，希望讲经的内容可以多熏陶年轻人。喇嘛讲经的内容很丰富，如果你是一个能听懂讲经、骨子里又很善良的人，肯定能走上善行之道。”

我还说了我三年野外考察的经历，讲考察中得到的感受：

“外人一直以为很多藏族人生活艰辛，而物质的贫瘠似乎和原始自然环境有着必然的联系，如果想要生活质量得到提升，必然是以自然环境的破坏为代价。但其实藏族人并没有觉得自己的生活有多么艰苦，或者我们藏族人追求的物质条件和汉族人实在差得太远。他们可以安于一餐饭只是一碗糌粑、一壶酥油茶，但是如果很长时间没有听到喇嘛讲经，这才是艰苦的、无法忍受的生活。

“但不同年龄的老百姓断层很明显，这和信仰也有关系。我自己就感觉包产到户是一个巨大的分水岭。一直以来，我们江坡村所有家庭的羊就在一起放养，每户轮流放。每晚羊群归来，浩浩荡荡，流沙滚石，流到哪里，哪里遭殃。有些田地的围栏破旧，羊群会毫不客气地全部跳下去，吃青稞小麦，地里一片狼藉。老爷爷老奶奶看到就会急起来——那家的羊子怎么又跳到地里去吃青稞啦？老人家即使瘸着脚也要赶过去把羊全赶到各家羊圈中，拴好圈门才算踏实。还有，乌云转来，眼看就是一场倾盆大雨，晒在屋顶上的粮食和被褥马上要遭殃，这时只要有谁在高处看到，肯定很快就会帮着把青稞收到避雨的地方，床褥、被毯从窗户缝塞进去。

“‘羊不是我家的，跟我有什么关系’，这种念头对他们来说简直不可思议。

“这就是我的童年记忆。我们藏族人的村子就是一个扩大的家庭，住在里面的人七拐八绕都能攀上亲戚关系，也会有亲人般的相互照顾，不要说谁会去算计谁，只要一点坏心思冒出来，不等别人来指责，自己就要羞愧地跑到佛堂去磕头。

“包产到户后，牛、羊、猪、地都是自己的，大家来往越来越少，都以家庭的形式各自为政。牛羊还是集中在一起放，但首先要根据牛羊的数量来分配每户放养的时间，慢慢地，已经很少有人去关心别家是否有主人，圈门是否打开，即使羊群跳进农田大吃，也只是那一家自己倒霉了。

“自私的闸门打开，传统的道德感如同掺了水的青稞酒。眼看着我们藏族年轻人变得越来越自私，这是一个大趋势。但是如果横向比较起来，一个村庄只要有僧人可以定期来讲经，或者村子里有居士定期举行宗教活动，这个村子的人心还是会比其他村子更齐。论起环境来，这个村子周遭的环境就是比不重视宗教传承的村子保护得好，因为这个村子的人肯定不会是‘我砍了树，占了便宜就不去管别人’。我们藏族人说，一个地方住的人如果心都坏了，这个地方的山神都是坏的，这个地方的环境也肯定是坏的。对我来说，环境保护首先要做的也是最应该做的，就是保护人的心灵……”

在座的人都听得入了神，大家都觉得说出了些新想法。

“在你看来，请喇嘛讲经就是环境教育吗？”刘老师问我。

“对于我家乡的藏区，至少在现在这个阶段，去宣传什么垃圾分类或者节约用水，都远远不如请喇嘛讲经来得有用。”

“那如果你来组织，你准备怎么做？”

“我要去请几个德高望重的喇嘛，回到滇金丝猴栖息地给大家讲经。”

“太好了！”

世界自然基金会的工作惯例是先写报告再批经费，而刘老师先拨给我一笔钱，先做事，后报销。

我当时的观点很多人都觉得新鲜。环境保护的做法，不是从西方吸取外来先进经验，而是在本民族的文化中找寻已存的经验。我自己也憋着一股力气，就是想要证明我们藏族人的传统文化可以和先进的欧美现代知识比肩。

与刘老师的第一次合作非常愉快，之后我们合作越来越多，她也把她的团队带过来参观。慢慢地，自然基金会环境教育部把工作重心也转了过来，在保护区很多村子建立了社区中心。“社区中心”是个放在项目报告上的时髦词儿，放到村子里，其实就是一个人们可以经常聚会的地点。这个聚会地点并不是有了自然基金会的环境教育项目后才有的，之前村里共同活动的场所很多：打麦子场、经堂门口的空地……包产到户后，集体活动的公共设施年久失修，没有躲开坍塌的命运。人与人之间，少了交流就少了很多感情，村民自己也觉得，大家聚在一起的时间越来越少，本来应该共同关心的事情，也渐渐变得无人操心。在自然基金会项目实施的村子，村民们首先提出，要建一个可以一起活动的场所，他们最先想到的就是宗教场所，有一座白塔，旁边还有一间房子用来做经堂，周围可以有地方烧点火，烧酥油茶和着糌粑，晒着太阳聊起天，这就是他们认为的最好的集体生活。

这样的“社区中心”通常就成了带着一片大空场的经堂或者佛塔。村里的经堂、佛塔，被人们带着敬意地建在村中最高的那个山顶。敬佛、磕头，闻着煨桑特有的香柏枝的香气，在高处坐看云起云落，在这样的地方讨论出来的结果，天然也有了些高瞻远瞩的味道。

我特别清楚地记得，有一个名为东水的村子，村落正处于一座山的山脚，这座山的山体因砍伐早已形成几条深沟。之前有人砍树影响了山体，村民集体讨论后，觉得这会让整个村子头顶着山洪暴发的危险，集体压力下，砍伐停止了。但包产到户之后，整个村子都不再关心公众安全，砍伐重又进行，大家明知道这会带来安全隐患，但谁都不愿出头来管。直到社区中心建立，这个问题才再次被提出来，那些靠砍树发了财的人自知理亏地缩在角落。“有的问题无法回避，不然最终吃亏的还是我们自己啊”，老人们似乎终于找到了伸张正义的机会。封山的集体决议很快达成，村子上方的几个山沟绝对禁止砍伐，离村落较远的山沟，砍伐需要征求村民集体意见。我们藏族人和藏族人的文化就是生长在大山大河和牧场中，每个人自然懂得环境的重要性。只要有人关心、有人监督，一个地方的环境就不会因为个别人的利欲熏心而蒙受损害。

集体议题有时也需要项目来引导。随着澜沧江峡谷和金沙江峡谷葡萄产业的推进，藏族人对土地升起了新的热情和希望。大家把视线纷纷投入到那些荒废已久的空地：种植经济果木林，种植中药材、养殖蜜蜂……看到人们的积极性被调动起来，在项目具体执行时，我们也有意识地把他们引导到种养殖培训、兽医培训、能源替代、传统文化保护等更丰富的项目上。NGO 项目的高妙之处，正是在于添砖加瓦、抛砖引玉。

世人都知道藏区山地有两宝：松茸和冬虫夏草。

松茸的价格最早被炒起来，是因为据说松茸可以抵消核辐射，先是天价出口到日本，后来又主攻国内市场，成为高端奢侈品。很长一段时间里，白马雪山附近村子的收入几乎全都来自松茸，但偏偏松茸和冬虫夏草这两样山地藏区最重要的“发财之宝”都无法人工培育，完全依靠大自然赏饭吃，而松茸的产量却连续几年逐年下降，老百姓很着急。究其原因，其实就是采集不合理。比如“童茸”，人们明明知道这么小的松茸今天只能卖十元，只要能再生长三天，价格就会翻几倍，但想着“我不挖，其他人也会挖”，就采集了。还有长老了的松茸，菌盖成伞形裂开，才会留下种子，开了伞的老松茸价格并不高，还可以留下来做种，但也阻止不了人们采集。大规模采集松茸还造成了耕地疏于照顾，明明收成可以很好的一年，田里却杂草丛生，白白荒废。

“是时候要做松茸资源的管理了。”我们在社区中心召开集体大会，先从童茸采集入手。可问题来了：多大的是童茸，多大的不算？有的人建议量大小，但“量的人手一哆嗦，量长量短很难说”。村子里的事其实只有村民最懂，村里人很快想出办法：用钢筋焊一个圆圈，松茸从圆圈丢下去，卡不住的就是童茸，就要罚款。我们觉得至少要罚十元，罚得多才能起到警示作用；可老百姓觉得罚太多会激起新的矛盾，罚款不是主要目的，每朵罚三元就可以，这样给的人不会很心疼，收的人也不会不安心。于是，每晚都有几家人轮流值班，三元又三元，渐渐地，市场上的童茸越来越少，不再有人采集了。

我们还和老百姓商量，有采集也要有休息，给人和松茸多一些休养生息的时间，收获会更大。最后我们定下来上山采集三天，休息一天。只是休息这一天，又有谁会真的去休息？勤劳朴实的村民们不是赶去地里浇水、除草、耕地，就是在家里清洁卫生。这样一来，松茸收益更多，田里的收益也增加，身体更健康，家庭更和谐，可以说是皆大欢喜。

我突然明白了我一直头疼的“可持续发展”是怎么一回事。松茸资源管理就属于典型的可持续发展，且是村民自发的。村民们对自己生存的环境有很多现实的想法，对环境不会杀鸡取卵，只需要一个小项目或者一个机构，在他们中间切实地做工作，帮助他们把想法变成共识，并让共识付诸实践，就能达到集体的自觉行动。

实施松茸资源管理后，村里的收入大幅度提高。我们项目组再去村里，便到处都是笑脸了。这时，我们再引导他们深入讨论松茸和森林植被的关系。虽然至今谁都不知道松茸是怎么繁殖的，但老百姓清楚，松茸生长离不开云南松和高山栎。为了保住自己的收入，在一些出松茸的主要区域，禁止砍伐民用木材和薪柴的规定也出现在村规民约中。又过一两年，我们再回去调查，连枝杈都没有人动了。大家的心里都装着个小算盘：就算把这片山全砍了能有多少收入？而保留这片山只取松茸的收入又是多少？如果我们好好地把这片林子保护住，那连薪柴都不能砍；如果利用现代能源替代薪柴，再算算电费的付出和收入，对比下哪个更划算……村民就这么一点点算着账，周围环境却也一点点好了。

说到底，生态环境不就是一笔账吗？

这就是我们的项目点不断摸索出的环境教育。之前说起环境教育，往往就是在学校让老师抽出一两节课，讲讲不打野生动物、不乱砍滥伐，只要学生来上课了，“环境教育”的大任就完成了。可环境教育的真谛是要让人们真切了解自己的真实生存环境，明白怎么可持续地利用资源，达到与环境的和谐共处。也许，环境教育就是要培养一颗宽广的心灵，能够慈悲、善良，包容一切。

保护环境需要先论付出，再论获得。从简单的情感角度来说，就是先要用一颗善良的心，像对待亲人朋友般去对待周围的山河草木，还有各种生灵。我们藏族人似乎天然就会与他者为善，这个“他者”，可以是别人，可以是一个生命，当然更可以是无言的大自然。

很多人认为我们藏族人的传统文化等同于“万物有灵”，仿佛原始不开化之民，见到一块石头都要颤巍巍地下跪。其实，藏文化中关于自然的部分极其丰富而深刻，至今我没有见过一个学者敢说自己已将此研究透彻。藏文化博大精深，其中有关环境保护的部分尤其复杂厚重。藏文化中本无西方现代科学意义上的“自然”二字，又哪里来的按照现代文化整理出的关于自然的知识体系？见于世面的绝大部分解读藏文化中自然山水观的文字，也只是道听途说、以讹传讹，迎合着世人对藏族传统文化或极端鄙视或无限仰视的眼光。

仅举一个小例子。“伏藏”གཏེར་ཆོས།，是藏传佛教一个颇有味道的传说：有的佛法过于深奥，不能被一个时代的世人所理解，或者这个佛法尚未到应用的时机，高僧大德便用法力把它封存在一块石头里、一条潺潺流水中……几百甚至上千年之后，等到天时地利人和，就会有“伏藏师”横空出世，他们会一眼认出藏起来的宝藏，把手伸进石头中，如同伸进泥巴里，把手捞向水中，金子都会自动跳到手心……山、水、石、草中皆可能藏有“财宝”。

还有一种“伏藏”，藏宝的地方不在山上，也不在水中，而一直存在于我们人类的心里。一颗安宁喜乐的心，便能产出最珍贵的财宝。

所有环境保护最终也要回归到人的内心。

一个人的心底有了善良，还要有自信。一个个体的自信来源于对自己的认识和把握，一个民族的自信则来自对本民族文化的认识与理解，知道自己民族文化中的精粹所在，也懂得什么已经落后于时代，或者只是糟粕，这样才不会妄自菲薄，不会今天因为外界赞扬自己民族的文化而洋洋自得，明天又因为被人批评而抬不起头。

德钦县的藏族人口占到全县人口的百分之八十以上，其他民族如傈僳族或者纳西族也大多能讲一口流利的藏语。而德钦的汉语普及度和藏区相比也非常高，可以说我们德钦人人都会流利的双语。但也有非常遗憾的地方，我们的藏文读写能力普遍很差，无异于藏文的文盲。我身边很多藏族家庭根本意识不到母语是一个民族存在的最根本，丧失了语言，还谈什么唱、跳、表述？他们会觉得孩子汉语好，以后能找个好工作就可以。但这样的藏族人走到外面，自己总会觉得很羞愧，藏语会说不会写，心里总是少了点底气。

我一直对两个女儿说，在家对着父母就要说藏语，可如今她们的英文水平都不知比藏文的高出多少倍，这是非常大的遗憾。藏文是一种非常优秀的语言，论起语言中的思维方式，和汉语、西方罗马文字都不一样。而且，保护文化的多样性和保护生物的多样性也有一致性。传统文化保护得好的地方，自然环境必不会差。放眼世界，任何一种传统文化中都有与自然和谐相处的古老智慧，而语言，就是文化的密码。

我在自然基金会驻香格里拉办公室工作时，听说原来的东竹林寺旧址有一个僧人在办学校，招了三四十个小孩子，管他们吃住，教他们藏文。我觉得真是不简单，这个僧人的背景、想法暂且不论，但这事情真是个特别好的事情，于是就跑去看。在寺院的残垣断壁之中，僧人用市场上买来的塑料布搭了一个棚子，这就是课堂。住处是另一个塑料棚子，地面收拾平整后铺了层塑料布，上面放着被褥，晚上孩子们就拉开来直接睡在地上。

我去的时候是10月份，有几个学生的脸上出现不正常的红色，红得发肿，直觉告诉我这是因为直接睡在地上，湿气加上寒冷造成的。

老师只有一个人，就是这个名为曲登的僧人。

“您真是太不容易，您能办藏文学校，作为藏族人我们怎么支持您都不为过，可我今天看孩子们都睡在地上，没有一个健康的身体，即便能懂藏文说藏语又有何用呢？其实我很理解您的难处，您已经看在眼里、急在心里了。也许当下我能做到的，就是解决这个问题，这样吧，我去找些干板子，您再去找些石头垫起来，用板子做床板。”我的话出自肺腑。

征得僧人同意后，我先找了一辆东风小卡，运了一车的板子到寺院下面的村子，再让他们自己想办法运了上去。

第一次打交道很顺利，紧接着又生出第二次合作的机缘。有一次，和这位僧人校长聊天，我问他为什么不好好地正式建一所学校。

他苦笑着说：“我也有这个想法，但这不是一般的投入啊！”

我这个实心眼，听了曲登喇嘛的话就觉得身上生出股子力气，马上就为建学校四处奔走了。

紧接着，我就带了自然基金会的人来看，当时白马雪山附近没有一个正式的藏文学习场所，大家很快达成共识：建一所藏文学校！没想到就此开始了长达几年的工程。

这个时候，我听到东竹林寺的一个叫沙然的喇嘛也在筹备办一个藏族学校，我就直接去找筛子活佛，我说：“都是办藏文学校，为什么不能把人力物力都集中到一起呢？”活佛很支持我的想法：“你去找两个和尚谈谈，如果能合在一起最好。”曲登校长同意了，但沙然喇嘛则坚持要自己办，“我跟他们谈不到一起，共事更不可能”。只得各办各的。我和曲登校长开始商量选址，看中了书松的一个村子，土地都和村民谈妥了，但后来还是觉得海拔太高，理想的建校地址应该是日照时间长、水源丰富、阳光明媚的地方。最后，我们找到了日尼神山山脚下的一块空地。

跟村民们谈土地的事情是我一个人去办的。虽然这是个藏族村落，但是曲登校长不是这个村子出来的僧人，况且，我作为保护区的工作者和村民打交道的时间很长，我去谈更合适。

我说，藏文对藏族人来说多么重要，藏文在全世界语言中都那么优秀，可是看看我们这代人，连会写藏文的都找不出几个，这个僧人既然有建藏文学校的想法，怎么能不帮助支持他呢？

村民们反反复复商量了几次后，确定会给予支持，而且我们看上的那块地本就是荒地。

村民又跟我说：“我们要建一个社区活动中心，希望能得到保护区或者基金会的支持。”看我勉为其难地答应支持他们五千元的建设资金和提供瓦片，淳朴的村民再不忍心提别的条件了。

事情就这么定下来。但我也怕事情有变，就写了一个协议，把地盘划定，让全体村民按上手印。

协议完成后，发现我们挑中的这块地方缺少水源。我翻到山的另一边，那个时候还没有村村通公路，我爬山路走了三个小时，到山沟里的一个村子去商量。晚上，我们开了整晚的村民会议，最终这里的村民们同意学校埋水管引水。第二天我刚下了山，借宿的东家就紧跟着也下了山，赶上我后他就着急地说："我们村子的人是同意了，可水源上面那个村子今天听说这事，死活不同意，他们说水源是两个村子共有的。"

我赶紧返回，爬了更长的山路到山腰的那个村子。那个村的村民说，水是几个村子共有的，那么多人吃水，遇到枯水期水就不够了。他们商量了一番，又把我引到一个水眼边说，"这个水源出水量不大，但我们几个村子都用不到。"我看了看，出水量也许够学校的大部分用水，而且村民也找不出更两全其美的方案了。定下来后我就请工人安装过滤池、压力池，又布了水管，水的问题总算是解决了。

藏文学校的建设资金也批下来了，这是申请自然基金会英国项目办的项目，只批了六十多万，这点钱根本建不成一个学校。接下来只能依靠我的工作单位——白马雪山保护局来解决了。我再三向单位申请建立一个对外展示基地，藏文学校的地址正好是从香格里拉到德钦的 214 国道必经处，而且是白马雪山保护区的大门。单位也最终同意在这里建立一个宣传教育中心，但是一切要按建设程序来，建设资金也要严格按照规定来使用。

在白马雪山自然保护局和德钦县发展和改革委员会联合举行的工程招标大会上，我和盘托出我的想法：宣教中心的建设费用是每平方米八百块，这是政策允许的，但宣教中心旁边的藏文学校每平方米只能拿出五百八，我已经说服了单位领导，两项工程都交给一家单位来干，一项可以挣钱，另一项就要做些奉献了。话说得非常明确，大家都是本地人，互相看了看，也很直率地说，建藏文学校这件事情大家早就听说了，你自己都付出了这么多，现在放到我们肩上，不做都说不过去了。

工程定下来后，我又请书松保护站站长扎史其去协调道班的大型挖土机。老扎跟我同一批进保护局，做事踏实、耐心，他最后把整个挖掘地基的工程价格谈到了八千块。开工后老扎亲自守了一个星期，推出一片足够建学校的平地。我担心出“豆腐渣工程”，毕竟这么多小孩要住进来，所以有的地方仅地基就挖了 3 米深。

2013 年，德钦县遭遇 5.9 级地震，奔子栏受灾尤其严重。我马上打电话给曲登校长，得知学校附近很多房子震出了裂痕，只有学校的房子没有任何损坏。我如释重负，这份安全真的是用我们的实心实意换来的。

学校工程接近尾声了。我动员单位同事及东竹林的喇嘛们在学校周边植树造林，种好后再交回学校管理。这所藏文学校现在被层层绿色包围，走进去还会闻到水果飘香。果树苗有的是我从虎跳峡买来的，还有一种叫青皮梨的，是我们这边的本地梨子，很耐寒，是我从江坡老家挖来的，如果说整个学校建设中我有什么私心，也许就是这件事了——我希望让家乡江坡的青色也散播到这所我用心血建成的学校里。

曲登校长在学校边围了个猪圈，我就带着工人在旁边建了个蔬菜大棚。我跟他说：“学生在这里不仅要学藏文，生存技能的学习也同样重要，有一天他们回家，自己就可以建一个大棚，让家里吃上几种蔬菜。”学生们后来成立了几个蔬菜小组，自己种菜，自己管理，效果一直很好。

学校建好了，算是民间办的私立学校。学生们的学费、生活费一切全免，所有都靠社会捐款和化缘。有一段时间，德钦县教育局还派了一个副校长过来，将学生们的午餐列入国家的免费午餐项目。

第一天开学典礼，校舍崭新，但毕竟是私立学校，条件有限，老师没有几个，都推来推去不肯上台做主持，我就披上藏装，上阵做了主持人。忙忙碌碌过了一天，大家都很开心，而我看到自己整整三年的心血终于结了善果，只是感觉稍有欣慰。我深知，我只能帮助学校把硬件设施建好，但这个学校如何生存和发展都是未知数。后来我特别提出来，每年学生生源一定不要超过五十人，而且要请好老师。我觉得一家私立的藏文学校，无论从哪个角度考量，教学质量都是第一位的。但是后来学校影响力扩大，每年的招生人数都超过一百。曲登校长觉得人多为好，但是摊子越大越艰难，校长的爸爸来喂猪，妹妹来做饭。我对他这种家庭式的管理方式非常不满意，但也理解他的难处。

后来，我的事情越来越多，渐渐也不常踏进这所学校。但每次开车路过，我的心头都泛出一丝坦然和自在。我这辈子也算做了点事情，而且是为了我们这个民族。

回头看我做了的这些事情，虽然磕磕绊绊但心里总是充满底气。说起这些，我免不了要站起来向刘蕴华老师深深鞠躬，也许我性格中的阳光一面正因了刘老师才被点亮。刘老师对我的认同从来不带附加条件，任何时候都不会流露出“你行吗？”的担心。1995 年，她把我从山沟里一把拉出，一直给我各种机会，帮助我提高。如果没有她在那次北京环境教育会议上投来的鼓励与欣赏的目光，我不会有勇气把请喇嘛讲经的想法提出来。像每一个藏族人一样，我相信人和人之间的缘分早就注定，刘老师是老天派给我的引路人、我一辈子的贵人。刘老师也是一个内心流淌着一条大河的人，天性慷慨。迄今我已接触过国内几乎所有环境保护方面的非政府组织，密切合作的也有二十几家，只有和刘老师的合作，自始至终、从未间断，转眼已是二十多年。

我一直很自豪我自己在做人中有那么一种豪迈和敢于无条件信任他人的胆色，只要我骨子里认同一个人，就会彻底放下心中的戒备，敞开心胸与之交往。数数这一生，能让你知心、交心的人能有几个？如果还总是要拉下提防的闸门，那真不是我要过的快意人生！

而刘老师最大的“毛病”就是心软，听不得半点别人的诉苦。只要听到老百姓家说起自己生活的各种艰难，刘老师肯定马上盘算起来：这家过得太辛苦了，我的钱够帮多少忙？这次要留下多少钱？我从心底里尊重刘老师，但稍有空隙，我就会提醒她：“您别把所有事情都包揽下来！”叶日有个家庭，父亲去世了，两个孩子读书的费用全靠刘老师个人支持，每个孩子一年花费至少要五千元，刘老师已经资助了近十年。还有我老家江坡的一个小孩，学费和生活费至今全靠她。在白马雪山我陪过太多人来参观和考察，但像她那样，发自真心地想要去帮助一个家庭的外来人，毕竟是少数。

有时，她的善良让我想起我的妈妈。

刘老师在藏区工作了二十几年，她这种淳朴的情感，往往会让手中的项目也进行得非常成功。种种经历也让我认定：做任何事情，不仅仅要让身体融进一个社区，更要让心也紧紧融进社区民众的心里，急他们所急，想他们所想，这才是做社区工作的魂。当你真正为一个社区着想、着急，做出来的事情就会不一样。如果没有一颗善良的心，很多人即使和你聊得再多，心也是隔着的，他们往往会善良地把难处留给自己，或者觉得提了也无人分担，干脆捂住嘴巴。穷苦的人也自有尊严。

那些带着闪亮的光环或者冠着某个名人的项目，带着公众与媒体的关注轰轰隆隆地天降而来，最后的真实效果却往往不值一提，或者成了当地的一个笑话。老百姓的需要往往很实际，实际到只需一颗温暖、真实的心灵。直到现在，我去到各个村子，大家还会顺带问一句："刘老师怎么样了，还会来吗？"

世界自然基金会的香格里拉办公室持续了三四年，我一边在白马雪山自然保护局干着一份公职，一边在自然基金会兼职做环境教育工作。一边的工作熟悉又轻松，一边则是创意与激情齐飞，挑战和快乐并举。我正干得不亦乐乎，国家下发了文件，要求所有"兼职"人员或者迅速回归本职工作，或者自行辞职。

那时我不到三十岁，不算老但也不再年轻，走着走着，人生分了岔——

往左走是NGO，有很多人劝我干脆从体制内出来，还说哪怕去了北京，像我这样有丰富地方工作经验的人也不会缺少机会，或许还有机构会送我出国读书……

往右走是留在保护区，工作收入有限，又是在人们认为的"山沟里的工作"……

最终，我决定辞去自然基金会的工作，继续留在保护区。做这个决定我只用了一天，外人看来我好像选择得很轻巧，但他们不知道，是那个从小只会听话的"此称"——老实人——再次溜出我的心房，替我做了选择。听话的孩子永远不会没有把握地去冒险。我的初中毕业的文凭、烂到家的英语，还有全靠我的收入才能有吃有喝的家庭现状，都促使我选择了后者。

今天，我不会问自己是否后悔当初的选择，但有一个念头时常会来骚扰：

如果那时选择了前者，我现在的生活会更好些吧，至少体验会更多。但正如一个人的宿命，我跳不开父母给我起的名字，和那一直都压在肩头的家庭重担。

记得 1983 年参加工作后，我的第一份工资是五十八元一个月，每个月再寄给姐姐二十到三十元。姐姐还没毕业时，二弟又考上了丽江财校，我的工资正好也涨了，就一部分寄给姐姐，一部分寄给弟弟。江坡村的人会说，全家都是我供出来的。其实，我要感谢自然保护区这份稳定的收入。藏族人说每个人都有自己的命，我认定自己这辈子做不了飞翔的雄鹰，只是牛一样的命，牛一样地去工作、生活。

不过，虽然我的胆量不够让我跳出体制，却足够让我出趟国。我早就想出国好好学学英语了。和 NGO 几年合作下来，我发觉我脑子好使，思维够活跃，吃苦卖力更不在话下，但是英语越来越成了心头的一块痛处。我去见滇金丝猴研究的大专家赵其昆老师，兴致勃勃地对他说："赵老师，您把您所有论文都发给我，我特别想好好地看一遍！"赵老师为难地回答："我所有的文章都是发在国外的，都是用英文的。"我鼓起来能跑几座山的气儿马上就瘪了，心想，不仅是赵老师的文章，恐怕连其他重要的滇金丝猴文章我都无缘拜读了。

回到单位后，时间多了起来，当时保护局的西罗局长处处为年轻人着想，天天鼓励年轻人读书学习。我也向领导提出出国学习的申请，选的地方是尼泊尔，那里离家近，又是佛乡。我没有把学习的时间说死，只是说我想出去学习生态旅游，但心里雄心勃勃地打定主意，不管领导施加什么样的压力，我都要待上至少半年。

因为不舍得花钱直飞加德满都，我先到拉萨，在青年旅馆的墙上去找拼车去中尼边境樟木口岸的告示。第一次拿着护照出国，一路颠簸过境，眼前一切都是新鲜繁杂的，各种异国风情都跳入眼中，过了很久，我才敢相信自己真的已经置身于在电视节目中看到的“奇妙世界”里了。

到了加德满都，英语学习却很不顺利。我自觉蛮有把握地报了二年级，上了几天课却发觉根本是在听天书，就去找校长要求换到一年级，却被他指着合同条款严词拒绝了。我的英语又没有好到可以去针尖对麦芒地理论，白生了一肚子气。英语不学了，我改报了一个拉萨标准语的口语班。结果没学几天就赶上了尼泊尔近代历史上最大的动荡，整个加德满都像破了洞一样。到尼泊尔第二个月后的一个下午，我路过一家中午才刚刚吃过饭的餐馆，但眼前却只剩一片废墟。我久久呆住，彻夜无眠，第二天便收拾行李回了拉萨。也许有人会说我胆小，但那一夜，我无比眷恋家中的亲人，还有我的家乡江坡、我的白马雪山。我选择用最快的速度回到安全的祖国。

三个月的尼泊尔生活如同幻梦，我还是要重回单位继续做头勤恳的牛，不过这一次，却发现自己这头牛开了一些窍。我对工作开始用两种眼光来审视：一种是 NGO 的，一种是保护区的。一个外来，一个本土，合在一起却不矛盾，其实只是一个问题的不同视角。想通之后，我就继续埋头大干。

有一个例子：白马雪山地处高原，太阳能资源十分充足，如果能利用好这个资源，就可以达到综合节能的目的。随着外部合作项目的开展，利用太阳能、减少森林资源消耗的项目在白马雪山保护区内的几个村子里慢慢铺开，村民们渐渐就不去森林中捡拾薪柴了，毕竟，谁会放着家里随时可用的清洁能源不用，还要辛苦地去捡柴来烧。保护区建立以来一直头疼的一个大问题就这样解决了。

自小就有人说我与佛有缘。也许是婴孩时期的我在老家江坡的庙里欢乐地扑向酥油灯的时候，也许是我甩着小腿给拜佛的老奶奶递上一块温暖的垫子的时候，也许是在寺院祭祀前期准备洗净小手一起做贡品的时候……也许只是我们藏族人把有佛缘当作最美好的祝福和称赞，我只是受到赞扬的千万个孩子中的一个。不过，想来缘分也只是因果中的一环，藏族人从小就被种下了与佛有缘的“因”，年齿增长，有这个“因”必然就会有“果”。

一个冬天，我正巧到寺院办事。进寺之后看到大堂冷冷清清，找遍整个寺院也不见一个僧人，却听到寺院很远处隐约有嘈杂之声，跟着声音找过来，原来所有僧人都在引水渠边上，“叮叮咚咚”地敲冰层。僧人们自己挖的水渠是从很远的地方将水引到寺里，因为水道很长，到冬天就可能结冰，所以时常要全体动员，顺河敲一整个下午，不然全寺就断水了。

“师傅，你们当时为什么不搞一个引水管，埋到地下就不会冻住了。”我说。

师傅们面面相觑，他们一来不懂工程，二来也腾不出心思关心这些。

我从世界自然基金会申请了一小笔社区建设资金，解决了寺院引水的问题。这项不值一提的小工程，却使寺院用水不仅干净了，而且出水量也大了。我又顺便给寺院建了洗澡室。“很多外人都觉得我们藏族人不卫生，我们为什么不能改变自己？”太阳能热水器安上之后，寺院的师傅们可以每星期洗一次澡。

和寺院合作次数多了，师傅们就不断地说我有佛缘，有的师傅觉得我应该入门藏传佛教。这就是僧人对一个人的回报，他如果认为你是一个好人，那理所应当这辈子就要好好学习藏传佛教。僧人们给人的最好礼物就是对“灵魂的改造”。

我一听却有些头大，正因为是藏族人，我知道许诺学习藏传佛教意味着什么。从此开始这一辈子就戴上紧箍咒了！谨言慎行、勤学精进、严肃认真、任何话说出口之前先要观照一番，还有，不许发脾气！天啊！我为难地说：“师傅，我确实想过深入学习藏传佛教，可我知道自己真的做不到。不过我可以去支持藏传佛教的僧人，可以去帮助很多心地善良的人，这个我一辈子都可以做到。”

东竹林寺是白马雪山保护区内最大的寺院，也是整个德钦最大的寺院。从香格里拉到德钦的国道上会看到一处金顶佛寺，在山谷间熠熠发光，这就是整个德钦影响力最大的东竹林寺。寺院建于 1664 年，由藏族人最尊敬的五世达赖倡导建立并赐名。东竹林寺的旧址坐落在一个山顶平台上，远远看去，山形如象头，两侧垂下巨大的象耳，随时可以展耳而飞。

无论是和世界自然基金会合作时，还是回到保护局后，我们都想过，如果能够找到一个能用心投入环境保护的僧人该有多好，坐下可以讨论佛教中的环境保护，起身可以用佛教宣讲环境保护，能够轻而易举地影响周围多少人。对于藏族人来说，一个能从小就放弃世俗的荣华与喜乐、主动将自己的一生献给佛教的人多么值得尊敬！东竹林寺长期驻寺的僧人近四百名，大多来自奔子栏、霞若、拖顶等附近的上百个村庄，如果这些僧人可以主动参与环境保护，他们对整个白马雪山保护区的影响力，比我们的单纯说教不知道要大多少倍！

但合乎我们“功利目的”的“环保僧人”无处寻觅。最主要的原因是僧人戒律多，功课也多。一个晚上，我和几个同事在东竹林寺工作，晚饭后很自然就拉着僧人聊了起来，也不全是闲聊，还涉及了寺院的建设问题。但我明显感觉到他们有些坐立不安，我有些吃惊，但也没太多琢磨，后来才知道他们“应付”完我们之后，又加夜班到半夜才完成了一天的功课。

有的人蜻蜓点水地看到些藏族寺院的生活，看到几个休息的僧人就回去大放厥词，说藏族的寺院里都是无所事事的僧人。可真实情况呢，一个自知上进的僧人负担着相当繁重的功课，我知道很多僧人需要学习到夜里十一点，第二天凌晨三点还要准时起来做早课。

有一次，我提议在东竹林寺建个篮球场：“出家人也要锻炼身体，整天只顾念经身体毛病多。”寺里年纪大点的僧人马上站出来反对：“做和尚就要平心静气，怎么能为了一个球跑来跑去的！”

十几年前，我曾经给寺院买了一台电视机，希望定期给僧人们做环境保护的介绍。那个时候电视是稀罕物件，我想借这个先进物件多吸引一些僧人关注环境保护。不想却被老喇嘛收了起来，话倒是说得客气：“这东西太打扰修行，你需要用的时候我再搬出来。”又过了几年，几个在喇嘛寺值班的小和尚凑钱合买了一台小电视，被管家喇嘛发现，把电视抱出来，当着所有僧人的面，一下砸在地上。

之后的故事进行得快速又简单。现代的生活方式如同洪水席卷而来，十几岁的小僧人也会端着个手机对你说：“咱们加个微信？”老和尚早就无力去管了，放手随缘，时不时还要感慨自己的落后。

五　大山孕育的生命

中国有一条奇怪的山脉——横断山脉，名字起得有气势，还带点儿硬朗的霸气。在层层横贯东西的山脉中，突然有一组高山偏偏要纵横南北，不管什么样的大河到了这里，都要生生被扳出几道弯，与众不同，实在霸气。

叙述也许要退回到穷尽人类再丰富的知识与想象力也无法到达的那个时空——元古代以及古生代的漫长地质年代。那时，青藏高原所在的广阔区域皆被海洋淹没，这里属于古地中海的一部分，经印支－燕山期构造运动才上升为大陆，后经喜马拉雅造山运动的几度抬升，以及伴随产生的断裂构造带、线，还有长期侵蚀、冲刷、溶蚀等作用，逐渐演化成目前这种地质地貌和地表形态。横断山脉是欧亚板块和印度洋板块碰撞形成的一组山脉，如今，这个地带仍然构造复杂，且构造运动十分活跃。

这就是大自然的“力拔山兮气盖世”。地壳的长期挤压，轻易地把山捏出无数沟沟壑壑。而整个横断山脉最紧张的地段就在德钦附近，大地在这里被挤压、浓缩，金沙江、澜沧江、怒江，这三条影响整个东南亚的河流在此并聚，这就是著名的三江并流。

就是在这样的地方，藏族人祖祖辈辈地生活着。

我们的祖先，他们最早是什么时候来这里安家的呢？没有人说得清楚。不过可以肯定的是，那个时候的人类不像现代人这么娇嫩，而似一芥草籽，被风吹到哪里，也就在哪里扎根、萌芽、繁衍。就好比江坡村，据说最早在这里居住的只有十二户人家，慢慢地，也就发展出了这么大的村庄，有了我的爷爷，我的爸爸，我，还有我的两个女儿……

从我这样一个渺小人类的角度来看，滇西北的图景是这样的：干旱少雨的干热河谷，激流涌荡般的原始密林，还有看上去严寒冷酷的高山峡谷……干旱、泥石流、地震等灾害已经成了大自然的一部分。这里的藏族人真是在大自然中讨生活，所谓靠山吃山、靠水吃水，自然灾祸来了，抱怨都听不到一句，你可以说这是人类的坚韧，也可以说是人类的无奈。大地广袤，但留给人类的可能性并不多。

人类在一个极其艰辛的环境中生存下来，这本身就极具美感和诗意，饱含生存的智慧。

春忙秋收，四季流转，人类和动物顺应自然的召唤生息繁衍。滇西北的藏族人，每年一到春日，便忙着在村庄边的农田中播种；春夏之际则会跑到高海拔的山顶，伏在地上眼巴巴地找虫草；到了夏天，又忙着到山里采集菌子；秋天忙着收割；到了10月份，又是另一种忙碌：盖房子、办喜事、串亲戚……

从春到秋的时光都交给大自然，冬日则留给自己和家庭，一忙一闲，休养生息，与天地相合，这样的生活中自蕴含一种内在的生命之美。

每日的生活也是有节律的。每天早上起床便要诵经，再到屋顶的香台上燃起敬佛的香供，给家中佛龛献上最干净的水。如果一家人长期出门在外，不能保证每天都换新鲜的水，就要供上水果、青稞籽、大米这些因水而生的物品，有的人家还会供盐——滇西北有传统盐田，而盐得自水中。远处高山牧场的藏族人，则会把认真打出的第一块最干净、最新鲜的酥油，拿去敬各路神佛，用它在佛龛旁边点上五个花瓣一般的点，作为贡品奉献。

到了藏地的人，很快便会折服于藏族文化那丰富的想象力。山上的五彩玛尼堆，山巅飘扬的风马旗……人的想象力尽力铺盖、装点着这片天地，因为我们藏族人是用自己最真的心、最诚的意，来敬这片山、水、天、地。大自然的灵气被提亮，人类生活在一片有着禁忌和限制的大自然中。

这样的一个世界，人类是和野生动物共同分享的。童年时期，即使最淘气的孩子也不敢在晚上逃出家门去玩耍，因为像狼这样的凶恶动物会随时从林子里溜进村庄。

最凶险的是高山牧场，天高地远，野生动物出没，人成了弱者。我没有在牧场度过完整的夏季，但放过羊。包产到户后，每家轮流放羊，羊羔个头小，放养任务通常落在十岁左右的小孩身上。就像小朋友上幼儿园一样，所有的羊羔早上被送去放养，傍晚再被接回家。

轮到我做“羊倌”时，“哗啦啦”集了上百只小羊，我胸有成竹地把它们赶去山上草多的地方。要一次性把所有羊都赶到草多的地方，这样一天还能稍微有些闲暇，要不然就得跟在羊后面追啊追，一会儿这只跑到那个山头吃草去了，一会儿另一只又没影儿了……

我放羊放得好，中午总能抽出空来打个盹儿。有一次正眯着，却听到羊的叫声很紧张，睁眼一看，可不得了，一只金雕正俯冲而下，双爪凌厉一抓，抓住一只身形比它还大的山羊，像拎毛绒玩具一样拎走了。我跳了起来，一路追着雕，一路大喊。雕越飞越快，猛地把羊向下甩向一个山谷——这就是雕的聪明之处，它知道自己没有力气再把挣扎的活羊叼远，就把羊先摔死再享用。雕选择了一片极为陡峭的山崖，似乎料定人类无法插上翅膀到达此处。我横下心，四肢并用才下到山崖底，一边护着羊羔，一边拿石头砸向大雕。雕终于飞走了，可我却忍不住哭了，死了一只羊，我怎么交代呢？而且山崖很陡，我自己下来都费劲，怎么把羊背回村子呢？“唉！”我不停地抹着眼泪，不断地拍着那只不幸的羊羔，左拍右打，羊羔竟然摇摇晃晃地站起来了，从五六十米的高度被猛摔向岩石，它竟然只是摔晕了。就这样，这只羊羔又跟着我重回羊群。想一想，生命真是顽强啊！

被这样的山水养育了一辈又一辈，也被大自然这样敲打提醒着，从我们的文化中不疾不慢地长出了一套规则，成了我们世代相传的与大自然共处的准则。

童年时，我最喜欢跟在“阿曲”屁股后面。妈妈说，阿曲是全村子最善良、最有本事的人。那个时候，江坡有七八个阿曲。江坡村中有一座庙，但没有喇嘛和僧人，也没有寺院那种代代传承宗教知识的“学校”功能，但这座庙却是村庄佛事活动的集中点。佛事活动的维护和召集者就是阿曲，阿曲不需要出家，但是又比一般人更懂佛法。他们大多是面目和善的老爷爷，不像老奶奶一样喜欢摩挲我的小脸。他们要做的事情很多，一整天手脚都闲不住，我很喜欢去给他们帮忙。

村子里每个月都有一次佛事活动，每一次阿曲们都会做上一大块“促”ཚོགས། 。“促”就是把各家的糌粑凑起来，搅成百家粮，再拌上牛奶、白酒、红糖、酥油、藏红花、奶酪……所有让小孩子馋得流口水的食物都会被拌进去。做“促”的时候，我总是争着去干活儿，把洗了又洗的小手伸进大盆中，撩起来时散发出的全是香味，忍得实在难受，但也不敢偷吃一口。因为妈妈说了，这可是敬神用的，神吃了之后人才可以分享，只有敬完神佛之后的“促”才能保佑我们。等啊等，一大块美味终于做好了，被供在佛坛上，等佛事活动结束，每家就可以分到一块。终于吃到口时，心都美酥了。

并不是每一个村庄都有自己的阿曲，事实上，有阿曲的村庄非常少。江坡村的阿曲传统由来已久。八十年代初宗教政策恢复之后，阿曲们才又出来组织大家恢复宗教节庆活动。一般的活动阿曲就可以做，非常复杂的则会再请喇嘛。

村民们热热闹闹地烧香、念经，不过大家参与的祭祀活动都是很表面的。我如果不是每天跟在阿曲后面，也不会知道每一个佛事活动之前，阿曲们都要连续做上几天的法事。附近的村子都羡慕我们有阿曲，还羡慕江坡村几乎每个月都会有一次佛事祭祀，祭祀之后还能分到念经后有加持作用的“余多”ཡ་གདོར། 。出远门之前，用干净的手捻上一点“余多”，撒在火里，再把烟撩到脸上，使劲吸上一口气，这个烟熏就可以将你的五脏六腑清洁一新。江坡村人对阿曲的敬奉完全发自心底，他们是江坡的骄傲，也是江坡人凝聚力的来源。他们承接了古老的智慧，帮我们守着这方家园的安宁。

我参加工作以后，妈妈开始鼓励爸爸多参加这样的活动，并且劝他去做阿曲，“家里有我，还有大儿子，其他的都不用你管啊”。爸爸不是一个种田能手，他靠四处做木工赚钱。他还有点懒，杀猪宰羊之类的事一律不干，家里所有重活累活本来就全落在妈妈身上，但一个女人去杀大牲口，显然应付不来，只能花钱请别人来干。随便换上另一个女人，都会指着鼻子骂老公：“一个男人连只鸡都杀不了，还算什么男人！”但我妈妈却会自豪地说：“我老公不杀生，这太好了，是多大的功德和福分，我要支持他。”

青稞收获时是一年最忙碌的时节，所有人都忙得团团转，爸爸却还是两手一背，最多给大家做个饭。这时我妈妈又说：“这是你爸爸的福分，一个人出生的时候，他该受的罪、该享的福就是注定了的。如果他可以轻松过日子，这就是他的福分啊！”我从心底里认同妈妈的善良，却不能接受她的这份牺牲，何况这份牺牲背后还有我以及家里其他人的牺牲。如果不是我一直做着妈妈最坚实的支撑，她怎么可能对我父亲有这么理想化的解释。我对这一切感到很矛盾，但也只能接受。我常年在外工作，调到德钦后，一个月能回一次家都是奢侈，姐姐和两个弟弟也已经分别成家立户，家都安在了迪庆州政府所在地中甸，父母身边自然由我当家。一对年迈的父母，七亩地，两个年幼的女儿，全靠我的妻子一人打理，我这个“当家人”只是挣工资，最多再拿拿大方向上的主意，辛劳琐碎的日常事务全都架在妻子的肩头。

有一天，我被妈妈一个电话叫回了家。此时既不是春种秋收的农忙季节，也不是传统的节日，但妈妈下了命令：必须回趟家！那时候还需要搭车回去，我在路边等了半天才来了一辆大卡车，翻身坐进车斗，里面竟还有几个江坡老乡，都是跟我一样莫名其妙被叫回去的。车只能到山底，又步行了几个小时，等我们看到村子里老人们一张张眉飞色舞的脸才算放下心来。原来村子里不仅没有出事，还迎来了一件天大的好事——抬泥人！

我们这一辈江坡人从来没有听说过这个仪式，连父母那代人一辈子也只经历过两三次。那几天，妈妈喜得合不拢嘴："抬泥人可好啦，抬一次，我们村子就能太平很长时间，你们这些在外面工作的人都能得到保佑，很灵的！"

原来，"抬泥人"这样的祭祀活动，无论准备还是执行都十分操劳，不仅要求阿曲的水平高，更要求他能"无私"——相传负责这个活动的居士会面临"巴切"。"巴切"的意思是身心受到伤害，或者折寿，所以阿曲们没有一个主动提出来做。直到这一年，庄稼收成很不好，牛羊一个个病倒了，连生病的村民都好像越来越多，流言渐起，说我们村子有了"脏东西"，需要做一场大的清洁的法事。

最终，一位最年长的阿曲站了出来，揽责在身，立下决心要为村里举行一次"抬泥人"仪式。

"抬泥人"不知道是江坡哪一辈祖先传下来的，我在其他藏地从未听说。我们这些在外工作的人一回到村里，就发现了整个村子竟比过年还热闹，寺院里也是香火鼎盛。要抬的泥人需要好几天来准备，要用糌粑塑成一团一米多高的巨大人形，糌粑软塌塌的，当然无法成形，所以里面还掺了不少粘固用的藤条类的坚固物，塑好的泥人身上还要涂满红色，看着更加危险了。

到了祭祀的大日子，江坡所有的青年男子全都打扮起来，浑身藏装，列成长队，敲锣打鼓去送泥人。泥人代表了整个村子的灾难、病痛、不吉利等所有"脏东西"，我们这群身强力壮的小伙子要把它送进澜沧江！

一米多高又软塌塌的东西，送过去真不容易。首先，泥人太沉，村里所有小伙子都需要上阵，还得借助各种绳子、木杆；其次，泥人是软软的一大坨面疙瘩塑的，当然不能五花大绑，只能借助绳子的力量将其牵制捆牢。

需要十六个人抬的架子终于抬起来了。从山坡上往下行，什么都不带几乎也要走四五个小时，更何况现在还加了这一大坨软乎乎的怪物。大家喊着号子，但步调再一致，也做不到完全的四平八稳，“哎！往左边斜啦！”“啊！往前扑啦！”随时都能听见“停！停！”的喊声。我们这群年轻人稍有点情况就扯着嗓子吼，好像不大声喊叫就没有参加这场盛事似的。做糌粑的老居士随时上去左扶右撑，一旦发现泥人身上有了缝隙，还要赶紧上手糊补。在一片紧张的大呼小叫声中，泥人好几次“遇险”，又险险地挺了过来，倒是我们这些抬泥人的被搞得狼狈不堪。就这样，下坡用了整整一天的时间，晚上终于到了澜沧江边，泥人也累坏了，眉眼全走了样，身体半塌向一边，眼瞅着就要倒了。

“快点放到江里！”大家毛手毛脚地把泥人放进水里，总算完成了任务，刚松了一口气，又有人大喊：“它转过脸来啦！”抬泥人前，村里的所有阿曲都千叮咛万嘱咐，泥人的脸一定要一直冲着前方，也就是和村子相反的方向，要是脸朝着村子的方向，就意味着灾祸会重新回来，我们的泥人就白放啦！

所有人都急了，用石头使劲地砸泥人，刚才还被呵护备至，转眼就人人追打，泥人无辜地晃了几下，就“咚”的一声沉下去了，所有人这才真正放下心来，满意地走回村子。那天，村里集体聚餐，连好久吃不到的牛肉，都吃了个满嘴香甜。

“抬泥人”的活动我只经历了这一回，估计也是这辈子唯一的一回。

从理性角度来讲，“抬泥人”是人类长期在恶劣的自然环境下被逼迫而想出来的“自我安慰”的文化解决方式。“抬泥人”仪式结束之后，大家都纷纷议论身边好的转变：牲口不再病了，粮食也长好了。我不会相信这些改变和“抬泥人”有着直接的联系，这是我的理智在说话；但从感情上，我分明在这样的仪式中感受到整个江坡的凝聚力，还有那些真实畅快的欢乐。它们如时光炼出的珍珠般镶嵌在我的往昔岁月中，结成了我对江坡今生难忘的深情。这样的日子有多欢畅，在外时的乡愁便有多深。

人们常说，大山如父，长河如母。将大自然的恩情与父母的养育之恩相比，听多了难免会觉得这种说法俗套，另外也是因为人类习惯了大自然的给予，就像习惯了父母的爱护一样，日久天长，并不觉得需要去感恩。人类太善忘了，让人随时拥有感恩之情的，往往不是已经拥有的爱，而是正在经受的难熬的艰辛。一旦处于一个随时都会迸发泥石流和洪灾的地区，人们才会意识到大自然平日里的恩德，才会面对一口食、一瓢水，也思考并感恩它的来处。

无论是在家乡江坡，还是在我后来工作的白马雪山保护区，人类都不得不臣服于横断山脉的巨大威力之下。

德钦最难的一直是交通。1994 年，滇金丝猴考察归来，我下定决心花了一万两千元买了一辆二手北京吉普。当时我参加工作已经十一年，这笔钱几乎是我的全部积蓄了。没有车子，雄伟壮阔的大山大河就是手铐和脚链。我这辈子搭的顺风车太多了，有时要傻乎乎地等上两天，才能碰到一辆有空位还愿意搭载乘客的车子。有时，来的只是一辆慢如蜗牛的挖土巴的车子，车上唯一的空位置就是那个装土巴的锥形斗，再无奈也得坐进去，人在斜斗里无法固定身体，车一摇晃，手脚就会挤到一处。

自古通往山区的道路就是艰难的，何况在这壮观雄伟的三江并流地，海拔从 2000 米直跨越到 5000 米。高原地质脆弱，坠石、塌方只是寻常小事。整个白马雪山保护区面积广达 22 万公顷，最高的村庄在海拔 4000 米以上，最低的不到海拔 2000 米。金沙江边、森林中、山顶上，到处散布着人类居住的痕迹。在这样的地方，路就是大山的血脉，只有开出了路，人类才能在大山大河间自由流动。

白马雪山保护区的历史，也是一部路的历史。

在白马雪山保护区成立之前，214 国道就像刺刀一样，在白马雪山保存最完好的一片原始森林中划出一道口子。因为要为公路开道，路周围的原始森林也被毁了，这道“口子”也越撕越大。214 国道是外界去往德钦的必经之路，几经变迁，刚开始是土路，接着土路加宽，后来又变成碎石路、柏油路、二级公路，之后又扩大路面，再后来又通隧道……以至于新修好的道路不到两三年又要加宽，改造频繁，或许是因为路的标准提高了，但对保护区来说，这简直就是一次又一次的浩劫。

所有的山和水都是国有资源，国家决定保护就要保护，国家决定要砍要挖，那也由不得我们。我们保护者只是替国家守着这份国有资源而已。如果没有这份心态，我们迟早会被保护区的工作气死、急死，不过就算这样，我的情感还是忍不住时时“泛滥”。

参加工作后长达五年的时间里，我们保护工作者的主要任务就是植树——在 214 国道周边的砍伐区内重新植树造林。但在后来一次次的公路开挖工程中，我们造的这片林子一次次被毁得乱七八糟。我特别伤心，辛辛苦苦种出来的树就这么被毁了，感觉我们的心血、时间，甚至过往的青春，都被任意践踏了。

白马雪山保护区内最令人哭笑不得的一次修路，发生在修建保护区北部一段公路时。曾经有一群滇金丝猴生活在这一片原始森林里，但后来发生了一次虫灾，防治病虫害的相关机构实施了烟雾防虫，本想毒死害虫，结果却害死了不少滇金丝猴，从此这个种群便跑到更北的森林中去，再也没有回来。1990 年，德钦县政府发文要在这里修建一条新公路，路线的选择颇有“深意”：放弃了金沙江边平坦的地区，而要上到海拔 4000 多米的原始森林中，据说是因为多了几公里的投资。公路倒是建成了，但此后山中和山下的村子发生的泥石流和塌方也多了起来，而且因为公路沿途路段地质条件差，行驶危险，没过几年，这条路就时断时通。而之后再修建的新公路，还是回到当初建路的首选，金沙江边那条平坦的地域开路。

“日卦”རི་བཀག，意为“封山”，是指用宗教信仰的力量禁止周边百姓人为影响自然环境，大到打猎、砍树，小到捡拾干柴、采集蘑菇。定期进行的封山活动，虽然出于藏传佛教中不杀生、敬畏神灵等观念，却在客观上保护了自然生态的完整性。如果用现代环境保护的理论去分析，每个“日卦”的地区，或者环境脆弱，或者是养育一方的水源地。封山之地就像是一个小型的自然保护区，只是这种保护不靠现代环保观念推动，而运用了藏族人的传统自然知识，依靠的是宗教的约束力量。

我曾经参加过一个研讨会，在会议中听几位资深环保专家滔滔不绝地讨论，如何利用藏传佛教达到保护生物多样性的目的。作为藏族人，我内心非常排斥这样的说法。放眼全中国，资源最丰富、物种保护最好的地方肯定在藏区，但这是多少代藏族人用生命传承下来的，“利用”一词未免显得小气，而且就算“利用”了宗教，自然环境便能如金刚护体一般坚不可摧吗？与其“利用”，倒不如讨论藏文化中究竟有什么、是什么，真正值得其他文化在保护自然中学习和借鉴。

先回到日尼神山。

“日尼”རི་སྙིང་།，意为“山的心脏”。日尼神山就矗立在214国道旁，乍一看不那么显眼，只是干热河谷中一座灌木密布的山体，可如果把视线抬升，便会看到日尼神山的山底浑圆，山体一路缓缓上升，山的线条利落清爽，在顶端汇集成一个整体，安宁雄浑，威严雄壮。日尼神山“山之心”的名字和它的山形大有关系——如果俯瞰下去，它俨然就是这片滔滔山浪中跳动的心脏。

日尼神山脚下是金沙江大拐弯，壮观奇特，激发人类想象出一个又一个的精彩故事。而走进日尼神山，很容易就可以发现林麝、矮岩羊、斑羚、苏门羚等大型野生动物，它们蹄子翻腾，跑出一溜轻快的蹄声。这些国家一级、二级保护动物，即使在白马雪山的大森林中也不容易见到。由此可见日尼神山的野生动物密度之高、数量之多，在整个白马雪山保护区都是一个神奇的存在。究其原因，还是信仰的力量。原来，日尼神山的山脚下便是东竹林寺。东竹林寺及周围信仰群众历来保护和尊崇这座神山。东竹林寺在建寺之初，也就是三四百年前，便定期对寺院周边的森林施行“封山”。藏传佛教作用于信教群众的心灵，在对民众的教化结果方面，效果更甚于普通的环境保护主义宣传。

据说，在我小时候的那个年代，神山当地一些不信佛教的人猎捕野生动物，导致野生动物基本绝迹。八十年代初，国家恢复宗教政策，信教群众和东竹林寺又把神山里的野生动物看护起来，就算当时没有人去巡护，也没有人敢放肆地去打猎，很快野生动物就多起来了，数量得到恢复。所以说，即使没有建立自然保护区，东竹林寺也一直在保护这座神山。

如今，不仅是日尼神山，白马雪山保护区其他地方的野生动物数量整体都得到了迅速恢复。生活条件好了，人们无须狩猎度日，不杀生也就成了人人顺应的道德准则。藏文化中关于生命的文化体系细致入微。藏文中有几个专用词汇，类似汉语的“生命”：“索”སྲོག，相当于“命”的意思，某个有生命的东西死去之后，“索”也就相应失去；“囊细”རྣམ་ཤེས།，“意志”的意思；“拉”བླ།，魂，灵魂，肉身死去之后“拉”还存在；“益”ཡིད།，灵思、思想，是“身、语、意”中的“意”，指的是我们看不到的心中所思，而非大脑中所思考的东西。佛说，只要是在六道轮回中的有情众生，必要受到生、老、病、苦的折磨，只要没有进修成佛，就没有生命可以摆脱六道轮回之“苦”。动物也在受着它们需要承受的“苦”。但是每个生命体中还有“佛种”，佛有慈悲之心，在每个生命中都种下佛种，只要修行便有可能脱离六道之苦，如果杀生，便是杀去了这颗佛种。

如果说宗教保护了大自然，最有效果的应该就是野生动物种群的恢复。

但环境的很多改变是宗教也无力回天的。我不想只是大唱凯歌，因为就在 2016 年，日尼神山边上一个传统村落的最后一户人家，最终选择放弃祖辈相守的土地，搬往远处的新村居住。

日尼神山周围有四个村民小组居住，最近的一个名叫“日尼角”，“角”的意思是后面。我不知道日尼角是从什么时候开始有人居住的，但在我工作的三十年里，我看着这里的村民一家家地搬了下去——缺水，太缺水了！

日尼神山有四个水源地，一个在转山路上，被大家奉为“乃曲”གནས་ཆུ།，意为“圣水”。据说用这处的水洗身体可以治愈疾病，其他三个水源地的水量都不大。离日尼角最近的水源地在日尼神山的山顶，说是最近的，来回也需要四个小时。按照藏族传统，大部分的神山山顶禁止女人上去，但是日尼神山开恩，来的女人如果是日尼角的，目的是来提水，就不会被降罪。这个水源是一口渗透性的水井，很多时候水只够捞上一桶，想要装满下一桶，就要再等上一两个小时。

日尼神山为什么缺水？当地传说已经对此做了一番解释。在当地传说中，莲花生大师一日骑着坐骑白狮子路过此地，坐骑却被日尼神山劫去，莲花生大师发威，使劲把日尼神山的山体攥成沙子，从此日尼神山成了个圆窝形，里面都是沙子，留不住水。还有一个传说，日尼神山缺水是因为神山的女儿隆巴瓦要出嫁，神山给的嫁妆是 108 处水源和 108 个树种，嫁完女儿，自己就干枯了。神山的故事说来说去，倒也带着些人类世界的无奈。贵为神山都要忍受干渴，何况人呢。

渐渐地，日尼角只剩下了最后一户人家——一对老夫妇和两个没有办法娶亲的儿子。我每次去日尼神山都会劝自己多走上几个小时，去拜访这家人，希望外人的到访可以给这个孤独的人家送去一丝安慰。这家的老妈妈每次见了我，总会喜出望外地跑过来，用手摩挲着我的脸，待我像儿子一般。每次在老妈妈家住，水都是最珍贵的，哪怕渴得嘴角干裂，我们也不舍得喝上一口。

听家乡的老人说，江坡也曾经遭遇过一场大旱，人们实在撑不住了，收拾行囊准备永远离开故土。扶老携幼的江坡人，依依不舍地回头望向家园，这时突然看到村后山上有一段银丝闪耀——水！大家眼含感激的热泪回到村子，造渠引水，江坡人这才渡过这场劫难。

日尼角显然没有这份幸运。最后的这家人在 2016 年搬出来了，日尼角从此只归于历史。这就是发生在我眼皮下的故事，无奈又真实。野生动物如果达到绝对意义上的保护，就可以迅速恢复种群数量，但自然环境中总还是会有让人类束手无策、无法可想的地方，宗教并非万能。

同样是在白马雪山保护区，日尼角地处干热河谷，发生的灾祸为缺水；转到海拔略高的山地，有的地方却是水多成灾，尤其到了夏季多雨季节，水祸简直势不可当。

保护区内有一条溪流，从海拔近 5000 米的山顶直直冲到海拔 2000 的金沙江内，切线一样尖厉地贯穿了四个村子，地质危害极大。就在这几年，人们从水冲下来的一块巨石上，竟然发现了一个前所未见的“财宝”——莲花生大师的天生像。

“天生像”是藏地一种非常特殊的文化现象。从石头里天然长出来的佛像就是天生像，它是佛法无边无际的威力见证。天生像经常出现在圣地，并被信仰群众用彩色勾描出来。一般游客很难区分哪个是刻的，哪个才是“天生”的。在保护区这条山沟里近几年发现的这处“天生像”，如果从唯物主义角度来分析，是随着当地老百姓环境意识的强化，他们打心眼里明白了，这片水域太需要保护，这尊莲花生大师像便应此心而“自然生成”。它直直面对着冲击而下的激流，仿佛随时准备跃身去阻止灾祸。我自己不会随便相信这种“新发现”，但也不会觉得这是场“瞎闹”。每次我们工作路过此地，都要抬头望一眼，大家的议论总会集中到同一个问题上：像吗？

和老百姓聊天，倒能从他们口中的这些“迷信”故事中感悟到不少。大概很少有地方会像藏区一样，可以用一副最平淡的心态来看待灾祸。有一次，和一个村子的老人们一起坐着，大家就聊开了：

很久以前，所有神山要一起去桑耶寺开会，卡瓦格博就把我们整个地区的神山一起领着去了，到了那里，每个神山都要分担一个自然灾祸回来。我们的神山领回了洪灾，所以我们这个村子每两到三年就会有一次洪灾发生；永堆村子的神山领来了精神方面的毛病，所以那个村子每年都有一两个得精神病的，还有跳到江里死人的呢！关用村的神山领来了病痛，所以那个村子的人三天两头地头疼；那仁村子的神山领到的是农作物溃烂，所以每隔两三年，他们地里产的土豆就要烂一次……

大家且说且笑，说的是神山的故事，但天降到自己头上的自然灾祸，就这么被解释成一种合情合理的存在。是啊，不然，又能怎么办呢？

藏地的神灵与鬼怪，我发自内心地敬重，因为这是我的家乡的一部分。行走在藏地，这片土地仿佛长满魔幻，高兴了草会跳舞、云会翻身，煨桑的烟都升得端直，天上的神仙会满心欢喜地接纳人们的献祭。草木本无情，人类把自己的情感赋予它们本不是什么新鲜的事。但藏文化中并非只是些童话故事，一旦进入其中，就会发现即使贵为山神，也生活在一个约束重重的环境里。所以，我们这些微小的生命个体，为什么还要奢侈地想着风调雨顺？难道人类生存的每一点顺畅，不都是从大自然那里讨来的吗？

近些年被很多人颂扬的所谓“藏族保护环境的传统文化理论”其实很简

单，从我一个藏族人的角度看，根本不在于表面的那层信奉与敬畏，也不在于要相信天地中的那份超自然的力量。如果一定要参考，藏文化中倒是有两处可供借鉴：第一，懂得人类的局限，明白人类不能毫无限制地只是顺着欲望无限扩张；第二，环境要与一个人、一个地区的财富与前景甚至道德力画上等号，环境和人类的利益深深捆绑，损害环境便意味着损伤自身。

比如有一家人想要扩展老宅子，但老宅的背后是巨石，前面有两棵树，请来喇嘛算一算：石头动不了，而老树里面有掌管水的“鲁”神，也动不了。神灵为大，住老宅的人便放弃了大型改造，依旧别别扭扭地住在老屋里。人可以委屈自己，但是不能委屈自然，因为委屈自然的代价太大，或者是自己受到整个社区的指责，从此背负没有道德的声誉，或者是自己、家人甚至后代的财富健康都受到莫名的损伤。

在藏族人的心目中，一花、一草，一只羊、一条虫，都有神山赋予它们的职责，损伤一个便会伤及整体，一损俱损。这种观念和环境生态系统理论异曲同工。

但即便是我们极其重视对大自然的保护，周围环境还是变坏了。这是受整个国家甚至世界范围内大环境因素的影响，个体无力回天。

白马雪山把澜沧江和金沙江劈开，澜沧江在山的西边流淌，金沙江穿过山的东边，两者直线距离不到十几公里。家乡江坡在澜沧江边，而工作的白马雪山保护区是金沙江和澜沧江的分水岭。澜沧江、金沙江，再加上白马雪山，就构成了我的生命轨迹。

我们藏族人说，父亲给了我们骨骼，母亲给了我们血液。大山大河里长出的生命，会再把大山大河郑重地放进生命之中。正如什么样的家庭教育出什么样的子女，什么样的自然环境也会养育出什么样的生命，对这个“家”，有爱、有亲密，也有恨、有怨。对着周围的大山大河，我们心情复杂。

在很小的时候，村里的老人就对我们说，你们长大之后无论去到世界上的任何一个地方，都只管放心大胆地去吧。你要相信，你的背后一定有江坡的神山在护佑你，无论遇到多大的麻烦，家乡的神灵都会伸出他的手去援助你，而你要做的只是念起神山的颂文。颂文听来普通，其背后却是一部关于江坡神山的传奇。

据说江坡神山的山神是“格尼”དགེ་བསྙེན།。他原本是一位佛教密宗修行者，历来居无定所，四处找寻修行之所。来到江坡后，他就在一个山洞里闭关修行。有一天，修行洞穴正对面的山上有一只狗在猛追一头马鹿，马鹿惊慌失措，竟然误跳进澜沧江之中，猎狗止不住，也就跟着跳进了江。目睹生命瞬间即逝，自己却没能救助，修行者心中涌起一股强烈的情绪，竟也跟着跳入江中。因为修行深厚，死后他变成了一个凶神。有人解释说这是格尼与这头马鹿和这只猎狗的缘分使然。格尼中了心魔，威力无穷，从此江坡也有了无尽的灾难。后来，一位高僧朝拜卡瓦格博时路过江坡，听了格尼的故事之后，用佛力将格尼制服，引导他皈依了佛法，从此化成了江坡的神山，守护着江坡的人与物。

这座能降妖伏魔的神山就立在我们村下，山并不大，也不高，整体通红，在澜沧江边威严地守立着。

江坡神山法力无边，但只保护江坡自己的人。当年茶马古道通行，据说江坡商人要到达某个地方，这个地方提前一两天就会响起马帮的铃声，无端地刮起大风。江坡神山的威名顺着茶马古道传遍各地，其他地方的人也不敢招惹江坡人。还传说，江坡神山曾经变出漫山遍野的士兵，吓跑了前来冒犯的土匪。

这些故事往往是在过年回家时听到，讲故事的是村中老者，听故事的是村里的年轻人。当一个人外出打工时，也许他只是一个在大城市里讨生活的毫不起眼的人，但只要千里归家，他的脸上就会洋溢出一种尊严的光彩。何况在我们的家乡，还有这座永远会给我们安全感、赋予我们信心的神山。

据说，因为江坡的神山很有名，从西藏方向来的藏族人到卡瓦格博朝山都要在这里停脚，先祭祀江坡的神山，再踏上前往卡瓦格博的朝圣路。年轻的时候，我和钟泰考察滇金丝猴种群，一路到了西藏芒康，很多上了年纪的人听说我是从江坡来的，都感叹道，江坡神山厉害啊！当年他们的马帮从神山对面过去都要小心翼翼，赶马的人甚至会用哈达把马铃铛塞紧，生怕惊扰到神山。

宗教政策刚刚恢复的时候，江坡人发现神山对面有人用哈达拴上钱，再挂到高处，作为献给江坡神山的供奉。江坡人渐渐觉得需要在山对面安一个铁箱子，能让这些自发祭祀的钱有个稳妥的地方放置保管。安好的铁箱子有半人高，钱很快就能把箱子塞满，但后来居然有人撬锁偷钱，最后人们干脆把箱子做成一个严严实实的铁箱子，只留一个很窄的口子，需要很耐心才能把钱掏出来。我每次路过时，都要用长棍子搅一下箱子，如果觉得多了，就用棍子把钱一点点地抠出来，装一大袋子，直接带去给村里负责的人。江坡村每个人都可以这么坦坦荡荡来收钱，但这么做的人很少，大部分人面对神山时，会害怕自行取钱的行为被神山怪罪，但是我的个性向来如此，问心无愧，又有何惧？

我这一代藏族人从小受唯物主义教育，对这方土地的神灵、藏传佛教、藏医学之类的传统文化，完全是依照儿时最朴素的情感来理解。神山是否真的神灵？我不会去问这样的问题，因为我不会把在世间发财顺利等等功利的祈求托予神灵，但神山深深地矗立在我的心间——在那份厚重的关乎家乡的情感之中。

刚参加工作时，一个很老的护林员跟我讲："江坡的神山可真是很有钱哪！有一段时间日尼神山没有钱，都要跑过来和江坡神山借钱。"

日尼神山在白马雪山保护区的范围之内。神山和神山之间有了瓜葛，连带着我这个江坡人也和日尼神山结下了三十多年的缘分。

2008 年，我们成立了自己的 NGO"白马雪山社区共管协会"。协会成员有白马雪山自然保护区的同事、东竹林寺的僧人们，以及社区里的热心村民。协会长期做日尼神山的项目。除了日常巡山，我们很快把注意力投向神山的垃圾问题。在传统藏族人的心中，一切物质终将回归于风、火、土、水，在他们心里根本没有"垃圾"的概念。远近的藏族人每年至少要来日尼神山转上一次，在圣水前洗一洗自己病痛的身体，然后就在刚刚磕完头的神山中随手留下垃圾。最多的一次，我们在山里连续清理了三天，用农用车运出好几车的垃圾！2016 年，协会做的垃圾清理和垃圾教育项目被评委"福特汽车环保奖"二等奖。是的，垃圾项目做得好也可以得奖，因为这需要耗费比想象中多得多的心力与精力。

我极其享受在白马雪山各个村庄与社区的探访经历，这样的享受是属于眼睛、耳朵、鼻子的，也是属于脚的。秋天的时候，当你踩在刚刚剥完的核桃绿壳上，一年收获的欣喜都能传遍全身。这时，我总会想起江坡。

如果没有白云让道，阳光的温暖怎么惠及众生；

如果没有晚霞让道，十五的月亮怎么照亮大地；

如果没有弦子，山乡的俊男们怎么展示他们的风采；

如果没有锅庄，孤寂的心胸怎么一抒快意……

生为江坡人，到了如今已有五十的年纪，才发现自己对江坡的依恋和骄傲。乡亲们的弦子每一次都能把江坡人的激情点燃。无论在外是干公职还是做买卖，我们江坡老乡都无比团结。按照村子的传统，每年都有家庭轮流坐庄，招待全村子人一起射箭玩乐。这是全村人的约会，没有人敢爽约，也不会爽约，因为那样他就错过了今年最快乐的一场盛会啊！

时光往前走，那个力排众议、出来挑大梁承担塑泥人责任的阿曲早已作古，其他的阿曲们也都老了。江坡村现在还有五个阿曲，而且全部都有残疾，他们正在集体走向生命的尾声。而在他们之后，几乎再也找不到继承他们事业的下一代了。

有的时候，我会后悔年轻气盛时曾和他们做过恶作剧。年轻的时候回到家乡，谁不想撒开欢儿地闹上一闹？再加上儿时的伙伴，平时各自天南海北，过年时才终于又聚在一起。一到春节，我们重回年轻！

春节要放爆竹，我本能地觉得那很不过瘾，爆竹人人放，我偏要不一样！那放什么？炸药！

大年初一清早，江坡村的所有壮年男子聚集在村头，像往年一样分配任务，大家分组上到村子附近所有的山头，燃起吉祥的烟。这个时候，村里的所有女人、老人和孩子都会从屋子里出来，望着山顶。瞧，所有壮年男人们都在上面为大家祈福呢！新年第一天的早晨，看着所有男人们都在上面守护着村庄，让煨桑烟直上蓝天，看的人心里无比地踏实和安宁。

这是一个显现雄性威力的时刻。当第一缕烟燃起，男人们要立刻喊将起来，点燃几长串鞭炮。山轰地响，力量充满整个山谷！

那一年，我带着一支队伍冲向几座山峰中的最高峰。按照规矩，等最高山头的煨桑点燃，鸣炮响起，其他几座山就要紧跟其后。我从朋友那里要来了炸药，小心翼翼地运回家，又和表弟两人深一脚浅一脚地扛着死沉的炸药包上了山。看着脚底整个江坡村和旁边山头等待我们打响头炮的老乡们，我顿时升起一股创世纪般的豪情，点起火药引子就往山下扔去。没想到炸药还没落到底就炸响开来，山摇地动，我和表弟紧紧抱住树干才没有被甩出去。我的耳朵被震得轰鸣作响。“完了，这回闯祸了！”我们低着头回到村子。一个年老的阿曲气哄哄地反复喊：“这是谁干的？谁干的！”

到了第二年，我没有胆量再背个炸药包回家，但是我从单位借了枪！在藏族人眼里，逢年过节的枪炮声最能代表阳气。正月十五的八点半，枪声要准时响起。小伙子们分队行进，我连续几年都能带队去最高的山头，就是因为我有枪。最高峰的第一声枪响之后，其他几个山头的火光和炮声便随之而起。不过我们的威风没耍长，很快枪支管制，炸药更是被严格限制，我们只能回归鞭炮和烟花了。

藏历历文中，有的时候春节之前的旧年二十九是整整两天，之后才到年三十。有一年，按照汉历算法，当晚就是大年三十，我们全家煎炒烹炸都已经完全准备好了，但到了下午四点多，一个老阿曲就满村子边走边喊：“除夕正日子是明天晚上，大家不要过错了啊！”全家都慌了神，我下了命令：“照样过！”在农村过年，不只是各家闭起门来团聚吃饭，还要放爆竹迎春节。当我家的爆竹声响起之后，旁边几家的爆竹声也紧跟着噼啪作响，原来大家谁都不甘心把欢乐憋到明天，都在等着谁第一个带头。整个村子很快就爆竹声响成一片，各家各户热闹地过起了年。

江坡的阿曲们依然拖着年迈的身躯，坚持每月的月供活动和一年几次的大型佛事活动。每次要开展大型活动之前，我都争取提早两天回到江坡。像童年时那样，端起大盆，往里倒进糌粑和红糖，我有的是一膀子的力气，很快就把“多玛”的面团和好，自豪地说：“你们来做吧！”老爷爷们捏起“多玛”，我继续留在旁边给“多玛”染色……我很享受那一切。

每年春节的法事要到夜里才结束。阿曲们回家的路程有些远，我不忍心让他们在黑暗中走上几十分钟，便有意留到最后，让所有老爷爷上我的车，我再一家一家地送回去。以前村里有车的特别少，现在就不需要我这样一个个送了。两三年前，我和几个朋友商量，想带头给阿曲们准备点“功德钱”。阿曲做佛事活动历来都不计报酬，一辈子都是无偿奉献。有一个阿曲生病后退居二线，不再主动参与佛事活动。那天他静静地坐在大门口晒太阳，我拿了钱过去：“我知道您不缺这个钱，但这里也有您的份，而且是福分！”老人家接过钱，眼里莹莹地闪着光。

大年初三，当所有仪式都结束后，村民们还不能直接离开，都要在广场上等到阿曲们收拾停当全部出来后，一起跳个锅庄，祝天地、祝村落、祝福众生吉祥，之后才离开。而现在，很多年轻人只要天气一冷就不再等了，留在广场上的只有老奶奶和老爷爷，缩在一个避风处等着。

倡议给阿曲捐一些功德钱，哪怕只是三五元，既是为了感谢阿曲这么多年无偿为村子做佛事活动，也是为了挑战一些年轻人对佛事活动那种无所谓的态度。年轻人那种“佛事活动有或者没有，阿曲在还是不在，跟我没有关系”的态度让人心里难受，一些东西丢掉很轻易，但它只要消失，就再也找不回来了。

这就是老家，无论我们多老，都可以回去做年轻的事。这些经历都让我对家乡生出牵挂，这是城里长大的人完全无法感同身受的。但是我知道，改变的轨迹无法避免。

以前，土地产出的玉米个头很小，小到甚至要剥上半天才有一篮玉米粒。后来国家鼓励种植新品种，玉米颗粒越来越大，产量发生翻天覆地的变化，收割、剥开、出粒都非常快，但就是吃到嘴里没有味道。而且，这些玉米没有黏性，连饼子都做不成。接着，玉米秆的甜味也没有了，玉米秆越来越粗、越来越硬，牛都干脆不再啃了。

后来国家为了增加农民的收入，又鼓励种植葡萄。据说沿澜沧江和金沙江的干热河谷，是全中国都难找的葡萄种植沃土。江坡海拔 2800 米，是种植葡萄的海拔上限。农户们向往种葡萄的经济收益，纷纷种了起来。开始按照技术员的指挥，六天洒一次农药，洒完药回到家，就发现脸肿了、眼眶青了，严重的还要呕吐上好几天。但是说明书上却说，这些农药绝对无害。澜沧江边葡萄种植面积大的农户还觉得上面发的农药，药量不够大、药性不够强，就从外面买来毒性非常强的农药，大量地洒。种植葡萄后，我们这里的蜂蜜产量越来越低，葡萄地周边根本没法养蜜蜂。原本葡萄和蜜蜂相依相伴，现在硬生生地被折腾成死对头。低海拔种葡萄的老乡们还在埋怨，已经供应几代人享用的黄果、石榴等水果也总是生一种病，也许这种病的天敌捕食者已经无意中被农药清除了。

记得童年时放学回家，田埂、沟渠里全是青蛙，每天我都要闭着眼睛往回冲，以至于到现在我都害怕这种一蹦一蹦的动物。当我真的明白青蛙是庄稼的好帮手时，青蛙已经完全消失了。还有，小时候梨树开花总是伴着满树柳莺的啼叫声，现在，童年记忆中这种美丽的鸟儿却很难再飞回来了。

乡愁是一种记忆深处的想念，是衣食住行都会牵动的回忆。如今，家乡的生活发生了翻天覆地的变化，但人回到家乡，乡愁却未能减弱，我们怀念的那个儿时的家乡再也无法追回。“有得必有失吧！”聊起来，大家都只能摇着头自我安慰。

现代化的生活方式和金钱为我的家乡拉起了改变的洪闸。1999 年，政府号召地处偏远的村子搬到交通方便的地方，轰轰烈烈的“新农村改造”让金沙江边一夜之间多了好几处崭新的“新村”，一些隐藏在大山深处的村子都选择搬离故土。

白马雪山保护区内也开展起生态移民工作。在滇金丝猴的重要栖息地附近几乎没有人类生活的痕迹。不过有的村子的搬迁与滇金丝猴无关，更多是因为贫穷。人可以搬下山来到交通便利的地方居住，可几代人种过的土地却无法搬迁。于是，种田的人每天早上要坐着拖拉机回到老村子里出工，而放羊放牛的人干脆还在老家的破房子里继续住着。如果不是生活所迫，搬迁其实更适合生意人和年轻人。

好日子才过了一小段时间，妈妈就去世了。妈妈一直辛苦操劳，转眼就是一辈子。我哭干了所有的眼泪，继续过我的贫苦日子。

两个女儿幼年时并未得到我太多的照顾。记得我第一次见到大女儿是在她出生后的第五天。孩子诞生的消息传来，我才上路赶回家。我过早地成为了父亲，吃喝拉撒轮不到我来管，一年到头也见不了几面，两个粉嫩的新鲜生命在我粗糙的心中没有激起太多浪花，连第一次抱起她们的感觉都已遗忘。直到有一天，我突然发现她们一夜成人，两个女儿才分别三岁和五岁，都已经表现出超过一般孩童的懂事。正该疯玩疯闹的年纪，我的两个孩子却过早地懂得了生活的辛劳，懂事得让我心酸，让我想起少年老成的自己。从此，我才开始正视自己作为父亲的角色，尽力让她们快乐舒畅，但常常力所不及。

不过，我感到幸运的是，两个女儿都在江坡老屋出生，童年都是在江坡的山水中度过。在那个年代，她们曾经因为是农村人而被城里人瞧不起，但现在想来，至少和老家、和大自然的这条线，在她们童年时就紧紧系牢了。

大女儿到了上小学的年纪，我把她寄养在姐姐家，毕竟那边是州政府所在地，教学质量比老家的农村小学高出许多。姐姐一家对大女儿非常好。转眼，二女儿也要上小学了，总不能把她也送到姐姐家。我叫出已经上三年级的大女儿，把她带到一家小饭馆，一边喝酥油茶，一边和她商量："妹妹也要上学了，如果爸爸把家搬来中甸，你也不用住姑姑家了，每天和妹妹一起上学下学，你觉得呢？"大女儿没有说话，只是泪如雨下。之后的一个星期里，我收拾了老家的一切，全家搬到中甸。虽然新家的房子又小又破，家徒四壁，但姐姐家和两个弟弟家也都在中甸，三个家庭穿梭往来，今天这个搬一台二手电视，明天那个搬来锅碗瓢盆，不到两天，这个小房子就有了家的雏形。

我们姐弟四个都是江坡人，因为学习、工作，最终都把家安在了州府所在地。而江坡那个曾经的“噶最达”，只剩下一个破旧的房子。家里没有人继续务农，七亩良田也只能托给亲戚。我们不是生态移民，我对别人说了十几年传统文化对我们藏族人的重要性，但最终自己还是搬离了大山。这个故事有点忧伤，但说的不仅仅是我这一家，也是我们这一代藏族人的大致轨迹。好在，故事还在延续……

六　命运再一次被滇金丝猴改变

时光飞逝，很快就到了 2001 年。这一年，经国务院批准，迪庆州政府所在地中甸正式改名为香格里拉县。此后，香格里拉日新月异，原本只有几条大马路的小城迅速铺开。“独克宗”རྡོ་མཁར་རྫོང་། 古镇的游客也接踵而至，独克宗古城的房价先是涨了数倍，然后就又坐着火箭一样冲到了一个我们当地人无法企及的地步。

我懊恼几年前买的小房子地处古城外。之前大家买房都拼命避开破败的老城，那里没有水泥地，一旦遇到雨雪天，就会走得人一腿泥泞，只有很穷的当地人和外来打工者才会去住那里。就这样，我们都错过了古城土地变成金袋子的大好机会。认命吧，我活到今天都是一个老老实实靠工资过日子的人。

如今的迪庆州也今非昔比，之前“偏僻落后”的标签被换成了“雪域高原”“纯洁净土”。这都得益于自然环境保护得好，自然的优势转化成了旅游业的资源。迪庆州共有三个县：香格里拉已全国闻名；德钦则有全藏区闻名的卡瓦格博圣山；只有维西没有什么名气，整个地区都没有像样的特色高原景观，来自旅游业的收入几乎为零。迪庆州决定推动开发维西县的旅游业，但什么才是维西旅游的亮点？

在九十年代后期，当时维西县林业局的李虎局长就雇了几个当地巡护员，开始在山上跟踪滇金丝猴群，如今看来，这位局长颇有远见。在大致 50 平方公里的范围内，这群猴子已经和护林员秘密相处了多年。所以当现在有了要展示猴群的想法时，我们就省去了对这个猴群从零开始“习惯化”的漫长工作。

1999 年，世界园艺博览会在昆明举办。博览会开幕半年前，媒体曝出一条消息：在维西塔城一带的原始森林中发现了两只被母猴遗弃的小滇金丝猴。当地老百姓捡到小猴后迅速运到昆明救治，结果其中一只最终死亡，另一只则在人类的关爱下活了下来。电视新闻中，幸存下来的小猴子又小又瘦，可怜巴巴。这时，距离从 1996 年延伸到 1998 年的“滇金丝猴保护地禁伐保卫战”才不过两三年。媒体争相报道这一事件，背后似乎是人类在骄傲地发言：看，我们虽然做过错事，但人类的爱心终究会让我们有机会修正自己的错误。幸存下来的小猴子被取名为“灵灵”，半年后举行的昆明世界园艺博览会把灵灵定为吉祥物。就这样，滇金丝猴再度引发媒体的关注。

但事实上，没有一个滇金丝猴的母亲会无缘无故地抛弃自己的孩子，这是一个关于滇金丝猴乃至灵长类生物的常识！

一只母滇金丝猴每胎只生一只婴猴，一生所育幼崽最多三四只。对于滇金丝猴母亲来说，每只小猴都珍贵无比。我们在野外观察时经常发现，当一家之主的大公猴被打败或者战死沙场后，留下的女眷们不一定全都心甘情愿地跟着胜利者——另一只大公猴过日子。母猴的去留与否往往和公猴对母猴孩子的态度有关。有时，母猴甚至已经和新的大公猴一起生活了，但如果公猴对自己孩子的态度恶劣，母猴也会因此而另寻他枝。在灵长类动物的研究中，很多研究者会注意到“杀婴”现象：雌性在哺乳期不会发情，雄性为了尽快孕育属于自己的骨肉，会残忍地杀害非己所出的婴儿，来逼迫雌性终止哺乳期从而发情。属于灵长类的滇金丝猴也不例外。2006 年，当时在做博士论文的向左甫在西藏鸿拉雪山的野外考察中首次发现滇金丝猴的杀婴行为；2012 年，在维西塔城一带的猴群中也曾经观察到这一现象。

繁衍是每一种动物永恒的主题。雄性需要繁衍更多的后代，雌性需要为后代选择强大的基因，并最大限度地保证后代的存活。这是雄性和雌性两性之间永恒的博弈。在野外，我们观察到的更多是母猴对孩子的无限深情。当一只婴猴不幸死亡后，母猴还会一直死死抱着它，时不时抬抬它的小脑袋和小胳膊。直到有一天，婴猴的尸体腐烂了，胳膊和腿像纸一样被撕扯掉了，母猴才会把它留在一个地方。那之后，母猴每隔一段时间还会再去看看它是否“醒来”了。研究者解释说猴子的大脑中没有死亡的概念，她只是抱着孩子，履行自己做母亲的责任。从情感上来说，相信没有人会对这一场景漠然无视。而滇金丝猴婴猴从树上跌落，还接连两只，这绝不是滇金丝猴的正常习性，一定有什么事情使得母猴受到了巨大的惊扰。

“通过展示明星物种带动生态旅游，并使公众得到自然教育”，在迪庆州广泛征求如何推动维西区域旅游发展的建议之时，白马雪山保护区管理局的这个想法得到州委州政府的肯定。经过多次会议协商后，州委州政府最终责成由迪庆州旅游投资公司投资，以白马雪山保护区管理局为主组成指挥部，开展滇金丝猴国家公园建设项目。如何在自然状态下展示一个物种，这对白马雪山保护区来说，是一个不小的挑战。

濒危物种的保护和展示，每一步都需要严格遵循科学研究成果，滇金丝猴国家公园的资源管理权因此掌控在白马雪山保护区手中。但项目的建设资金却来自迪庆州旅游投资公司，建成之后的经营权也是归这家公司所有。对此，出资方和建设方两边都是一百个不愿意，整个工程做事的人也颇杂乱，管理困难，整个开发过程充满了博弈，而我又再一次被推到台前。

那个时候，我正在保护区管理局的滇金丝猴监测研究中心工作。滇金丝猴国家公园项目启动后，我先是被委派到维西做建设项目的副手，之后又成了项目的主要负责人。我一个保护区出身的人去管这么一项大工程，签一个字就涉及几十万甚至上百万的资金流转，几百人的工程队日日运转，旅游投资公司又经常拖欠付款……真是一个炼狱！

工程事务性的管理涉及各种利益冲突，不会轻松，具体工程建设也颇费心力。工程请来的设计方是昆明的一个据说非常有设计理念的团队，但设计理念是一个有些高高在上的东西，在具体操作过程中遇到实际问题了，还得我们自己解决。滇金丝猴国家公园从大门口直到专家楼、救护站、展示中心、8 公里的柏油路……无数细节都需要再三考量。

在设计方提供的方案中，专家楼和展示厅的屋顶全部做成了当地傈僳族的“原生态”木板屋顶。但如果真打算用木板来解决房屋的防水问题，不仅浪费木材，而且后期维护成本将会奇高。

我跟设计方解释说，只用木板很难解决防水问题。讨论到最后，还是我以前在白马雪山尝试过的办法派上了用场：先在房顶铺一层又轻又薄的镀锌铁皮，再铺木板，这样木板只需铺上一层，用量可以减少一半多。还有屋檐的设计，有的屋檐不能直接排水，设计方计划用铁皮或 PVC 做排水管，但是这样一来，傈僳族传统房子的美感马上消失了，最后我又让当地人做成木槽来排水，解决了这个问题。

整个工程做下来，我和设计方交涉了无数次，一点细节看不过眼，我就会立刻阻止。身边的人都劝我说，又不是自己家建房子，这么较真做什么。可我就是忍不住，总是改了又改。到现在我依然觉得在这么一个天地大美、淳朴至上的地方，任何精雕细琢都会是败笔。在大山里，最舒服、最美的，恰恰就是最简单的。

有一天，我发现油漆工竟然在给专家楼的木垒房刷一种瓦绿色。我赶紧打电话叫来设计方。设计方解释说这种颜色是经了多少道调和，又是多么时髦的绿色。我直接骂："狗屁！"后来我们让油漆工在三个不同的地方刷了不同的颜色测试，再结合当地的环境，最终才确定用一种传统傈僳族木垒房的外观颜色。

这个后来被命名为"滇金丝猴国家公园"的项目，2007 年开始勘测设计，2008 年动工，2009 年 10 月 1 日正式交付使用。这三年里，我从四十岁走到了四十三岁。这个工程也把我身上的毛病暴露殆尽——脾气不好，容易急躁，看到别人做事速度稍稍慢了一点或者自己有多余的力气，就会冲上去挽起袖子干起来，完全不会顾及我是整个工程的总负责人。有我这样的负责人在工地，有人欢迎，也有人反感。

工程最紧张的时候，家中大女儿又出了事。因为班上一个女同学被附近中专的女生暴打，读中学的大女儿为同学打抱不平，带了一拨女同学打了对方一顿。从班主任的电话里可以听得出来，那个女生正在邀约一些社会上的人准备报复回来，学校和老师都担心发生更严重的事件。接到消息，我就从维西飞车五个小时回到香格里拉。

我苦笑，这脾气，真是我的女儿。大女儿见了我很害怕，我却告诉她，帮助弱小，爸爸一定会支持，但处理方式粗暴了些。那几天我一直护送她上下学，我从车后座拿出一根长长的木棍，“瞧，爸爸随时准备战斗！”紧张了好几天的女儿顿时轻松下来，笑得又跺脚又敲车座。

慢慢地，大女儿已上了高中，小女儿也成了初中生，我希望她们的成长中多一些像我一样的耿直。人的脾气源自天性，在我看来，有脾气毕竟好过肚里一碗温吞水。人生在世，总要面对各种艰难的抉择，免不了要在多种价值观中突围。这个世界不乏以宽容为借口的懦弱，也不缺一团和气掩盖的碌碌无为。既然我生来就自带一身刺，那就用这些刺来帮助自己坚持下去，做自己认为正确的事情吧。

滇金丝猴国家公园工程只是硬件，和这些花费几千万建造的房子、道路相比，更重要的是滇金丝猴，它们才是这个地球的无价之宝。到了 2008 年，维西的这个处在护林员监护下的猴群，已经壮大到了四百多只。

响谷箐海拔两千多米，这里的树木以针阔叶混交林为主。到了秋天，树叶变黄后翩然飘落，猴子们离开一直栖息的亚高山暗针叶林，生活环境直降一千多米。这时，猴群展示了它们对环境的适应力。和人类的密集接触也使得这些猴子迅速适应了人类，人类第一次不需要驻扎在海拔四千米以上的雪窝子，冒着危险在原始森林中追踪滇金丝猴，近距离观察和拍摄滇金丝猴都变得极为方便。

滇金丝猴国家公园项目建设的后期，一个问题成了争论的焦点：这群猴子已经在护林员的监护之下生活了多年，如何把猴子科学地展示出去，让参观者感受到更多活泼的生命力，而不是看一些囚禁起来的“行尸走肉”？

保护区管理局从北京动物研究所请来灵长类专家做科学顾问。首先要研究的是分群。这个猴群有四百多只猴子、四十多个家庭，公园这片家域面积虽大，但对于数量如此之多的猴子也显得资源不足，猴群全部展示出来有难度，所以只需留下能够满足展示需求的家庭，其余的全部放归山林。专家说：“猴子分群是一个非常严肃的科学问题，需要长期的数据来支撑，不是谁说怎么分就怎么分的。”我们提出的几种解决方案都被他一一否定，领导也不能无视专家的意见。这时，我的倔脾气又冲了出来，我说：“如果大家都觉得这是一个很难的事情，那就让我试试来做吧，我这半年不再参与工程建设的事，专心来做猴子分群。”大家全愣了，会场所有人的眼睛全盯在我身上。我的经历大家都知道，没有谁会对我说：“你不懂猴子。”全场都沉默下来。不过因为这件事责任重大，领导还是希望由更有分量的专家来操刀。

半年后猴子的分群完成了。分群的时候，先把四百多只滇金丝猴松散地放在山林中，再观察出八个完整的家庭，然后就人为地把这八个家庭隔离出来，剩下的所有猴子全部赶到山顶。猴子黑白的身影在绿色树丛中穿梭，叫声连成一片，如狂风刮过，翻过山顶就再没了踪迹。多年来，这群猴子和护林员形影不离，但遇到离开的机会还是头也不回地大逃亡而去了。而被人类选择的这八个家庭则永久地留在了响谷箐，它们以及它们的后代从此走上和野外种群完全不同的生命轨迹。好在还有分布在周边的其他强壮的滇金丝公猴随时来挑战、替代展示群的公猴，解决了基因交流的难题。

把一群原本属于山野、风餐露宿、时刻与饥饿做斗争、随时面对天敌的滇金丝猴围在一片安宁的地方，保证它们有吃有喝，在普通人看来这再容易不过了。其实这正是人类对动物最典型的偏见之一，野生动物并非满足了吃喝拉撒的基本生存需求后，就可以无忧无虑、浑浑噩噩地一直活到自然死亡。

分群后的半年里，八个猴子家庭都出现了不同程度的病态。很多猴子毛发脱落，屁股上、身上、脑袋上出现了一块块秃斑，行动迟缓，整日懒洋洋，胃口不好，肚子胀气多，一走近它们就会听到此起彼伏的难堪的响声，这是属于野性的基因在用自己的方式向人类抗议。

当年追踪野生滇金丝猴时，野外猴子那油亮的皮毛、凌厉迅捷的动作还历历在目，看着眼前的猴子在人类的精心照顾下却失去了活力，我的心里无比煎熬。

国家公园的这些护林员不归我管理，我清楚他们工作的最大缺点就是把猴子管得太紧了。在公园里，猴群不像在动物园一样被铁栅栏围住，它们的活动区域全靠人为限定。为了管理方便，护林员们就把猴群限定在很小的范围内活动。习惯了天大地大任我行的猴子被限制到一个小圈子里打转，难免会出现各种问题。

那个时候，我曾经拍摄到几张很有代表性的照片。其中一张照片取名为“猴鸟”：初春的一棵才长出嫩芽的树上，几十只滇金丝猴像鸟一样扎堆觅食，完全没有了各自家域的概念。在野外，只有同一个家庭的成员才有可能同时出现在同一棵树上，不同的家庭都要栖息在不同的树上。迁徙、觅食、喝水都会全程警惕，家庭之间保持着安全距离。即便是同一家庭，喝水也要按照一定的次序，大公猴优先，然后轮到母猴和小猴，最后才是单身个体。我在野外只看到过一个特例：曾经有一只断臂的大公猴离一个小家庭很近，或许是残疾才让这个小家庭的大公猴对独臂公猴放松了警惕。而眼前这些不同家庭的猴子却挤得紧凑如麻雀，生活空间被人类压缩到毫无规则可言。

护林员喂食的时候要把猴子集中到一起，护林员举着棍子赶，上百只猴子全不在树林中“飞腾”，而是在平地上顺从地用四爪爬行。我拍到了这个场景，给这张照片取名为“牧猴”，心里难过极了：当年让我们几个甘心在丛林中受尽辛劳、付出健康的代价苦苦追寻的高原精灵，什么时候变成了绵羊一般。

这张照片也带给我一个问题：人人歌颂生命，可生命的力量到底来自何处？从滇金丝猴的境遇可以看到，野生动物对外界最主要的需求就是食物，除此之外还有安全、繁殖的需求。而人类因为要满足把它们展示给同类的欲求，强行干预了猴子的生活。对猴群施加的影响，正如一个硬币的两面：没有了生存的压力，也就丧失了生命的力量和魅力。

最让我啼笑皆非的是，一些人看了这张《牧猴》，不仅没有反思，反倒喜悦地惊呼：“这才是生态平衡！这才是人猴和谐共处！”可见，我们人类中的绝大多数都太缺乏野生动物的常识了。如果有一天，人和野生动物“零距离”了，这绝不是生态平衡到了什么了不起的程度，而是动物已经丧失了对外部的天然警觉。无论是对人类还是动物，危险或许不会立即致命，但对危险的麻木却是无可救药的。而不客气地说，动物的这种麻木大多是人类首先挑起的祸端。在那些猴子拦路抢劫做了“土匪”的旅游区，哪个不是人类先投食勾引才造成的？动物后来生出的祸事，正是始于人类的错误引导。

现在，滇金丝猴国家公园已经拉上了安全线，阻止人和动物过分接近，除了上面这个原因，还为了防止病菌相互传播。

人和野生动物之间就需要有距离。这个安全距离可以和野生环境有所差异，甚至差别很大。在完全野生的环境中，安全距离可能是 100 米，到了人为控制的环境中，距离可以缩短到 5 米或者更少，但必须要有——这是一个“神圣”的距离。好在后来接手长期管理公园的是钟泰，他做事的风格就是认真、细致，且一股牛劲。所以我当初离开时的很多担心都是多余的。多年后我再回到这一群猴子身边，猴群的状态恢复得很好，护林员管理有序，猴子的待遇改善了很多。问题一个个地被解决，猴子渐渐恢复了健康，每隔几天猴群就会换一个地方，管理处尽了最大的努力来恢复猴群迁徙的天性。猴子的食物也在不断调整，加入了槭树籽、南瓜子、苹果片等更有营养的食物。游客来参观也要适应猴子，需要步行去找当天的观猴点。

从 2009 年起，西华师范大学的黎大勇、大理大学的肖文、曲靖师范学院的丁伟以及西南林业大学的崔亮伟等研究者，在响谷箐设立了滇金丝猴研究基地，每年都会派出研究生在这里驻点做野外调查。有一次，一名研究生观察猴子的时候偷了懒，把研究笔记随手一丢就去睡觉了。一只小猴子调皮起来，一爪抓住笔记本，几下就上了树，任凭下面的人怎么大呼小叫，它只是“我自安然”地打开笔记本，然后慢条斯理地撕了起来，一张又一张的研究素材化成了飞舞的碎片。

肖文、丁伟和崔亮伟师出同门，都是昆明动物研究所赵其昆老师的学生。赵老师是滇金丝猴保护研究的组织者之一，他曾在北京大学学习动物生理专业，但因为出身问题，毕业后先是下乡，后来进了工厂。几经周折，又调入昆明动物研究所做电水工。不惑之年后，才有了机会“转业”做起猴子调查。1984 年，赵老师到美国亚利桑那州立大学人类学系进修。1986 年到 1992 年，他又到了峨眉山，连续采集藏猕猴的行为生态数据，发表了几篇颇具影响力的论文。从峨眉山下来后，赵老师原本打算处理手头的资料，阶段性地推出藏猕猴研究成果，怎料办公室突然面临工资来源部分被切断的状况，他只好应聘进了昆明动物研究所的保护生物学中心服务，在工作之余，像种自留地一般推进自己的藏猕猴研究。

赵老师的研究之路不乏挫折与坎坷。他在做藏猕猴研究的同时，还担任一些国际灵长类学会方面的工作，又遇到上级布置下来的滇金丝猴研究的任务，结果，原计划两三年就结束的峨眉山藏猕猴研究整理工作一拖就是八年，直到退休才做完。

赵其昆老师主持的团队所做的滇金丝猴研究，和之前其他人的研究相比，更具规模。他带领的博士生连续数年集中研究了多个课题：

一是丁伟于 1999 年 3 月到 12 月在塔城做的食性和活动时间分配研究；

二是肖文等于 1999 年以塔城为中心，向南、向北做植被实地考察，把考察结果用于解读二十世纪九十年代卫星影像植被信息，再与二十世纪五十年代航测地形图上的林区（绿色）相比较，得出了云南全境牧场扩张，森林后退、破碎的速率。如此，滇金丝猴种群的基本生存威胁得以量化；

三是向左甫于2003年11月在西藏芒康鸿拉雪山做的内容广泛的生态和行为研究；

四是刘泽华于2000年11月到2002年11月在兰坪符合山做的生境利用、游走和过夜地选择观察；

五是崔亮伟于2001年4月到6月，9月到12月在南仁做的生境利用研究。

现在，肖文和崔亮伟的学生在兰坪拉沙山所做的持续多年的研究和监测，则是上述工作的再延伸。

赵老师主持的团队做的滇金丝猴研究工作，主要基于他自己在峨眉山积累的学识和经验，学生去哪里、做什么都有所部署。而归根结底，总目标只有一个：揭示不同纬度—海拔生境中，猴群的生态适应情况，以及它们的现实生存威胁。

举例来说，到滇金丝猴分布区南（低）北（高）两端研究，是要验证一个生态趋势：猴子的出生时程会随着纬度—海拔升高而提前。在峨眉山的高处和低处，藏猕猴的出生时段会有三个月之差；而西藏芒康的滇金丝猴在2月初便纷纷产崽，到了云南的兰坪，产崽时间可以晚至3月末。为什么同一个物种，产崽的时段差异如此之大？为什么越是苦寒，猴子越要急急地产下幼崽?

向左甫的研究所在地西藏小昌都是滇金丝猴栖息的海拔最高处，生存环境最为恶劣。研究表明，婴猴在第一年冬天的生存率不到一半。为了在严冬来临之时处于发育比较好的状态而顺利越冬，婴猴们必须赶在食物相对充足的 6、7 月份学会自己进食。

在滇金丝猴国家公园的研究基地，肖文和崔亮伟联合开展了“滇金丝猴繁殖”这个研究主题，研究数据也证实：在人工饲养条件下，滇金丝猴的繁育时间会不断往后延迟。

其中一种假设是回到猴子交配季节的时段差异上。如同在峨眉山，藏猕猴在天然食物丰盛的“秋色”是自上而下移动的，猴群的交配季正好落在秋天，自然也受影响，生崽时段也随之提前或延迟。还有一种假设是回到滇金丝猴婴猴断奶的时期上，即断奶时是否可以接上优质食物的高峰期。对于滇金丝猴来说，优质的食物便是冬末初春时分拱出树枝的鲜嫩蓓芽。

猴子的体内分明装了一套调节系统，适应着不同的纬度和海拔。但要用科学数据解开类似这样一系列的大自然之谜，则需要借助高科技来做深入系统的研究。为此，2005 年赵老师又向《美国国家地理》申请了一个项目，计划在滇金丝猴分布的南、中、北三处做 GPS 跟踪，同时做实地观察。可惜，此后因为种种坎坷与困难，项目停滞，赵老师的团队也从昆明动物研究所消失了。从那之后，虽然散落在各地的学生中还有两三个仍坚持做滇金丝猴研究，但毕竟已无法再攥成一个“拳头”。

不过，赵老师的“大盘子”里还装了其他许多东西。虽然他早已退休，但这些年只要有机会，我都会去登门拜访赵老师，和他的几个弟子也都成了朋友。和赵老师的讨论，总能启发我用新的眼光重新认识滇金丝猴。

灵长类动物是人类的近亲，赵老师把峨眉山的猴子视为“人类‘庐山真面目’的一面镜子”。其实，金丝猴的社会结构更接近于人类社会的一夫多妻社群。赵老师相信，只有当把各种灵长类动物看明白后，人类才会真正有“自知之明”。

对人类而言，灵长类如滇金丝猴仍有不少地方属于未解之谜。首先是猴子的出生，滇金丝猴母猴产崽总是在夜晚。即便在滇金丝猴国家公园，研究人员想尽办法跟踪记录，但每每一到清早，就发现什么都晚了，浑身湿漉漉的婴猴已经被抱在母猴的怀里了。

不仅仅是滇金丝猴，绝大多数动物都是在夜间分娩。而赵老师的学生丁伟于 2012 年居然在野外观察到一例滇金丝猴在白天生产的例子。2013 年，丁伟、肖文等在《行为学过程》（*Behavioural Processes*）杂志上发表了论文，描述了其他母猴帮助分娩母猴处理脐带等行为，被学界认为是首次发现除人类之外的灵长类的“接生行为”。论文发表的当天，研究人员的邮箱就爆了，全是国内外各种媒体和灵长类研究者发来的采访以及询问细节的邮件。

除了出生，灵长类对人类保持神秘面纱的还有死亡。生老病死，每一个生命都必然要面对。滇金丝猴公猴在五岁之前有三分之二的死亡率，被淘汰的占了大多数。可死亡后它们的尸体究竟去了哪里，这一直是个谜。在滇金丝猴研究及保护的过程中，我们从未遇到过一具滇金丝猴的尸体。直到 2013 年一次野外大巡护中，我们在珠巴洛河上游的一片原始森林中第一次发现野外滇金丝猴的尸体。这是一具成年公猴的尸体，手臂和头部有明显的伤痕，伤口很深，我们推测它是打斗时掉入河中的，突如其来的死亡让这只公猴没有时间来隐藏自己的肉身。我在白马雪山工作了三十年，除了小猴的尸体，成年猴子的尸体也只见过这一具。成年滇金丝猴似乎能预料到自己大限将至的日子，在死亡来临前独自走到一个极为隐蔽的地方。不愿意让他者见到自己死亡后的身体，这也是灵长类为自己留出的一份生命的尊严吧。

赵其昆老师在峨眉山工作时也有过类似的经历。为找寻一只停止移动的无线电项圈，他曾和两个热心朋友冒险系着绳子追到悬崖中段的一个猴群过夜处。转过悬崖，他们被眼前的景象惊呆了：在一处约 15 平方米的平台上，地面寸草不生，干干净净，树干光溜溜的，空气中还有兰香扑鼻，猴子夜宿在这里肯定既安全又惬意。但问题来了：这些出游路上“随地大小便”的猴子“强盗”，怎么会有这样优雅的“居所”或“后花园”？虽然没有找到消失的猴子，返程途中还差一点坠入深谷，但能一睹这“桃花源”，他说“值了”。赵老师由衷地说，大自然还有许多秘密等着破解，解开之前只能敬畏，解开之后，则更要敬畏。

我自己没有达到赵老师研究的思想境界，但我们藏族人在骨子里就觉得猴子和人是相通的。传说中，藏族人是由罗刹女和猕猴结合所生的，猴子是我们的祖先。藏族人中还广为流传着一个故事：一个猎人家境贫寒，猎到什么就吃什么，有一次猎人猎到一只猴子，家里人剥完皮正准备烹饪，却发现猴子的毛皮里包着的竟然是自家刚刚出生的小儿子。猎人全家惊恐万分，赶紧把猴皮重新裹好埋葬了猴子。我碰到的猎人也常说，我们怎么能忍心打猴子呢，毛皮剥掉和人没有什么两样。藏文化很早就感知到人和猴子基因上那千丝万缕的联系，比现代西方的研究成果早了不知多少年。

在塔城滇金丝猴国家公园，我一直想去拍滇金丝猴早上醒来的镜头。在野外环境，只要微微露出一丝光线，觅食的原始本能就会促使猴子猛然醒来，甩开懒惰，努力进食。一个早上，我凌晨四点半起床，小心翼翼地来到前一天就看好的拍摄点，支好脚架。我所处的位置是在一个大家庭的侧面，一只公猴带着三只母猴、两只亚成体和两只小婴猴，我甚至能想象出它们在晨光中扭动身躯的美妙瞬间。结果等了足足快一小时才等来第一缕光线，但奇怪，猴子居然都没有动！晨光渐渐有了玫瑰般的色彩，照在滇金丝猴黑白相间的毛上，好一幅温柔的图景，可它们还是连眼毛都没眨一下。我等了又等，最终等到天光大亮，光线已经让这次拍摄毫无意义了。我收拾东西，失落地往回走，这群滇金丝猴还是纹丝未动。

这就是野生和半野生的区别。一个过着风餐露宿的生活，需要随时保持警惕；一个饮食无忧，却没了忧患意识，眼里那股活泼泼的精气神儿也就散了。如果有一天，猴群连对低飞的老鹰都没了反应，那它们还是野生动物吗？

野生动物需要保存它们的野性，正如人类也需要保存自己的野性。我只有在自然状态下，看到真正生活在野外的物种，内心才会生出一股快乐，这种快乐真是在其他任何地方都无法找到的。

我还在滇金丝猴国家公园的展示厅里复制了一个特殊的“家”——一个小木屋，当年滇金丝猴野外观测时我们所住的小木屋。我从钟泰手中接过当年用过的包和马灯，搬来老柯用过的需要太阳能供电的电脑，夹好当年的资料，移来烘干标本的铁箱子，恢复了火塘和挂着锅的钢丝，装酥油的竹盒，还有每天去很远的地方背水用的塑料桶和绳子……

每每回到这个“家”，记忆的闸门就会打开。当年在山里从早忙到晚，根本没有时间想家，但是只要突然停了下来，“家”这个字就会毫无防备地涌上心头，利剑一样穿透心灵。那种“想”，有着一种最深沉的无奈和悲伤，即使是我们这样的七尺男儿，也要涕泗横流。那个时候所想的“家”，是那个有着父母妻儿的家。如今一切都过去了，我又亲手把野外的这个“家”重建起来。

可惜这个展厅很少开放，滇金丝猴国家公园展厅的自然教育功能大打折扣。

2010 年，滇金丝猴国家公园建成，我三年的建园任务也画上了句号。下一步何去何从?

我有两个选择，一是留在滇金丝猴国家公园专心做滇金丝猴行为学研究，二是重新调回德钦分局做局长。一条路是研究猴子，一条路是保护猴子。我知道自己已经迷恋上和滇金丝猴有关的任何事情，如果可以与这雪山精灵相伴走完我的职业生涯，那将是莫大的幸运。几天后调令下达，我被调回德钦，继续从事更加繁杂却始终都围绕滇金丝猴及其栖息地的保护工作。

我的命运再一次被滇金丝猴改变——猴子没有选择让我去解开它们身上的谜，而是选择了让我做它们的终身保护者。

2015 年，金丝猴的一个新物种“缅甸金丝猴”被发现。缅甸金丝猴栖息于缅甸北部，那里常年征战，政治局势复杂，对外国人实行封锁。缅甸金丝猴的发现在中国灵长类科学研究界引发了轰动。专家们研究地图，发现那片缅甸森林和云南高黎贡山地区相连接，山连着山，森林接着森林，因此认为中国应该也有这种猴子。果然，在很短的时间里就找到了栖息在中国境内的“缅甸金丝猴”。据说，当研究人员在云南怒江的森林里寻找时，当地老百姓说，不就是那种“黑”猴子吗？我们几代人都看到过。原来，在怒江区域还存活着另一种黑色的灵长目动物——长臂猿。从外观看，二者都是黑色的“猴子”。

当地老百姓会混淆，而自然保护工作者和研究者却没有再细致探究，错失了发现这个新物种的机会。这真是对自然保护工作者和科研工作者开的一个大玩笑！

这种新发现的金丝猴浑身黝黑，只有肚子处一片白，学名为“黑仰鼻猴”，在国际上被称为“缅甸金丝猴”，在中国就叫作“怒江金丝猴”。

目前，已发现的五种金丝猴物种中，川金丝猴、滇金丝猴、黔金丝猴这三种都是中国特有种；而越南金丝猴和缅甸金丝猴两种，在国内外都有分布。

几种金丝猴的外形和社会组织结构都十分相似，区别仅在于毛色不同：纯黑、灰白相间、浅浅发黄……似乎在提醒人们种群间的迁移和变化。展开地图，每两个金丝猴物种间都由一条巨大的河流隔开：滇金丝猴只分布在金沙江和澜沧江之间，怒江金丝猴分布在怒江以西，而在滇金丝猴和怒江金丝猴之间，却出现了一个空白区——碧罗雪山。大理大学的肖文大胆提出，碧罗雪山中间应该还存在一个未知的仰鼻猴物种。

肖文和我在工作中结下了很深的情谊。肖文是个工作狂，每次听说我开着越野车出去，总要嘱咐我顺路帮他向当地老百姓打听远近的野生动植物资源。随着大理大学东喜马拉雅研究院的课题不断变化深入，需要打听的野生动植物也在不断变化着。我非常享受做肖文派下来的任务，我们做野外工作就是需要脚勤、嘴勤。当我去碧罗雪山考察时，自然也带上了他寻找金丝猴新种的任务。问了好久，真的找到一个过去的伐木工人，年岁已经很大了，但他肯定地回答我们，当年在砍木料的时候，曾经很清楚地见到过一只金丝猴。滇金丝猴是否有新种，至今还是个谜。不过，任何有关自然的谜都既神圣，又魅力无穷。如果可以把这世界看得一清二楚，那人类活得该有多么索然无味！

在本书的写作过程中，2016 年的春天，人类第一次通过镜头记录下了滇金丝猴生产婴猴的整个过程。媒体做了不少宣传，又是"著名物种"，又是"第一次"，但这样的表达口吻分明带着人类的骄傲。拍摄者的努力值得肯定，但如果不是滇金丝猴在人工饲养环境中越来越失去野性和警觉，难道类似的事情还会这么容易就发生？

当我们把第一次完整拍摄到滇金丝猴产崽称为"幸运"，是否也可以换位思考：对于滇金丝猴来说，这到底是幸运，还是不幸？

七　重回德钦，重守白马雪山

天地间有一座白马雪山，

那是我守望的地方。

春来冰雪融化，鲜花开满山，

夏日百鸟欢唱，那是生命的乐园。

风雪飞，天地白茫茫，

跌倒在雪地的兄弟，你站起朝前走！

林中的小路上一串足迹，那是我巡山的日记。

夜来星月照梦乡，春光化寒露，

宿营炊烟袅袅，我的歌声响四方……

——《白马之恋》

如果你有一天遇到白马雪山保护区的人，如果你有机会和他们一起巡山，待到山黑月明，大家围坐篝火，一起喝酒聊天，豪情渐发，他们也许会给你唱这首歌，也许黑暗中还会有泪光闪烁……

这首歌是我们白马雪山保护区的区歌，也是我们巡护时最真实的感受。

我们都曾经是“跌倒在雪地的兄弟”，大自然的严酷把我们一个个七尺男儿打回柔弱乏力的个体，这个时候能依靠的，只有常年一起在野外工作的兄弟。当冰雪达到几乎要把一个人吞没的厚度时，当天地茫茫、白如葬礼般看不到希望时，当行走得嘴唇干裂、眼冒金星时，放弃是最容易的选择，也许一不小心就会让时空永远停留于此。这种时候，能支撑你坚持下去的就只有一起出生入死的兄弟们，你的任何一缕轻微的哀怨都会让他们的脚步更加沉重，而任何一丝哪怕强挤的笑意都会迅速传递……所以，“跌倒在雪地的兄弟，站起朝前走！”这句歌词唱出了属于我们巡山人的骄傲与自豪。

大自然的美丽有很多种，最隐秘的美能让人情愿死在此时此地。“春来冰雪融化，鲜花开满山。夏日百鸟欢唱，那是生命的乐园。”词很简单，但在这世界上，到底有多少人真正见过并懂得什么是“生命的乐园”？而我们巡山人的一生，都是在保护这个稀有的“生命的乐园”。

保护区每日实实在在的工作没有任何金钱和利益的掺杂，无论一个人在外面多么有钱、多么风光，回到保护区，工作还是要靠他的双腿和意志。人，回到最原始的状态，赤裸裸地去面对自然。保护区的工作可能是最枯燥无聊的，也可能是最丰富多彩的，地狱与天堂何去何从？答案简单到只取决于一件事：心中是否有对大自然的爱。

一起工作的兄弟们几乎都是年轻时进入单位，等到老了退休，三十几年的生命全围绕着这片山林，这片林子的植物和动物都成了大家最熟悉的朋友。

“今年山椒鸟来晚了，昨天来了一群，可能有六十多只……”

“今年夏天也许雨水会多，小鸟出雏不知道会不会受影响……”

这样的聊天是我们的常态，我们很少聊房子、聊赚钱、聊投资。

“我们老了，不知道哪一天就死了。把骨灰撒到白马雪山一个特别干净、特别漂亮的地方吧，大家一起还能做个伴儿……”

我又何尝不是这么打算的。

也许汉族人看到这里心中会升起悲伤，可我们藏族人聊起死亡却是如此平常，面对篝火，喝着烈酒，伴着笑声……

我们的保护区区歌诞生于白马雪山保护区成立二十周年，也就是2003年。这一年，云南国家级自然保护区交流协作会在德钦举办，德钦自然保护局作为东道主承办了这次会议。局领导做了分工，因为我年轻，所有烦琐的会务杂事全压给我了。

来开会的上百号人，即使不是领导也是半个领导，后勤就是一路安排他们的吃住行，陪着喝酒开心，再租车带他们去参观明永冰川。那几天忙得团团转，但是我特别享受那种忙疯了的感觉，“肖林……肖林……”我的名字被或急或缓地呼叫着，我跳进一条名为“繁俗杂乱”的河流，奋力压下每个惹事的浪花。虽然都是些天塌不下来的小事，可我越忙越享受，被人需要的感觉太好了。

忙碌了两天，到了最后一项会议日程——晚会。德钦历来自诩为“歌舞之乡”，其中最有名的首推弦子，客人们早就在期待一场能让认识不认识的人全都跳在一起的晚会了。

我把这场晚会放在德钦县城唯一的广场上举行。当所有会拉弦子的人都比赛一样拉起来，所有人都上场跳起舞，藏族歌舞加上昏暗的街灯、远方黑黢黢的山影，整个山谷洋溢着幸福快乐！

我们的区歌也是这次会议中诞生的。保护区成立二十周年，我也有些感慨，和周围同事反复讲：“我们一起在保护区度过了二十年，从小娃娃长到不惑之年，时间和青春都去哪儿了？看看白马雪山就知道了。所以周年大庆大家一定要合唱一首歌，这首歌一定就是唱我们自己的！”大家听了很赞同，我马上围绕想要的歌词意境写了几段短文，拿去找好朋友莫梭。他是藏传佛教的居士，学问很高。

我算了算时间，只有一个星期了。

“这是我围绕歌的内容写的一篇短文，你这几天一定要帮我把词定下，把曲谱出来！”

莫梭为人认真，也急了：“可我不了解你们的工作呀！”

拉他去体验生活肯定来不及了，那就聊吧！就着几杯青稞酒，我的思绪回到日复一日不断重复的保护区生活，其中，最有魅力也最重要的无疑是野外巡护。

我们巡山都不愿意背重的东西，帐篷是最被大家嫌弃的笨重物件。不带帐篷，大不了最后就露天睡觉。晚上如果是阴天，就找一棵枝叶茂密的大树，依靠着它半夜不会被雨水浇醒。如果是晴天，就去找一个平缓的坝子，天为被，地为床。早起时，睡袋上蒙着薄薄的露霜，阳光渐渐打了过来，白白的露霜转瞬即逝。点火烧茶，看着升起的炊烟和早晨特有的莹白色光线慢慢交融……

我俩就这么一边聊，一边推进，都找不到感觉的时候就各自回去睡觉，第二天喝着酒继续聊。

我说起在巡山途中要是突然遇到暴风雪，兄弟间的团结就是渡过生死关头的唯一保障。雪地里最可怕的就是走不动坐下来，所以哪怕相互搀扶也要朝前挪。“我们保护区兄弟间的情感谁能比！每一次巡护就是要把自己的命交到其他人的手里啊！”我说得眼睛湿润，莫梭听了非常感动，曲子两天就写完了。

“天地间有一座白马雪山，那是我守望的地方……”

这首歌成形了，我把莫梭直接带了过来，通知大家：“下午练歌！”男同志们参加了一会儿就全溜走了，女同胞们倒是一直都在练。也许男同胞觉得一起唱歌这种事和自己的雄性身份不相吻合吧。我反思，自己的激情还没有影响到他们。渐渐地，女同胞们会唱了，我再鼓励男同志一起参加。很快，男女合唱已经没有问题了。真不愧是傈僳族人和藏族人为主的队伍，都是天生的好嗓子。

参加会议的全省代表们一起聚餐时，我们就直接集体亮相了。“我们作了一首区歌，不知道好不好，就想给各位领导唱一下。”歌声响起，大家纷纷放下筷子，面对几百双眼睛，我们越唱越自豪。后来有人偷偷告诉我，很久没有听到这么嘹亮自信的歌声了。歌毕，大家都很激动。后来，云南省林业厅副厅长专门在会议上提起这首区歌：“这不是一首普通的歌，唱的是我们这个职业。你们唱起这首歌的表情啊，不只是表演这么简单，任何人都能看出来，歌里唱的是你们干了一辈子的事业。太了不起了，这是中国第一首保护区的区歌。”

哇，弦子晚会已经够出风头了，现在又加上这个“中国第一首保护区区歌”！

世界上歌曲千千万，我至今最钟情这一首《白马之恋》。歌声从喉咙涌出，我马上就会进入背起行囊在野外巡护的状态。而那些一开始在练歌时溜走的兄弟们，后来却在各种场合主动唱起这首歌，情到浓时泪水涌溢。

我知道我的兄弟们唱起这首歌的时候在想什么，谁说我们的工作没有难言之隐？我们保护区的工作在很多人眼里意味着低微的身份和不高的收入，甚至被人轻蔑地称作“看林子的”。我常常想，如果当年没有考入保护区，或者没有遇到滇金丝猴三年考察任务，我现在的生活也许将只围绕着钱，活得应该远比现在富足。但何等幸运，我这一辈子没有离开大自然，没有离开白马雪山。我们守护了大自然，大自然也默默回报我们一个健康强壮的身体，赐予我们无法用语言描述的精神享受。从大山里走出来的兄弟们，和其他人相比有种不一样的气质，找不出那种机关算尽、巴结奉承的“机关气”。大山没有给我们金银财宝，却给了我们人世间最稀缺的财富——健康、快乐和朝气，还有和大自然一样的真善美。想到我们这一生的付出与收获，怎能不泪水涟涟。

2010 年，结束滇金丝猴国家公园建设项目后，我重新回到德钦，担任保护区德钦分局局长。此时我参加保护工作已经快三十年，巡护依然是保护区工作的重中之重。没想到，一次巡护，我遇到此生又一次惊心动魄的险境。

那是保护区建区二十年后，第一次开展滇金丝猴种群数量普查工作。我们的普查队伍一共五人，到目的地需要跋涉一个星期。有一天，翻过山脊已是下午三四点钟，大家走得有些分散，我赶紧叫回已经钻进杜鹃灌丛的同事。这种光线下，只要钻进灌丛就会有走失的可能性。大家聚在一起后，再次确认了视野里的珠巴洛河与支流的汇合处就是我们今晚的夜宿地。不到三个小时，队员们陆续到达，数数人数，却只有四个，还有一个迟迟未见。大家焦急地远望愈发昏暗的天地，这个时候还没到，如果不是摔下悬崖峭壁，就可能是在过支流时在薄冰上滑倒受了重伤……不能再等了，四个人沿河一起寻找，夜里十二点才回到宿营地。没有，一丝线索都没找到。

这样的夜晚谁又能入睡？熬到凌晨三四点钟，大家又起身去搜救，直到身上最后一粒粮食吃光。我心急如焚，但还是理智地告诉大家，搜寻必须在早上十点结束，找不到也必须停止，赶到最近的村子请求支援，否则我们会一起陷入危境。

那一天，我们从早晨十点走到夜里九点，几个身强力壮的专业巡护者已经在丛林中疾走了十一个小时，一粒米都没有吃，再加上脚底起泡，都累得脱了形。同行的护林员把偷偷留的最后一点糌粑掏了出来，救了我们。

赶到最近的村子时已经是凌晨两点，不算之前的巡护和一夜一早的搜寻，我们已连续步行了十六个小时，相当于平常巡护两天的路程！在一片漆黑中，我们终于摸进了村子。人类聚居地带来的安全稳定的感觉，让我们几个大男人有了流泪的冲动，但是谁也不允许自己松懈下来。质朴的村民们也感觉到事态的严重，好几家灯光亮了起来，连夜为我们赶做干粮。

三个小时后，凌晨五点钟，我们再次分成两个组，一组原路返回寻找，另一组沿着珠巴洛河找，手电筒的光照亮了整个山林。虽然已经三天两夜没有合眼，但兄弟们急疯了，加入队伍继续寻找。我回到茨卡通找了辆农用拖拉机，坐到了下面的夺松村，那时只有这里才通了电话。电话线的另一端是当时的保护局局长西罗，通话时我的声音异常冷静："巡护中一人走失，而且这个人很可能已经没了，也请局里通知家属做后事准备。"

又坐着拖拉机回到茨卡通，我强装镇定，让几天没有合眼的兄弟们赶紧休息。同事失踪已经三天了，大家都不忍心把绝望的话说出口，可希望之火在渐渐熄灭，再组织村民寻找，似乎也只是寻求心里的慰藉。继续找，还是停下来？这个决断如此艰难，重重地压在我的头上。就在这个时候，失踪的同事找到了！他满身都是擦蹭的伤痕和血迹，一脸恍惚，目光痴呆，我冲了上去，紧紧抱住他号啕大哭！

他恢复过来后说，走路时他好像突然受到某种牵引，所走之路和以往皆不相同，那条路最终引导他去到一个神秘之所，小鹿和熊赶过来欢迎他，还有从未见过的奇异花朵正在怒放，山泉水奏出美丽的音符……这个同事描述出的世外仙境让我们所有人都觉得不真实。他在几年后就去世了。

我年轻时深受保护区工作的各种苦：巡山的体力之苦，长期在山上的枯燥之苦，想读书深造却得不到批准的压抑之苦……如今做起近四十个人的"小班长"，我总希望最大程度地避免同事们也经历这些无谓的身体之苦，以及无力发展的精神之苦。

等我接手主持德钦分局工作的时候，下面的保护站已从七个缩减至两个，留下的只有奔子栏和霞若，此外，还有一个曲宗贡监测站。记得我参加工作后的许多年，都是在煤油灯和烛光下看书学习，现在轮到我来主持工作，必然要加足马力，尽可能用水、电、太阳能等清洁能源来解决供电问题，满足卫生需求，办好公共食堂，也最大程度地解决野外工作者的装备问题。现在保护区工作者的条件已是今非昔比，非常优越了。

保护区每年都有新人考进来，我有双金睛火眼，很快就知道他是否适合这份职业。

什么样的人适合野外?

第一，能吃苦；第二，善于积累野外经验；第三，有和当地老百姓主动交流的适应力；第四，永远不会熄灭的求知欲。这四条难度递增，一条比一条更能考验一个人的本色。我见过太多有钱、有势、有名气的人，但他们的心灵又真的能与他们的品德、地位相匹配吗？野外是一个人心灵的试金石，极度的疲乏会让绝大多数人变得自私、冷漠、怨气冲天。要学会从别人的角度体察事情，哪怕这个人的地位、文化水平和你差距甚大。现在有很多人到藏地山区考察拍摄或者徒步旅行，他们中的绝大多数不会把雇来的背夫当一回事。或许他们觉得，反正我付钱给你了，你就应该绝对为我“服务”。可一旦到了野外，艰苦的条件对每个人来说都是巨大的考验。当生命安全都打了问号，金钱还能成为你凌驾他人，高高在上发号施令的理由吗？人心都是肉长的，如果你一路上也体谅他的不易，大家互相照顾，那他甚至可能愿意为你的安全付出生命。

能适应野外生活的人少之又少，我一直跟刚刚进入单位的小年轻说：“这份工作很艰苦，你们要想好愿不愿意一辈子做这份工作，吃这份苦。如果觉得这里不适合你，你可以去考其他工作。”但如果两三年还没有考出去，我就会善意地提醒：还是静下心来投入大自然的怀抱吧。

保护区的工作没有任何可供遵循的机械性规律，全靠个人的悟性和努力。一个有想法的人，日积月累可以做到很优秀。大自然是真正的广阔天地，每个人都可以有所作为。如果一个人十八岁进保护区，一心辨认植物，不超过十年，他就会成为最优秀的物种识别专家。

我带“兵”，最怕的是一种稀里糊涂过日子的气氛，人很容易在这种气氛中变得晕乎乎，糊里糊涂就过了十年、二十年，转头才发觉一切都晚了。我不会要求人人做到“先进”，但希望一个人不要妄对自己的生命。真实是一个人最本质的东西，如果一个人面对大自然都无法做到真实，那他绝对会过得无比痛苦。

外人看我，绝对是个天不怕地不怕的男子汉，但是只有我自己清楚，只有身体健康，我才可以保持无畏前行的姿态，而一旦身体出现问题，我的心顿时就会坠到谷底。长期的野外生活给我留下了很多病痛，所有与大自然相约的计划，都需要一副好身体作支撑。身体不出毛病，心里就会塞满了出行计划。

四十七岁那年，我集中姐姐和两个弟弟的财力在江坡老家建房。我们全家搬出江坡足足二十年了，老屋也空了二十年，如今早已是“半屋风影半屋月”的破败模样。我跟姐姐弟弟们商量，老家的房子还是要有，不然不仅我们姐弟四个，连我们的后代也成了没有家乡的无根之人。如果家乡的传统在我们的孩子或者孩子的孩子那一代断掉，那是他们的事情；我们这一代还是要把家乡这个根留住，牢牢地传下去。姐姐和弟弟们一致同意重建老宅，不但要建，还要按照老式藏族房子的规格，泥夯的墙、木凿的窗，前面延展出一个可以直面雪山的平台。建房的钱大家一起出，建房的事情主要由我来负责，因为我在单位参加过不少工程的建设。而且，我是当家的大哥。

那阵子我经常往返于单位和老家，事情多得像理不清的线团，我又是个急脾性，难免出错。先是把脚崴了，脚好了之后，骑马又从马上摔了下来。那本是一个很舒服的黄昏，夕阳的光线把一匹马打扮得通体流金，引诱我翻身上马，骑上后又忍不住促它撒蹄奔驰。但就在我还不知道出了什么问题时，已经被直接甩到地上，胳膊撞上一块石头，随之而来的是钻心地疼，伸手一摸，感觉胳膊上面鼓出了一块，肯定是骨折了。我摔的这地方在村子的上方，这个时段早就没了人影，我索性直接躺在地上专心对付疼痛，等到生出些力气走路就赶紧回家。到家了，一屁股坐到刚刚修好的门框前，放声大哭。

三年滇金丝猴考察结束之后，我就没有这么使劲地哭过了。年轻的时候，遇到无人可以帮助的难处时，会想到那个有父母妻女的家。而这一次的痛哭，我只想到了两个远在外地读大学的女儿，突然悲从中来，生出了英雄白头的凄凉感。我曾是个最不称职的父亲，两个孩子幼年时期，我几乎每半年才能见她们一次，总觉得她们还小。这次却是我第一次感觉到我是如此需要她们，第一次明白原来我也会孤独无依……

哭完了，我重新上车，镇定地用独臂开起夜车，五个小时后到了香格里拉医院。

我和钟泰前后脚分别做了白马雪山保护区管理局德钦分局和维西分局的负责人，钟泰的工作重心放在了管理滇金丝猴国家公园那群猴子上。

钟泰一直说，如果没有滇金丝猴，他也不会有今天的成就。一个边远山区的初中毕业生，被单位送到西南林业大学读了四年书，成了大学生。2017年，他还为所有付出毕生精力保护滇金丝猴的人们争了光，获得公务员的最高荣誉——全国“人民满意的公务员”称号。

我呢，回到老家德钦，终于可以利用资源做一直非常想做的事情——保护好曲宗贡。

如果你看过《格萨尔王传》，一定会记得“寄魂”的故事。格萨尔王打起仗来，战无不胜。他有九个灵魂，分别寄住在不同的地方。敌人可以伤他的身，却伤不了他的魂，洒完热血，他依然是那个伟大的战神。

在神话故事中，山、湖、树、石……世间万物都可以寄托魂灵。而作为一个普通人，一辈子如果可以寻到一片自然，双手捧上自己的心魂，虽然此后人生路依然充满无奈，但是心魂却能得到一种别样的关照与滋润，这该是多么幸运的一件事情！

如果有一个地方，我愿把心魂交付，那只会是——曲宗贡。

“曲宗贡”ཆུ་འཛོམས་སྒང་།，意为“两条河流汇合的坝子”，后来有人美化成“两条圣水交汇之处”，其实藏文意思没有那么高冷，就像绝大多数藏地山水的名字，“驴都爬得喘气的山坡”“石梯般的水台”“卧佛的山”，起得随意，却有种质朴的美。

是的，这里简单到了只是两条河流汇合的坝子。但，这是怎样的河流？又是怎样的坝子？

白马雪山主峰扎拉雀尼峰因冰川融水淌下了两条河流——金妞和金妮，这两条溪流绕过山的阻隔再次欢聚，而流水常年冲积的力量在这里化出一捧温柔广阔的草甸，这就是曲宗贡。

我们藏族人对水有很多抒情的比喻，经常会用水来形容人之间的感情：我们不是来自一个家庭，也不是来自一个地区，但终究会如溪流般奔涌到一起，你中有我，我中有你。

来到曲宗贡，你的眼前，就是三江并流的精华。白马雪山一手劈开澜沧江和金沙江，离怒江的直线距离也不过 20 公里。从这里出发，横向来看，最短距离仅 74 公里便可横览三条中国重要河流；纵向来看，主峰扎拉雀尼海拔 5429 米，而海拔最低的霞若乡河谷 2080 米，两者相距不到 40 公里，高度差就高达 3400 米。高山与大河的挤压伸缩，使曲宗贡成了自然资源的“浓缩体”——干热河谷的稀疏灌丛草坡带、高山松林带、针阔混交林带、亚高山暗针叶林带、高山灌丛草甸带、流石滩稀疏植被寒漠带、高山冰雪带，七个生物立体气候垂直带，相当于中国南北几千公里范围内植物的水平分布。

如果把压缩的视角拉广、拉远，从曲宗贡放大到横断山脉去看：北部是高高隆起的青藏高原，往南而行则是潮热湿润的热带，横断山脉连通这两个极端，也成了物种交汇、迁徙的巨大走廊。曲宗贡正在这条物种交汇带的中段，它两边的沟壑就是动物的两处天然庇护所，多少物种选择在这里停下脚步。

再说这两条沟壑，从地质学上讲，是典型的冰蚀河谷，呈现出线条柔和的 U 形。金妞和金妮流入珠巴洛河，下游便是德钦县的“鱼米之乡”霞若乡和拖顶乡。

雪山、杜鹃林、高山草甸、清澈的冰雪融水……曲宗贡可以满足你对高原山地的一切渴望与梦想。

这里最早被牧民发现，成为肥沃的夏季牧场。

巍峨的雪山啊，怎么翻也翻不过去；

富饶的草场呀，草怎么长都长不完；

干净的流水啊，怎么用都用不尽……

这里的牧民们流传着这样赞美曲宗贡的诗歌。藏语朴实、简单，读起来朗朗上口，可惜翻译成汉语就少了许多味道。

我喜欢高山牧场，喜欢这里每日响起的打酥油调。小时候，当我的个头还没有超过酥油桶时，我就会站在凳子上尝试着打酥油，因为妈妈说："我们藏族人的娃娃，从小打酥油的身体是最棒的！"我喜欢边打边唱："酥油嘛，我已经打了一下啊；酥油啊，再打了第二下啊……"如此数下去。

打酥油很费体力，酥油棒的一端套着一个轮子样的圆圈，手要一边旋转一边使劲捅到底部，把奶充分搅起来，再使劲一提，就这么"一、二、三、四"地边唱边打下去，等数到一百下，人已大汗淋漓。

我还喜欢酥油的香气，打到那层柔滑细嫩的奶脂慢慢浮上来，香气撩得人无法把持，我就伸出小手指，告诉自己只沾一点点。点上舌尖，丝滑油嫩得让心都酥软下来，我眯上眼，直到奶脂一点点完全融化到身体里……真是人间美味。如果让妈妈看见了，就会心疼地责怪我太过浪费。酥油对于藏族人来说，比肉食还重要。我家当时只养了一头母牛，攒上十天的牛奶才够打一次酥油。

我家的酥油桶和屋子的主柱子绑在一起。酥油打累了，我就用刀子沿着后脑勺顶，使劲在柱子上刻上一刀，记下此时的身高。刻痕渐渐往上升，再后来又多了两个弟弟的刻痕。三兄弟抢着打酥油，轮流打上三百下，又抢着在主柱上刻下自己的印记。

主柱子，也称“中柱”དཀྱིལ་ཀ。藏族人主屋的主柱子是神圣之物，是“家神”ཁྱིམ་ལྷ།。我家的老房子是爷爷奶奶那辈留下来的。据说他们会走进森林中，千寻万寻才找到独独有缘的那一根，请来做撑起全家的柱子。只可惜，老家拆房子的时候，大家都疲倦地为新生活奔忙，谁都没有想到要去留下这根主柱。

主柱旁边就是火塘，里面住着“火神”མེ་ལྷ།。火神最讨厌煮的牛奶或者汤汤水水溢出来，但主妇们难免犯这样的错，每当这个时候，妈妈就会很快地找出糌粑撒进火塘，口中急急念着：“不是我家的，不是我家的！”

小时候家里养了二十只羊和几头牛，有一天，母牛生了一头小公牛。妈妈最关心母牛的产奶量，而小公牛则成了我们三兄弟最好的伙伴。小公牛在父母眼里地位最低，因为它既不产奶又不下崽，家里人会把有限的饲料都留给产奶的牛。而我们兄弟三人最偏袒小公牛，家里餐前饭后的任何入口之物都会被我们藏起来，最后成了小公牛的美餐。放牛的时候感觉好极了，我把包和羊皮褂子放到小公牛身上，看它一颠一颠乖乖地跟着我，简直成了我最贴心的小伙伴。夏季牧场开始时，我们弟兄三个把小公牛送出村，眼巴巴地看着它跟着其他的牛一起被赶上牧场。几个月后，夏季牧场一结束，回来的所有牛都会变个样子，我们三兄弟马上就会去找自己的小公牛，然后抱着搂着一起回到家。

对曲宗贡的天然好感，正是这一份童年记忆的延伸。

工作后，我第一次进曲宗贡是 1986 年，当年 10 月份保护区组织巡山。

我们走到这片雪山前的广阔草场，远远看见几个黑牦牛毛织成的简易帐篷。过去，老百姓不在高山牧场建棚子，而是带上两根木头，再加一张铺天盖地的粗糙布匹，便可天地间随处为家。

曲宗贡属于白马雪山保护区的核心区域，本应到处都是野生动物，但进来之后却发现空空如也。偷猎！肯定是非常严重的偷猎，我的眉头皱得死紧，看得出其他人的情绪也都很压抑。

我们顺着左边的金妞河谷，很快就走到了巍峨的雪山脚下，这就是白马雪山的主峰扎拉雀尼。洁白的冰川悬在头顶，冰川融水送出最纯净的溪流去滋润高山草甸，河谷两边的山林已铺盖出秋天特有的黄，是一种令人难以置信的恢宏的金色。然而，我们一路上仅仅在路边就见到了五六十个钢丝套。在高山牧场的草甸上，高山岩羊的头骨、林麝的蹄骨被随意丢弃……

一个地方哪怕美如天堂，但是没有了生命，又有什么魅力可言？

我们这一趟没有抓到偷猎分子，但是捡的钢丝套有五六百个。当时保护站的培布站长很有经验，他教我们："好的保护工作者也要具备猎人的思维。比如面对一条山脊，动物更喜欢阳坡，横着的树干上肯定有猎人放的钢丝套；动物非常喜欢在一面裸露另一面是森林的山脊活动，因为视野好便于观察，在裸露这面可以找到昆虫和草，遇到敌害可以飞快隐藏回森林中；如果有小溪流，就要在河边观察野生动物的足迹，附近任何一个隐秘的地方都可能有钢丝套，因为有的地方周围几公里都没有水，唯一的水源就成了生命不可或缺的资源，如果有猎人驻守，野生动物的生与死只是瞬息一刹……"我一下子感觉到保护工作的担子是那么地重。

曲宗贡的防偷猎工作一直做得不错，再加上曲宗贡没有公路直通，任何资源都很难运出，所以森林一直没有被砍伐过。唯一一次可以算作生态灾难的，是上世纪六七十年代的时候，为了扩大牧场，政府鼓励村民放火烧林。结果可想而知，这片山林烧成了一片炭黑色，而这些烧得黑炭一样的大树依旧矗立，在雪山的背景中有种别样的美感。

经过了三十多年，曲宗贡由于地处保护区核心区，被完美地保存了下来。三十多年，对于经历过沧海桑田的大自然来说如白驹过隙，是微丝毫毛。而我们这批保护它的人已到中年，阅历增长，突然发现曲宗贡如珍珠美玉，是自己家里藏着的珍宝。

2002 年，出于多方面的考虑，我建议在曲宗贡建一个野外管护站，大家听了都有点抗拒。因为之前保护区的二期建设项目，新的旧的加起来一共建了八个保护站，这就带来一个问题：谁去守站？刚刚派到站上的一般都是小姑娘、小伙子，从十八九岁，一守就守到三十岁，夫妻长期两地分居，加上孩子上学、老人生病照顾……一大堆问题。

“还要建站，谁去守呢？”大家发出同一个疑问。

“在曲宗贡建站的意义不在于守护房子。曲宗贡山高皇帝远，是保护区资源管理的盲点，现在要建的只是一个据点、一个温暖的窝，兄弟们随时可以进来巡护，再挂一个‘保护区管理站’的牌子，谁还敢来偷猎？我们不能守了半天只守那些离老百姓近的山林，而忘了白马雪山最精华的部分，况且这里是珠巴洛河无人区的入口。”

时间转到 2005 年，保护区开始三期规划。管理局的谢红芳局长在保护区转了一圈，曲宗贡建站的事就此一锤定音。曲宗贡所处的地理位置特殊，无论从资源保护、反偷猎、自然教育方面，还是从未来生态文明建设成果对外展示方面来说，都有必要加大建设力度。

这个时候，我的脑子里已经有了一整套曲宗贡的建设方案。几次国外的参观经验让我对曲宗贡的未来越琢磨越美好，一幅关于曲宗贡的美丽画卷在我眼前徐徐展开。

2007 年，保护区三期建设规划投资完成了管护房及防火瞭望塔建设，并于 2011 年正式成立了曲宗贡生态定位监测站，设立了针对不同生态系统与不同物种的固定样地、样线。人工促进野外白马鸡种群恢复、高山岩羊监测、高山雉类冬季食物补充、自然教育等一系列工作有序开展。

这里聚集了我们保护区弟兄们的心血。我们的肉身和心灵，哪个更需要一个美丽纯净的大自然？干净的空气和食物养育肉身，而心灵需要的则是坦诚、舒畅与真挚，我们的心灵比肉身更加需要自然的呵护。白马雪山的弟兄们参加保护区工作这么多年，每个人都需要一个属于自己的“自然与心灵的家园”。他们在清澈的溪流、青绿的草甸与远远矗立的雪山之间，建立了属于自己的曲宗贡基地。当时还想着借溪流建一个小型水力发电站，300 公斤的水力发电机，又高又宽，放到公路边气势逼人。可是进去的路只有一条约 4 公里的羊肠小道，我们本来指望附近村子的村民们能想办法把机器运进去，可他们提出来的都是天价。不过我们也能理解，但讨价还价几个回合后都没了耐心，“我们自己干！”几天之内，单位里所有能干活儿的同事都来了。几十个人弄了几根粗竿子，把水力机捆在上面，用肩扛的、往前拉的，边推边护住左右的，就这么上坡、下坡，走了 4 公里的山路，真的把水力机运了进去。

提起曲宗贡，任何一个同事都有“我付出了多少心血和情感！”的感叹。也许正是大家伙儿全身心的投入，每一次我们回到曲宗贡时才会有回家的感觉。放下行囊，谁都会发现忙不完的活儿，边忙着，边乐着。

就连一座普通的小桥，我们也不想随便搭就。大家商量之后，仿照当地人的工艺建了起来，现在小桥已成了曲宗贡的一道风景。世世代代居住在珠巴洛河沿岸的百姓的智慧不得了，路边简简单单一条木凳，工艺简单又实用，和云冷杉相伴而驻，成为大自然不可缺少的装点。

每到夏天，当你经过一个小时的跋涉来到这里，眼前豁然开朗，透过冷杉树的层层遮掩，视线与一片只有最纯净的河流才能滋润出来的绿色不期而遇。这绿色之上还浮着一抹淡黄和浅粉，这是锡金报春和丽花报春；或者干脆一块重重的紫色，这是鸢尾；还有各种马先蒿、翠雀花、毛茛、拟耧斗菜、百合、龙胆……大自然铺就的绚烂之上就是这座质朴的小桥，相信你会愿意在桥上席地而坐，静静地待上一会儿。这种感觉太舒服了，尤其对于每一个保护区弟兄，坐在自己亲手建成的桥上，看着桥下溪水流动，感觉水流都是流来滋养心田的，连水上跃起的闪光都是在给我们鼓掌。

春暖花开，我们面对大山，自己砌石、平地、建蔬菜大棚。在海拔 4000 米的地方，认真地种上白菜、葱、萝卜、青菜、香菜。曲宗贡就是我们在大山中的据点，我们在这里关心大自然的一切，巡护、科研、培训……渐渐地，以前在路边见不到的雉类及熊、苏门羚之类的野生动物又回来了。外来人乍一看，这个地方野生动物真多啊！但他们不知道，我们用了十多年的时间，付出了这么多，才使得野生动物终于能在一个安全的环境中繁衍生息，种群数量才得以渐渐恢复。

曲宗贡是珠巴洛河无人区的入口，是一个能让你四处徒步的秘境。只要你愿意，就可以从曲宗贡沿珠巴洛河，在原始森林里走上五天来到金沙江边；也可以翻越白马雪山垭口，独览澜沧江峡谷。除了一览被独特的南北走向的横断山带向远方的澜沧江，你还能在山巅遥望壮观伟岸的卡瓦格博，那是藏传佛教中人人朝拜的圣洁雪山，顺路还可以看到林麝、苏门羚、黑熊、水鹿……其中最有故事的要数高山岩羊和白马鸡。

岩羊的栖息地在雪山之下、悬崖之上。当秋天来临，放牧了一个夏天的人们已经赶着牛群回到了干热河谷的村庄。11 月之前气温短暂回升，草会抓住这个机会再次萌生，大山里的一切又静了下来，野生动物也从周边的悬崖峭壁上下来觅食。可生命的力量刚刚呈现，就降下第一次霜，草便早早地结束了短暂的生命。这种霜后的草是岩羊最喜爱的食物，它们宁可冒着风险也要下到山谷中，拼命进食，以迎接寒冬的来临。

高山岩羊非常喜欢舔舐含有盐分的东西。在野外，你会见到它们舔高山石头上的硝酸盐，甚至会跟着牦牛转悠，因为牦牛的小便中含有盐分。盐是岩羊新陈代谢不可缺少的一种矿物质，生存的本能需求促使它们用各种方式来汲取大自然中的盐分。

从 2014 年开始，保护区在一块巨大的高山裸岩的岩脚处人工投盐，还在岩石附近安置了多台红外线相机，既为保护和科研提供了这一物种的监测记录，又保证了它们的健康需求。岩羊冬季全体集群活动，夏季则由公羊集小群活动。现在曲宗贡的山谷里最多可见到近两百只高山岩羊，这几年的人工投盐功不可没。

为了恢复曲宗贡的生态，我们还做了一件事情：人工促进白马鸡种群恢复。

我们要养的可不是普通的鸡，而是国家二级保护动物白马鸡。这种鸡曾被称为“藏马鸡”，是雉鸡的三十个亚种之一。在中国的西南版图中，雉鸡品种丰富，它们都拖着一条长长的、反射着金属光泽的尾巴。有学者甚至认为，正是雉鸡的存在使得中国产生了独特的图腾——凤凰。现在人人都倡导保护独特的文化，而独特的文化往往出自独特的自然。如果没有雉鸡，或许中国的老祖先也不会有灵感创作出凤凰。

白马鸡个头不小，浑身雪白，相比中国特有的雉类绿尾虹雉、白尾梢虹雉，并不那么出名。而且白马鸡不难看到，在藏东或者川西的野山群岭中，属于找一找就能见到的野生动物。

人工繁殖白马鸡的计划出台之后，很多人都有疑问：这种许多地方都能看到的“菜”鸡，有人工繁殖的价值吗？再说白马鸡个大身壮，通体白色，相较长着美丽尾巴的雉鸡，观赏价值确实无法相提并论。

我还是先来讲一个白马鸡的故事吧。

我第一次在白马雪山保护区见到白马鸡就是在曲宗贡，那还是上世纪八十年代初。白马鸡的叫声很特别，粗粗的鸣叫声在山谷中引来一串回音。我们那个时候抓盗猎，缴获的盗猎品中有鹿有熊，而白马鸡这种，盗猎者根本瞧不上眼。但到了八十年代末，在这个山谷里做的物种调查显示，白马鸡只剩下二十只左右的一群。到了九十年代初，这一物种就在这个区域完全绝迹了。

一个物种的消亡竟然可以这么快！

我们推测消亡的原因——偷猎。白马鸡必去之地无非是水源地和食物地。

偷猎者往往在白马鸡栖息地的水源边下套子，或者一场大雪后，把没有雪覆盖的、裸露出来的草地用套子圈死，白马鸡只要过来觅食就是自投罗网。野生动物在偷猎面前非常脆弱，没有任何办法逃出魔掌。

对于白马雪山保护区的实际工作来说，说到保护国宝滇金丝猴，当地老百姓都很容易理解；但说到保护雉类，却很难得到当地人的重视，他们觉得打只鸡无非是偶尔改善伙食而已，算不上什么大事。这种根深蒂固的观念，让我们的基层工作更难做。有一次，一个我们之前一直认为深受我们环保宣传影响的老牧民居然套了只雉鸡，“套山上的猴子，想都不要想，那是犯法的！但是套一只鸡来补补身体，再正常不过！”而他眼里的这只“鸡”是血雉，属于国家二级保护动物。我们去了之后特别严肃地教训他：“这只‘鸡’就足够关你两年了。”之后，他自觉地把放在山上的套子全都收了回来。

山野中的任何一种野生动物都是山林的灵魂。白马鸡消失之后，山林中再也听不到那个称不上悦耳的叫声，保护区所有的工作人员都觉得心里空落落的。等到我回到德钦主持工作，就产生了一个大胆的想法：能不能重新恢复白马鸡这个种群呢？让白马鸡回归本属于它们的曲宗贡！

白马鸡种群恢复成功之后，香格里拉的一个记者问我，选择白马鸡而不是其他物种，是不是因为白马鸡对我个人有什么感情上的触动。真的很抱歉，我知道她心里已经有了一篇完整的小说，唯有主角欠缺，可我无法直接跳进这个故事。如果说有感情，那也是整个保护区兄弟们共有的感情。我只是自然保护区的一个小小的“班长”，一个种群的恢复不能只从自己的情感出发，而是要充分考虑到整个团队。只有团队有动力，才有行动力。

一辈子待在一个自然保护区，也许干三十年就退休了，再过二十年回来和大家讲的故事，无非就那么几种：巡山的艰苦、工作的烦琐，每天都大同小异，但总会有一个特定的时间，某个因缘不知不觉就降了下来。

我们一起参加工作的这批人，是1983年开始工作的，就自称为“83届”。大家哪怕长久不见也有那种暖洋洋的亲切之感，尤其是再去看看一起栽下的那些成片的树。树丛见证了我们的青春岁月，也在无形中把我们这群人凝聚在一起。到了现在的德钦分局，维系所有人的那条线，也许就是我们一手恢复起来的重新在曲宗贡鸣叫的这群白马鸡。曾经一起工作的人，也许有一天会天各一方，甚至交恶，但是为了白马鸡，一群人曾经一起努力过，这个缘就会一直在那里，大家的情感也都会凝聚在那里。藏族人讲究因果缘分，繁殖白马鸡是大家种下的一个“因”，那么也会一起收获那个“果”。

我们恢复白马鸡种群的蛋源来自保护区周边，挑选了同种同源的白马鸡的蛋。对于一个国家级自然保护区，无论是繁殖还是恢复任何物种，首先要保证那不是外来物种。

繁殖白马鸡的工作，我交给曲宗贡生态监测站来做。监测站的提布站长有着一副典型藏族人的魁梧身材，做事却极为精细。繁殖白马鸡的过程无比琐碎，还真亏了他的细心。选好蛋，又购置了孵化器，但谁能料到现代的孵化器却出了问题。控制温度、湿度稍不留意，就会孵出残疾个体。为了正常孵化，过程十分烦琐。德钦6、7月份有时会停电，为了不断电，我们准备了两台发电机，哪怕是凌晨两点停电也要马上起来发电。我们还想出用当地土鸡做“替身妈妈”的孵化方式，就这样，孵化出来的小鸡越来越多，乖乖地围绕着它们的土鸡“妈妈”。孩子白白胖胖，“妈妈”棕黑枯瘦。小白马鸡渐渐长大，有要超越“妈妈”的趋势了，我们这些“借腹生鸡”的始作俑者也日渐感觉到目前的饲养空间有限，还担心这群“家养”小鸡没有了野性，丧失了躲避天敌和寻找食物的原始本能。于是，很快我们就在曲宗贡建设了白马鸡笼网饲养基地。饲养基地海拔3900米，高度正符合白马鸡的野生环境。我们直接在100平方米的黄背栎丛中罩上大网，将水引到草地中，打造了一个接近它们自然栖息地的环境。野生白马鸡晚上会在树上过夜，这是它们躲避天敌的天性。在德钦县城跟着土鸡长大的白马雏鸡们，一回到属于它们的广阔天地，基因中的野性顿时被激发，到了傍晚，一个接一个地跳上了三四米高的黄背栎。

待到3月份，成双成对的白马鸡疯了一样地在笼子里面狂跑。长期驻扎在曲宗贡的管护员没有接受过专业的动物知识培训，他们不明白此时的白马鸡已接近繁殖期，“谈情说爱”的程序已经走完，它们迫切需要一个属于自己的巢区，巢区与巢区之间还需要一个相对安全的空间距离。体质越好的白马鸡会选择海拔越高、天敌越少的地方筑巢，而体质差的只能在低处，大自然的法则早已做好安排。

我和提布商量，是时候把白马鸡放归野外了。白马鸡繁殖成功，监测站的同事们付出最多，全单位几十个人三五年的努力也凝聚其中。放归值得纪念，我们就和东竹林寺联系，要举行一个简单而有意义的放生仪式。格西和喇嘛听了都非常高兴，觉得这是一件好事。其中一个喇嘛说：“你们做得真好，这对你们来说是一件很大的功德。”我知道很多喇嘛常常如此赞扬人，这也是一种劝人向善的“语力”。我们保护区整个团队为白马鸡繁殖付出那么多，放生不仅是为了白马鸡，更是为所有对生态环境保护做出过无私奉献的人。

我们希望放生之后的白马鸡能得到真正的保护。放生那天，我们集中了附近所有的牧民，请格西和喇嘛们给大家讲经。牧民们听完后明白了："山上的白马鸡一定要得到严格的保护，这可是东竹林寺和白马雪山保护区一起放生的！"因了放生，我们成就了一次有效的自然教育。

白马雪山保护区和东竹林寺的合作一直很密切，经常一起巡山。但我们不赞成他们在河流放生外来水生物种，也多次和他们开诚布公地讨论过。比如，东竹林寺每年会买大量鱼苗去金沙江和珠巴洛河放生。放生本身功德无量，但前提是放生物种要回到它原有的生态系统。外来物种对整个生态系统的破坏极为严重，一旦繁衍生息，本地物种就会减少甚至消失，这难道不是另一种杀生吗？我们小的时候常见的高原裂腹鱼正在逐年减少，有的种群甚至成了濒危物种，其中有多少是因为受到了外来物种的侵害呢？

东竹林寺的喇嘛有自己习惯的做法，我们也一直想培养本地鱼苗来交给他们放生，但是关于放生的这一分歧一直没有解决。白马鸡的放生却恰恰符合两方面共有的诉求，自然保护和宗教在此找到了契合点。

重新恢复白马鸡种群也标志着白马雪山的自然保护工作有了新的进展，人类不再死守着一个地方的生态，眼睁睁地看着物种变化，而是积极参与到生态系统的保护和恢复之中。当然，这需要全面了解生态知识，并尊重大自然。对于我们自然保护工作者来说，这就是对生命的最大善行。白马鸡种群恢复也意味着保护区工作的一个转变：进入 21 世纪，环境保护工作不再只意味着"守林子"，保护工作开始主动有所作为。

2014 年 3 月底，东竹林寺的喇嘛选了一个吉祥的日子，法号吹起，煨桑燃起，佛事特有的气氛在曲宗贡腹地升起。没有一个藏族人会不喜欢煨桑的味道，香柏枝混合上敬佛的香料，这种气味已经成为藏族人生命中的一个密码，轻易地把我们送进那个敬畏的天地。

此时天气尚冷，但仪式仍然进行得一丝不苟。圣水洒向天地，献祭的“多玛”祝福世间万物的和谐。天地和谐，说来玄妙，但也可以用简单的方式去理解。东竹林寺的僧人们到曲宗贡做法事，第一件事就是挂起风马旗，风马旗在空中飘荡，蓝、白、红、黄、绿，分别代表了天、云、日、地、水，象征着天地间万物的和谐。

僧人们念经完毕，打开白马鸡的巨大笼舍，白马鸡迫不及待地飞翔而出。不到五分钟，30 只白马鸡便全部回归大自然，也回归了曲宗贡这个本就属于它们的世界。

天阴着，雪粒纷扬，这是一幅典型的白马雪山的冬景。白马鸡白亮活泼的身影就像冬日的暖阳，它们跳跃着、飞腾着进入山林中，很快就不见了，没有一丝对我们的留恋。这便是野生动物，人类与野生动物惺惺相惜的故事往往只是出于杜撰，但我们人类却依然对这些“白眼狼”情深无限。每当我们在曲宗贡巡护，听到白马鸡的叫声，就会舒坦得要醉了过去。

从此，每逢春暖花开，我们会随时注意看白马鸡的巢穴，一直看到白马鸡身后跟着小鸡，才会放下心来。到了冬天，白马鸡集群而居，我们一休息下来，就想去找视线中的白马鸡。瞧，它们又在对面的悬崖上列成一条白线了。这时，大家最大的乐趣就是数白马鸡的数量：10、11、12、13、14……每次数到 20 只以上时，声音中都会带着期盼，数到 30，声音中就满是兴奋了，最多一次数到 45 只，大家纷纷兴奋地拍起大腿——这个种群恢复得太快了！

曲宗贡至今未对外开放，因为它属于保护区的核心区。在这片大自然的秘境中，我们日积月累，用双手建造了一个属于我们保护工作者的家园。兄弟们没有那种“我是去巡山、去工作”的感觉，而是“我要回我们那个窝子去看一下啊，去看看家里的那些动物是否安好”……

因为没有一个成熟的想法，曲宗贡的旅游开发一直被按着，已经按了十几二十年。从长远来看，这个决定是对的。如果开发过早，曲宗贡或许早就被建设得“全面开花”、面目全非了。时光的脚步迈到今日，我们的国家强大起来了，旅游业也逐渐走过门票经济时代。一些特殊的景观生态系统，正渐渐展现出它们的公益属性。白马雪山不需要经济利益最大化，生态效益和社会效益才是最大的利益。曲宗贡将迎来最好的发展时期。

2017 年，迪庆的“门票大户”普达措国家公园被叫停整顿，公园内最吸引游客的“碧塔海”因为地处自然保护区核心区而被封闭。这样的治理力度真是前所未有。

国家的强大，我们感觉到了；国家对自然资源前所未有的重视，让我们心里更觉得痛快。决策者没有一个不重视政绩，而现在政绩的一大衡量标准就是生态环境状况。

如今进入曲宗贡，车辆只能停在 214 国道的路边，十几公里的路程只能靠双脚完成。曲宗贡的道路是我们保护区兄弟们走出来的；曲宗贡的所有设施，甚至一根钉子，都是靠我们的肩膀背进去的。

曲宗贡的路走了多少遍？几千遍总有了吧。

一个冬日，我一个人在雪天走进曲宗贡。为了什么已经无法记起，也许是为了给冬天还要驻守那里的两个兄弟送给养，也许是为了做惯常的工作检查，也许什么都不为，只是有段时间没进曲宗贡便觉得少了点什么。一个人正走得舒畅，但感觉有什么东西隐隐从这条路上浮起。我停下脚步看过去，理智告诉我和平常并没有什么两样，但这条平日里普通的巡护路，却突然让我看得入醉，于是我端起照相机拍了一张照片。

这张被我反复观看的照片似乎有着某种魔力：路边的树落成光芒，芒投向天际，似乎长出一条我血脉的分叉，一切全发生在那么一瞬间。

一条路走得太多，竟也能走出一首诗来。

我常常和新进单位的后辈说，他们赶上了一个好时代，如今政策对环境保护越来越重视，社会舆论也愈加强调大自然的力量。不仅仅是中国人，整个世界都走了一大圈弯路，最终又回归到对自然要谦卑的认知上。人类曾经挣脱大自然的怀抱，试图去改造它，而一度忘记正是大自然守护着人类的灵魂家园。如今，无论心理学、社会学还是伦理学中，都能看到大自然对人类的积极作用。

我们的保护工作变得更加灵活了，应对着大自然的风霜雨雪，也渐渐摸出在顺应大自然规律的前提下保护自然生物的法则。2015 年，整个迪庆州大旱，白马雪山的植被高大丰盈，整个生态系统本身就有强大的抗旱能力，只有高于海拔 4000 米的流石滩，动植物受干旱影响较大。整个夏季，流石滩都光秃秃的，雪莲花和紫堇等典型高山植物都生得少了，高山绢蝶等依靠高山植物繁衍的动物也相继减少，我们所做的只能是严格记录并随时和专家保持联系。好在第二年便是丰水之年，生态系统迅速恢复。而同样面对干旱，日尼神山就更加缺乏抗御能力。因为日尼神山地处干热河谷，植被以矮型灌木为主，这些灌木一遇旱就干枯。这一年有很多野生动物也死于疾病，没有一个保护区人见到此景还无动于衷。我们很快决定人工建一个蓄水池，解决动物的饮水问题。日尼神山隶属奔子栏管理所，我和所里的同事山上山下跑了几趟，最终在面对金沙江大拐弯的地方建了个蓄水池，野生动物的饮水问题解决了。

现在做环境保护还要和科学研究紧密联系。大理大学东喜马拉雅研究院于 2015 年和我们合作，在白马雪山安置了两百台红外线相机。在野外安置红外相机已经不是什么新鲜事，但下这么大的血本还是少见的。红外相机从白马雪山最高的海拔四五千米的流石滩上，一直安到金沙江边，海拔跨度近三千米，是用现代科学手段建了一个浩大的生态学意义上的信息系统。而且，这次安置的不仅有红外线相机，还有温湿度传感器和雨量仪，相当于一个小型气象站。物种种类的检测一直是自然保护区工作中非常重要的一项，但运用科技的力量，得到白马雪山保护区内陆生野生动物一个周年的记录结果，并做出气候、水文、生态类型的全方位系统检测数据，这还是第一次。

我们设想的这个蓝图似乎拥有重建世界的秘密力量，让我莫名地激动起来。

安置红外线相机还有一个额外的好处——反偷猎。红外线相机会发回图像信息，里面偶尔会出现人类，我们一眼就能判断是不是去放钢丝套的偷猎分子。是的话便会兵分两路，从蹲守到抓捕不过几个小时的工夫。现在当地老百姓都会说："保护区可不能随便去偷猎了，他们安了'天眼'，厉害得很！"

从 2015 年开始，中国环境保护界开始了"雪豹热"。雪豹是一个明星物种，从每个顶级食物链的动物生存状态就可以判断出一个生物链是否健康，何况雪豹的美丽无与伦比。从生物学角度来看，白马雪山完全可能存在着雪豹，但目前还没有影像记录作为佐证。即使看了一辈子的白马雪山，这座山对我来说还是广博又神秘。

2017 年，滇金丝猴全境监测启动了。借这个机会，我又一次来到珠巴洛河无人区参加大巡护。上一次参加无人区巡护还是 1985 年，我和同事小王在培布站长的带领下，在这个区域抓获了十九个偷猎者。整整三十二年后，我们又回到这片心心念念了许久的白马雪山保护区 28 万公顷的精华所在地。

安排这次 11 月份大巡护有三个目的：第一个，选择 11 月份这个偷猎者最活跃的时间，希望能对偷猎者形成威慑；第二个，永麻通附近的巡护员最近发现了新鲜猴粪，我们一直希望可以观测到这个种群；第三个有点文艺，我们希望在秋色最美的时节为白马雪山留下些美好的图片视频资料。局里新买了一台无人航拍机，同事们都跃跃欲试，想看看我们守了一辈子的大林子在俯瞰视角下有多么美。

跟我们一起巡山的有两个向导，都是当地巡护员一再推荐的对无人区非常熟悉的老人。见面后我吃了一惊，虽然经过了三十二年岁月的蹂躏，我还是一眼就认出，他俩都是我当年抓过的盗猎者。但他们似乎没有认出我来，一路大家都是有说有笑，我也故作无事，但心里一直在琢磨，怎么能让他俩说出实情？这三十年来这个区域的盗猎情况到底如何？

进山后各有分工，很难有机会闲聊。终于在第四天下午，因为天气变化，我们提前收工。回到夜宿地，我开始写当天的日记，突然发现日期竟然是我身份证上的生日。提布站长顺水推舟，提议大家喝点小酒。几杯酒下肚，同事江楚农布又把当年的反偷猎行动渲染成一种英雄壮举。就这样，绷紧的神经一下子放松了，老猎手汪玉打开话匣子，给我们讲述了时隔三十年的故事续集：1985 年，他被我们抓到森林派出所后，只接受了简单的处置就被放回老家，左思右想还是觉得偷猎收入来得快。

“就在你们抓我之前，那回我进了一次山就收了十五个麝香，那可是我这辈子都没有挣到过的钱啊！说实话，第二年，我又和几个村民进山放钢丝套了。不过从那个时候起，我们放钢丝套就转到了珠巴洛河往西，那边远，你们巡护一般走不到……”

我听了，气血上涌，激动得不能自已。我没有任何责怪他的意思，只是内心被自责与内疚毒蚀着！这些年我到底做了什么？据他所说当年套了十五个麝香，按照林麝的雌雄比例推算，那次他们套到的林麝至少是这个数字的两倍！而现在，见到林麝都是极为稀罕的事了。

此前我一直不能理解，为什么其他滇金丝猴种群的数量逐年增加，唯独永麻通这个种群，明明在整个白马雪山国家级自然保护区的无人区，还拥有方圆上百公里最好的原始森林资源，却常年没有种群数量增多的迹象！保护区北部吾牙普牙的一个滇金丝猴种群，数量从 1992 年的 178 只到今天已经突破 450 只；而永麻通这个种群，在九十年代监测数量少于 100 只，到今天依然只是稍多于 100 只，反差如此之大！

三十二年前，十九个偷猎者布下的上万根钢丝套，曾经让这个区域的野生动物接近灭绝，那次的反偷猎行动在保护区历史上具有里程碑意义。现在，我陷入了深深的反省，为什么保护区管理者尤其是我自己，没有保住当年反偷猎的战果，整整三十年没有在此区域大规模清除钢丝套。我不能去责怪别人，甚至是怪眼前这位曾经盗猎过的老大哥，我也无权责问他当年为什么不按照森林派出所的判决收手并回去清理钢丝套。

怪别人、怪自己都解决不了问题，当务之急是从现在开始去解决问题。巡护出山的当天，我马上组织了一支二十多人的队伍清除钢丝套。经过十六天的地毯式搜索，清理出钢丝套近千根！而此次搜索的仅仅是白马雪山 28 万公顷的一个角落。

白马雪山自然保护区最近二十年的变化翻天覆地。2000 年保护区扩建，管理人员从四十人增加到七十人，从工程师到正高级工程师，从科员到处级干部，人才济济，巡护监测、社区共管等各个领域都名声在外。或许就是这样，我们“无意”或干脆就是“有意”地忽略了自己“看林子人”的这个身份！

我们做了一辈子的保护工作，但还是需要一再地提醒自己：自然保护工作越到基层，越不可花样太多，否则就会流于形式。工作不管怎么创新都不能丢了根本，这个根本就是“看林子”。做好保护区的资源管理，这需要我们每个人拿出自己最笨、最傻、最实在的努力！

八 野生动物摄影

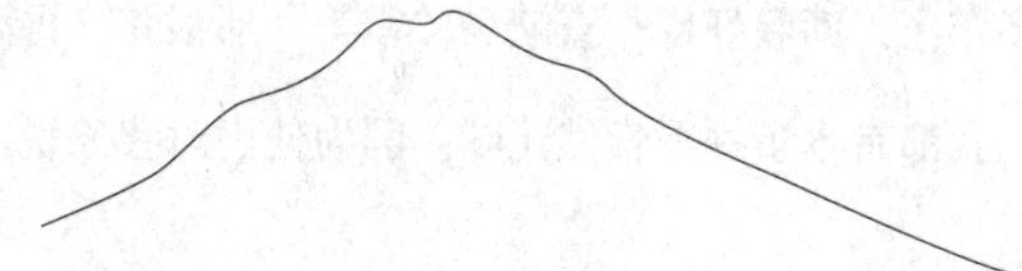

端起照相机已有三十多年了，而我好像一直缺少“审美”那根弦。再漂亮的美女，再可爱的小孩，我都有本事拍得索然无味，因为他们对我来说本来就有点索然无味。

我能拍好的只有野生动物，除此之外，拍野外风景时偶尔也会蹦出几张有感觉的。至于野外植物和昆虫，我拍得就很差劲了，因为对它们缺乏耐心。很多野外摄影师喜欢拍鸟，鸟类拍摄相对比较轻松，又很容易有成就感。我自己更喜欢拍猛禽，这类生灵能让我感觉到力量和野性，但我功夫还是不够深，磨出来的好片子并不多。

确切地说，我最喜欢也最擅长拍摄的只是野生哺乳动物。拍摄它们时，我常常需要穿梭于原野和森林。只有在条件艰苦甚至对很多人来说寸步难行的地方拍摄，我才会有成就感——我知道这样的情境下拍摄的照片具有更独特的价值。野生动物摄影师千千万万，但又有几个会像我这样傻？我就是个傻子，做了一辈子的傻事情，连拍摄也用最笨的办法。既然无法像艺术家一样天性轻灵，那索性就卖傻力气吧。我没有什么成名成家的欲望，拍摄野生动物可以在大自然中自由徜徉，这已是对我的最大奖赏了。

我其实就是一个“野人”——我用了整个上半生才想明白这件事。我一直信奉“踏实”，天圆地方，脚踏实地，从来不做没用的白日梦，慢慢地，连这具身体都变得宽大、结实，一个营养不良的瘦小身板居然长成了肩宽体健的模样。在很多人眼里，我的心灵和我的身体一样笃定实在，这种坚实是一种下沉到地面的力量。不过我还需要飞翔，只有在野外，在完全没有人类制约的野外，我的精神才能高傲地飞翔。从这个意义上说，迷恋野生动物摄影，其实是迷恋上自己可以做个野人的感觉，就像任何一种野生动物般去努力，用生命的本能在天地之间争取到一丝生存空间。这样的表达，也许只有同为“野人”才能懂得。

脑海中，似乎永远也忘不了那只曾与我狭路相逢的饿狼，时间的页码已翻过近二十年，那只狼的眼神还是会重重地砸过来。那是在山上做滇金丝猴三年野外考察时的事了。有一天在路上，我看到那只饿得奄奄一息的狼，就在离我不到3米的地方。它看上去非常虚弱，肚子已经瘦成一层皮，塌在地面上往前蹭，看到我这个“猎物”，只是让它更加自惭形秽了。这些动物，何尝不和我们人类一样，同是在六道轮回中受苦的生灵？

每当按动快门时，我会突然想到高天之上有一双菩萨的慈悲之眼……我最喜欢自己照片的，是那里面带着一种生命的觉悟和灵性，这是野外动物自带的由生命生发出的那份本真，我希望自己能拍摄出生命的那份尊严，以及各自必须承受的那种宿命。

2013 年，当时管理局的谢局长找我谈话，要把我从德钦分局局长的位置推荐到管理局任职。很快我也得到内部消息，州委已经通过了我的任职推荐，接下来就是走程序。大家都等着我满心欢喜地提升调任，可是我考虑了好几天，最终婉言回绝了。

我的青年和中年时代都没有什么选择的余地。当时唯一的道路、唯一的信念、唯一的生活目标，就是养活全家。我时常对两个女儿深感愧疚，因为家庭贫寒而没能给她们创造更好的教育条件，但现在她们已经长大成人了。父母给我的名字“昂翁此称”——老实人，我按照“老实人”这个轨迹活到中年，已经完成了这辈子应该担负的家庭责任。迈进人生的下半段，我希望能过上没有枷锁的生活，可以为自己而活。

以前的我，内心矛盾，是野生动物摄影让我和自己最终达成了和解。我开始正视心中的那份“野性”，并且珍视其为个人精神中极为重要的一部分。值得欣慰的是，不仅仅是我，我们整个单位的人都喜欢上了摄影。摄影真是野外工作的最佳陪伴，它让日常的巡山和考察都变得不再枯燥。野外保护已经是最辛苦的工作了，如果没有心中的那份挚爱，每日每时都将是煎熬。

梵语中有句谚语：“当你心中有团火，上天就会回应你。”当我决定把下半生都投入到野外摄影中时，我的贵人也出现了。野生动物摄影器材中最贵重的两款是佳能专业照相机 1DX 和俗称“大炮”的 800mm 长镜头。两者加起来价格不菲，而我的收入来源只有工资，两个女儿又都在上学，我没有能力为自己购置它们。但突然有一天，这两样我连做梦都不敢想的东西，居然“从天而降”了。

还是要感谢滇金丝猴！

2009 年，我在滇金丝猴国家公园主持建设收尾工作。为了防止滇金丝猴群被人类干扰，我们对公园进行严格管理，猴子只在上午“接待”游客，且人猴之间必须保持一定距离。但是有一次，从省里来了几位领导，一起来的还有几位客人，这群人偏偏要在下午去拍猴子，有的还无视规定，一再贴近猴子，简直把这里当成了马戏团。这下我的脾气上来了，谁也劝不住，连领导带客人都被我轰了出去。偏偏其中有一位，不但没有生我的气，反而悄悄过来称赞我的认真和胆量。他知道我热爱野生动物摄影，就问我最需要什么器材。不久之后，我接到佳能公司的电话，说要过来送设备，野生动物摄影不可缺少的两样“武器”就这样被我捧到怀中。好沉重的礼物，我呆呆地坐着，久久不能相信：我的命怎么这么好！

送我器材的是浙江三和控股集团有限公司的董事长曾永强先生。他一直说要跟我去野外拍摄，可说了这么多年，都因为他工作太忙而未成行。我明白，他帮助我并不求什么回报，只是认定了我这个人值得而已。

还有一个人，他对我的肯定也极为重要：“林，虽然我们认识的时间不长，但是我能感觉到你应该是一个做事非常优秀的人，如果你的摄影没有达到最棒的状态，那只因为你没有尽心尽力！”

说这句话的是法国著名导演艾瑞克·瓦利（Eric Valli）。艾瑞克是个奇人，他拍的电影《喜马拉雅》（*Himalaya*）也是部奇片，那是世界上第一部完全用藏语演绎的影片。2004 年我去英国访问，在北京转机时专门跑到秀水街买了这部片子的碟，回到村子后就组织了一场放映。全村的人都来了，一起陶醉在电影中。看到牦牛掉落悬崖的镜头，满屋子都是倒吸凉气的声音。艾瑞克远在法国，却给全体江坡人带来了一次最投入的观影体验。

2015 年，艾瑞克来到了曲宗贡。当时刘蕴华老师所在的香格里拉协会有一个施华洛世奇（Swarovski）支持的水项目，专注于水资源的保护。艾瑞克准备沿长江做一个视觉影像记录，他选了七个地点，做七个主题，其中一个就在滇西北。

刘蕴华老师热情地向他推荐说，在中国，如果要找到一批真正热爱大自然、热爱自然保护事业的人，那一定要去白马雪山！

就这样，我终于见到这位“名人”。他六十出头，满头白发，但背挺得笔直，极为精神，见到我们就兴奋地用藏语打招呼。艾瑞克曾在尼泊尔住过近二十年，对喜马拉雅山南部极为熟悉，有很深的藏族情结。

初见面时，我这个“粉丝”还有些激动：“我特别喜欢你的《喜马拉雅》，我还给我们全村人放……”他阻止我说下去，一脸严肃：“老实说，你看的是不是盗版？”艾瑞克知道每一个藏族人对这部片子的热爱，但他从来不打算一直吃这份老本。

艾瑞克来曲宗贡时正是繁忙时节，我们忙碌于养殖白马鸡、修水电站、尝试高山岩羊投盐等一堆事，没有人去特意招呼他，但我们的队伍中很快就出现了一个白头发的法国老头儿，跟着我们四处忙碌。

一个晚上，饭后就着小酒，我和他进行了一次长谈。虽然需要通过翻译传递信息，但那种愉悦投合的气氛渐渐浓郁起来。突然，他非常有感触地说：“我找的就是你！以你为叙事的主线，这就是我要的短片！”

我们约好第二年的5月份再见，但我们每年接待的人太多了，我也没当回事。转年5月，他真的如约而至。我俩讨论了很多拍摄细节，我开始体会到这个老头儿对待工作的认真和狂热。

拍摄持续了整整一个星期。艾瑞克带来的人并不多，但只要有他在，做事的热情就一直燃烧着。为了拍摄到白马雪山主峰的景象，他把所有器材挂在脖子上，噌噌几下就爬上了"火烧树"，下来的时候身上脸上全是黑炭印。

"黑熊！黑熊！"我们指着他打趣儿，"黑熊"则笑开了花。

有一个镜头是喇嘛拿着杆子在溪流上做撑杆跳，一道红光闪过，一串笑声飘过。他看得眼馋，摄像机刚停，他也临时兴起，随手找了根杆子，弓身跳了过去。

他随身带着一个本子，我们聊天时，他随时会认真起来："得，真末惹？"（这是真的吗？）然后就赶紧记下来。其实他的藏语并不好，但只要是能直接用藏语沟通的，他就一定要用藏语表达，完全没有意识到他那口藏语是在尼泊尔学的，我们这些滇西北的藏族人并不能完全听懂，只能连蒙带猜。有时候我的同事听不懂，急得抓耳挠腮，他却坚持一遍又一遍地重复，直到听的人灵光一闪，沟通的大门就这样被他直接磕开。

艾瑞克很了解藏族人，也打心底里喜欢藏族人的生活方式。我们根本不用担心他对酥油茶或者糌粑不习惯，他可以随时揉起糌粑，吃得很香，仿佛有一个藏族人的灵魂，随时可以钻进一个藏族人的皮囊中。这就是艾瑞克。

一年后成片出来，只有三分钟，摄制组付出辛劳的很多镜头都没有剪进去。其中有一整天的拍摄都没有被剪进成片，而这天偏偏是拍摄最辛苦的一天。拍摄的内容是我的同事路金买牛的经过。他从市集买了一头牛回来，路过一条溪流，他用三块石头垒出一个临时灶台，烧茶休息，晒着太阳仰天睡觉。为了拍摄出路金躺在草地上的悠闲，导演和摄影两个人都直接站在溪水里。水是会冻手的温度，他们就这样泡了三四个小时。晚上聚在火塘边，我看到艾瑞克明显露出疲劳之态。

“累吗？”我问。

“哦，今天有一点点累。”

我给他倒上青稞酒，我们俩就着青稞酒聊起来。艾瑞克也是一个图片摄影师，曾经为美国《国家地理杂志》（*National Geographic Magazine*）工作过，有一组著名的照片《尼泊尔采蜜人》（*Honey Hunters*）便是出自他之手。拍摄这组照片时，为了找到一个传统的老采蜜人，他曾在大山中寻觅了几年，又拜了一个老采蜜人为师，学艺两年，才拍出了那样的效果。

“你是一个特别优秀的摄影师。其实我也喜欢摄影，而且喜欢了很多年，但是越到后来越觉得自己没有进步，你有没有什么可以教我的？”

艾瑞克的脸上露出一丝笑意，他把左手和右手“啪”的一声并在一起，再使劲儿往前伸出去，“没有绝招。首先你要选择一件对的事情，接着就必须要付出百分之百的努力。虽然我们了解不多，可是我觉得你就应该是那种做事最优秀的人！”

艾瑞克的话让我反思了很长时间。连一个六十多岁的老头儿都能这么拼命，我才四十多岁，怎么能暗地里对自己说：“就快要退休了，反正也干得差不多了吧！”怎么可能！之后每一次我想打退堂鼓时，心里就有两只手“啪”的一声，左手拍右手，再义无返顾地向前伸去！对，往前！

和艾瑞克分手之后，我很快就决定：去藏北无人区拍摄！

每个热爱野外的人都有一个梦——藏北无人区。这片平均海拔5000米以上的世界，生存条件极为艰苦。这是人类的禁地，却恰恰成为了大批野生动物的乐园。没有一个野生动物摄影师不希望去领略这片动物的天堂。

原本我打算只开一辆车去闯这片净地，但刘蕴华老师听说后一再劝阻："太危险了！那个地方没有后援……"她让我写了一份申请，赞助了一部分旅费，让我务必再找一辆车。

我发出一道去藏北的"江湖召集令"，很快就召集到了一辆越野车同行：大理的张炜开来了他的"牧马人"。老张五十多岁退休之后才扛起相机。一开始他只是拍拍鸟，图个乐趣，但很快就"发了烧"，几乎拍遍了苍山洱海的各种鸟类。同行的还有我的藏族同胞此称江初大哥，他是德钦县的"老气象"，迷恋了一辈子的摄影，手里存着很多非常有意思的气象老照片。还有一个是赞助过我摄影器材的曾永强曾总，他兴奋地说："我本来要和朋友骑摩托车从西藏穿越到新疆，连摩托车都运到拉萨了，但是我觉得跟你去拍野生动物会更有意思！"

两辆越野车，全都是"雄性"，全都有一颗奔向野外的鲜红的心。白马雪山海拔4300米，鸿拉雪山4370米，东达山5020米，唐古拉山5320米，还有6860米高的布喀达坂峰，从无人区任何一个角度都可以仰望拍摄……穿行在高山中，我们的越野车就是在天地间升降的梯子，带着我们一路奔向天际。车上所带的物品，吃喝住行一应俱全，有干肉、干馒头，方便面也准备了两箱，还有小瓶液化气、野外煮锅、睡袋、帐篷，以及预防陷车的牵引绳和升降器……我们一路上吃喝节俭，以拍摄野生动物为主，吃饭、睡觉倒成了最不重要的事情。

曾总一路上都在打电话，看得出他越来越焦急。第二天晚上十点多，我们刚到昌都，他就宣布不能继续和我们一起前行了。已经到了藏北高原的门口却无缘进入，我们都为他感到惋惜。晚餐时我们小酌为他送行，在第二天凌晨四点又起来送他去乘最早的飞机。看来，不是谁都能随时放下手头的事跑去野外，我突然觉得我的清贫反而是一种福气。

从昌都开始，我们选择了一条很少有车路过的乡村便道，沿途是猛禽和大型动物集中出没的地方。我们顺着感觉，从大路直接开到了一条不起眼的小径，随走、随停、随拍摄，时间过得飞快。到了傍晚，我们几个大男人不仅不着急离开这个动物出没的荒山野岭，反而更加兴奋——傍晚的色彩好，能出好片子。就这样，一直拍到野生动物结束了它们的一天，都回窝睡觉了，我们才意犹未尽地离开。找到一个村子时已是深夜，我们敲开一户藏族人家的房门，借到了一个房间。所有人都用睡袋打地铺，很快响起一地鼾声，大家都睡得无比满足。

第二天临走时，我们给东家留下了三百块钱。我们在藏地旅行，永远不会担心没有地方睡觉、吃饭，但也绝不想利用他人的善意。很多外地人来了藏区，觉得什么都可以白吃白喝，口头感叹一番藏族人真善良，抹抹嘴就走了，却不知道这家人也许是把最珍贵的东西拿了出来招待客人。我们是藏族人，当然明白人情贵于金钱，也许有人觉得只是借个屋檐住上一晚，根本不值三百元，但我们藏族人真的不是按照商业法则来算计这些的。

下一站重要拍摄地是囊谦的尕尔寺。出发之前，我已经将沿途的野生动物拍摄点打听了个遍。藏区的很多寺院及其周边成了摄影师的向往之所，比如东竹林寺和日尼神山。寺院周围会聚集很多野生动物，整个藏区莫不如此。佛门中人会解释说，这是因为世间的生灵都受到了佛光照耀的感召。在我的理解中，这种佛光就是世间的慈悲吧。人类无害亦无求于野生动物，野生动物慢慢也不再那么警惕人类，也许这才是如今倡导的“人和动物和谐相处”的真意吧！

去尕尔寺的路上，我们沿途见到了不少胡兀鹫和岩羊，它们似乎都不太害怕人类。举起镜头，很容易就能捕捉到不少精彩瞬间。

尕尔寺是噶举派一所颇有名望的寺院。我们两辆车开到尕尔寺时已是下午，从山下望上去，尕尔寺镶嵌在一片奇石之间，如同一座悬空的天上庙宇。

进了大殿，第一件事情就是放下照相机，像任何一个藏族人一样，先在门口磕三个响头。我们的出现引起了僧人们的注意。出了大殿之后，一个老和尚端着一盆苹果，笑咪咪地邀请我们吃。我赶紧抓住这个机会，用藏语问：“能不能借给我们一个房间住，我们自己带着吃的和睡袋，只要一间屋子就行。”老和尚有点儿为难，但还是同意了。

当晚睡觉的地方有了着落，我们几个便轻松地四处溜达。看到很多当地藏族人排队进了一个屋子，我们也跟着进去了，结果发现竟然是尕尔寺的住持活佛在为信徒摸顶。这位活佛常年四方云游，刚刚回到祖寺。

我跟活佛说：“我是藏族人，是从卡瓦格博来的，我的职业是保护野生动物，我们几个人这次是来拍摄野生动物的。”

“太好了！我们藏族人就是要有人专门来保护野生动物！”然后他叫来了寺院管家，吩咐说：“他们这些人做的事情很了不起，是我们藏族人的荣耀啊。这次我们一定要好好招待他们。我们吃什么，他们就吃什么，我们怎么住，他们就怎么住！”

等我们回到房间，发现小和尚们已经把我们的住处布置了一番，换上了新的垫子和新的被子。我们刚一坐下，新鲜的油条和酥油茶就搬了进来。我们互相提醒说要吃饱，这应该就是晚饭了。结果刚刚放下茶碗，管家又叫我们去吃面片，还带着歉意说：“寺院晚饭很简单，就是面片，请你们不要在意啊。”真是贵宾待遇！

第二天一大早，我们如愿拍摄到了晨雾中的寺院和高山岩羊群。

清早拍摄结束后，大家又回到寺院简单吃了早饭，再分头去找自己的拍摄对象。我攀上高岩，去寻找猛禽。猛禽中我一直很喜欢兀鹫，无论是高山兀鹫还是胡兀鹫，它们伸展羽翅俯冲而来的气势常常能让我看呆，简直甘愿奉上心魂做它们的猎物。家乡江坡的古老弦子中有一句歌词：

高山兀鹫、秃鹫、胡兀鹫，我们都来自不同的地方，最欢快的时候都来到这个地方；雪山草原是欢快的舞场，我们出生的地方各不相同，但相聚的地方会在这古老的村庄……

我所在的滇西北藏区经常可以见到这些猛禽的成体，可这次的藏北之旅，让我第一次亲眼见到了它们的巢穴。只有高海拔的人烟稀少之地才会让它们感到安全。瞧，它们选择的巢穴就在离地面几百米的悬崖之上，洞穴中有毛茸茸的雏鸟不时探出头来。

曾经有人问我，你最喜欢的不应该是雄鹰吗？连你们的歌中都会唱：“雄鹰在高天上飞过，飞过高山，飞过原野……”可惜啊，我不得不说，“雄鹰”这个词是汉族文人创造出来的，在他们眼中，雪山加上雄鹰似乎就代表了我们藏族的精神。但“雄鹰”是一个很笼统的概念，泛指的雪山雄鹰并不符合物种学上的严格分类。什么是雄鹰？也许是金雕，也许是胡兀鹫，还也许是大鵟？如果要回到原本的藏族文化，就要从最古老的锅庄歌词中去找。

“遐集冲冲嘎布”ཁྲུང་ཁྲུང་དཀར་པོ། 指的是黑颈鹤，是我们藏族的吉祥之鸟，飞进过六世达赖喇嘛央仓嘉措的笔下；“纳布”མཆོ་བྱ་ནག་པོ། 是黑鹳；“贵通该”རྒོད་ཐང་དཀར། 是高山兀鹫；“突斯”རྒོད་ཐང་སེར། 是胡兀鹫。找来找去，至少在滇西北这片藏区，“雄鹰”并没有流淌在我们藏文化的血脉中。

藏族人赋予了最复杂情感的鸟类肯定是高山兀鹫，它们是天葬中唯一有权力带走我们肉身的。高山兀鹫学名为“Gyps himalayensis”，后缀“himalayensis”意为喜马拉雅，它的模式产地在阿富汗和喜马拉雅山脉，所以也被称为喜马拉雅兀鹫。高山兀鹫虽是猛禽，却从不捕食活的动物，所以受到佛教徒的推崇。

每当看到高山兀鹫，我都会升起一种别样的情绪。当它们在空中成群盘旋，或者聚集在一起以动物尸体为食，我就会浑身打冷颤。高山兀鹫带来死亡的寒冷，由此又转生出一种发自内心的静穆。我深深念着“唵、嘛、呢、叭、哞、吽”，希冀帮助这个死去的生灵度过这段难熬的中阴阶段，顺利往生。

我参加过很多次天葬。只有最亲近的人，我们才会决定用天葬这样独特的仪式将他送到终途。看着成百只高山兀鹫很快将我们的亲人吃得尸骨不留，然后飞上天，盘旋、上升，直升到那个至为高远的去处，我们才会依依不舍地离开。我们含泪送走高山兀鹫，会觉得它们就是一个载体，把结束于这个世界的生命再带去另一个世界……我们藏族人对那些不尊重高山兀鹫的人也会毫不客气——什么，你竟敢打高山兀鹫？它能做到的事情你可以做到吗？

在尕尔寺周围的拍摄精彩连连，大家一直拍到晚上六点。我想了想，这里已经没有什么动物可拍了，尕尔寺也不是我们此行的最终目的地，而且，在这个时间段上路最有可能遇到雪豹。“我们马上走！”明明已经面露疲态，可一听到雪豹，大家马上就来了精神，疯了一样快速收拾东西。可惜我们一路脖子都抬酸了，却连雪豹的毛也没见到。

从囊谦开到杂多，到达时已是深夜。杂多是澜沧江的源头。“杂多”རྫ་སྟོད།，意为“杂曲”的源头；而“杂曲”རྫ་ཆུ།，就是澜沧江上游的藏语说法。杂多和我的家乡一衣带水，从小我居住的村子边上就是澜沧江，如今到了这条江的源头，心里颇多感触。不过，杂多近几年在野生动物拍摄圈中赫赫有名，并不是因为它是澜沧江的源头，而是因为雪豹。我们在杂多县城未做停留，第二天一早就直接开到了“雪豹之乡”——杂多的昂赛乡。

通过朋友安排，我们直接住进了一个牧民的家中。我们一路经过的地区都是半牧半农，到了杂多，海拔陡然升高，放牧成为这里人家的收入支柱，每家都养着近百头牦牛。草坡之上牦牛成片，又是一幅别样的高原图景。我们到了昂赛，得知有一头熊刚刚离开。原来就在前一天晚上，棕熊袭击了一头家养牦牛。牦牛被吃得只留下皮骨，血淋淋的。

从杂多再往西北，一路都是漫漫无人区。我们已经到了藏北高原的东南，与那个完全不受干扰的野生世界又近了一步。

我们昂赛之行的目的就是拍摄雪豹。雪豹是高原的顶级物种，毛色灰白，夹杂黑色斑点，和岩石的颜色接近，分布虽广却极为稀有。它们生活在高山裸岩、草原和灌丛中，此前从未在高山森林中发现过它们的活动踪迹。一直传说白马雪山也有雪豹。我们和山水自然保护中心合作雪豹项目后，在雪豹可能出现的区域都装上了红外线摄像头，但是至今还没有任何发现。

我们住地的东家叫来一个小伙子，推荐给我们做向导，说他带过不少来拍摄雪豹的摄影师，非常有经验。这个小伙子每天都带着我们四处拍摄。拍摄时我第一次见到了马麝。白马雪山有林麝，马麝我还是第一次见到。马麝和林麝外形相像，但马麝个头更大，分布在海拔更高的地方。

拍摄到了第三天，我们还是没有见到雪豹。向导小伙子急了："怎么办呢？我这次怎么搞砸了！"最后反倒是我们开导起这个小向导来，"野生动物的事情，谁也说不准啊！"当年滇金丝猴考察时老柯的话被我直接套来用了。细细琢磨这句话，倒也符合野生动物摄影这个职业。如果每次拍摄都十拿九稳，那拍摄的野生动物肯定有问题！

这天下了很大的雨，雨刚一停我们就马上出发，去爬一座很高的高原裸石山。向导说对面的山上经常有岩羊出没，而这里的岩羊是雪豹最主要的猎物。我们一步一滑地爬到山顶，并没有发现雪豹。向导带着其他人下山，转攻另一座据说雪豹曾经出现过的山。我却和他们分道扬镳，选择留下继续"隐蔽"蹲守。

等了大约两个半小时后，斯那江楚的越野车冲到了我所在的山脚下，疯狂地按喇叭。我从大镜头观察到他在焦急地招手，"他们绝对找到雪豹了"，这个念头一闪，我整个人顿时充满了电，抄起照相器材就直往下冲。我刚跳上车，车子就冲了出去，一直开到了发现雪豹的山脚下。我们都太兴奋了，以至于车的整个前轮在湿润的草甸上滑了出去。

我们的人小心地给我打手势：雪豹就在对面！我看到老张已经精神抖擞地快要爬到山顶了。对面的山就是雪豹的栖身之所，如果不是向导，单凭我们真还挺难发现的。对面的山体上是整面绿绿的草甸，草甸中有一块裸露的“岩石”。我们大气都不敢出，使劲盯着五六百米开外的那块“岩石”。“岩石”似有所动，我立即一个劲地按快门，直到“岩石”跳到绿草之上，又消失在山的背后……

终于成功拍到了雪豹，我却没有像有些摄影师那样兴奋，“哇，我拍到雪豹了”，好像从此又攻占了一个山头。我只是为又记录到一个新的物种而高兴，也为我们的向导高兴。如果我们空手而归，他该多么失落！我与雪豹仅有的这段相遇，如同两个人擦身而过，缺少那个似有还无的“一瞥”，和那种莫名的前缘注定。

接下来的一天，我们爬上一处山顶，没有等到野生动物，倒等来了一场大雨。只有老张一个人带了雨衣，其他人都被雨淋得湿透了。我让大部分人都先回去，只有向导、我和老张留下继续。等到下午四五点钟，我们已经在雨中挨了整整一天。

终于，老张打着哆嗦说：“我现在必须要下去了，太冷了，再过一会儿我就不可能自己背器材下山了。”我看着老张灰青的脸色，知道他已经撑到了极限。我们一起下山时，我看着他的背影，不由得生出一阵心疼。老张比我大十几岁，极为好强，平时根本感觉不出来他比我们大许多，但是不管怎么硬撑，人终难抗拒年龄的沉重。

接下来的整整两天都是大雨倾盆。从早到晚，我们只能待在住处整理相片，闲时和东家聊聊家常。杂多的藏族人其实非常有钱，这里盛产冬虫夏草，他们的家庭年收入是我们滇西北藏族人无法望其项背的。但这些牧人身上依然保存着藏族人最淳朴的一面，对我们这些外来人毫无算计，干肉一端就是一盆，酥油茶、酸奶随时喝个痛快。比较起来，家乡的藏族人反而显得很“现代”，尤其是那些靠近旅游地区的，没钱的时候大家相处融洽，一旦有钱就完全变样了。牧区的藏族人则不同，他们就连表达起情感来也是朴实直接的，毫不避讳地把你的脸捧到手心间，热乎乎地搓来搓去，这就是高原对我的触动吧。

在杂多昂赛乡拍摄了近一周，我们的牵引绳和升降器都派上了用场。好几次，我们的越野车要跨越湍急的水域和茫茫的沼泽，每次一陷车，大家都会赶紧蹚过齐腰的激流去挂牵引绳。在这里，一点点的疏忽就会造成不可挽回的损失，所以每一次救援都必须竭尽全力。眼看离无人区越来越近，我们每个人都能感觉到：最艰辛的时候就要到了。

自杂多向北，海拔越来越高，我们渐渐远离了高原草甸与森林地带，来到高原荒漠区，闯进了一片风雪统领的世界。寒风一阵阵把雪粒摔打过来。我们这些外来者不会无视大自然发出的警告，但我们更清楚地看到了冰雪封存下那片大自然的平缓与从容。有容乃大，正是这片世界的气度，也正是它吸引我们前来的致命诱惑。藏北高原，我们的最终目的地到了！

藏北高原是一个统称，包括西藏的羌塘、青海的可可西里、新疆的阿尔金山。我们所进入的地区属于可可西里。

没有尽头的公路只是一味向前探去，旁边是更加笔直的青藏铁路。道路、河流、太阳，只有它们才能为这片土地指出界限与方向，也只有它们才能让那些星点小镇不再迷失。一片风雪中，一个羊群慢慢走近、清晰，赶羊的是个骑马的藏族小伙子，说着一口安多藏语。我们连蒙带猜倒也听懂了，原来他是到小镇卖羊的。我甚至问了每只绵羊的价格，冲动地要把所有绵羊买下来再运回德钦……如此不一样的天地，能让人做梦，也能让人做傻事。

只是站在公路边上，我们就已经醉了。这里的天地单纯到只有三种颜色：浅褐属于大地，灰蓝归于上天，漫天漫地再洒上一层白——天上的白很淡，地上的白很硬。这就是藏北高原，随你走到多远，浅褐、灰蓝、很淡的和很硬的白，便是世界，便是永恒。

在这片单纯的天地大舞台上，生命的登场必然带着灼人的热度。飞腾、奔涌，都只会是出于涌到喉头的血腥。一群群的藏野驴、藏羚羊，还有屁股上有个可爱的白色心形的藏原羚，它们的奔跑能把人看醉。藏野驴也许太孤独了，最喜欢和越野车赛跑。它们跑起来一定要扯长脖子，姿势笨拙，却不会影响爆发的速度。只有倔强地跑赢越野车后，它们才会停下脚步，喷出一股股热气。我们车队成员都有基本的野生动物保护知识，不会和它们追逐奔跑，因为我们知道这些高傲的生物真的会不服输地一直奔跑，直到肺部炸裂。

因为摄影，我认识了可可西里自然保护区管理局的布周局长和布琼书记，又通过他们，认识了许多质朴善良、穷其一生为了信仰而守护可可西里的朋友。没有这些守护者的许可，贸然进入无人区属于违法行为。

“你最想拍什么？”面容祥和的布琼书记面带笑容，很有耐心地问我。

“野牦牛！”

很多人到了高原最想见的是藏羚羊，或许是因为那段载入中国环境保护史册的轰轰烈烈的篇章——曾经的“野牦牛队”，和为保护藏羚羊而牺牲的索南达杰、扎巴多杰两位藏族烈士。而当我们来到可可西里的时候，藏羚羊的保护危机已成为过去，我们甚至可以在公路边见到自由奔驰的藏羚羊。我们最想拍摄的则是神秘的野牦牛。我们藏族人从小就养牦牛，野牦牛就是全体藏族的图腾。真正的野牦牛个体极为雄壮，光脑袋就抵半个越野车宽。一旦发威，再坚实的越野车都会被它用角掀翻。拍摄野牦牛是件极冒险的事。

出发前，我们几辆车开到一个偏僻的小饭馆前，这里可说是前不着村，后不着店。这个小饭馆的窗户都是用塑料布做的。我们每人要了碗面片，吃的时候才看到墙壁上挂着的代表卫生 C 类的大红叉。但就在这样的地方居然还有“艳遇”。我们几个大男人的全套野外服引起了一个也在吃饭的女孩子的注意。她主动过来聊天，听说我们要去无人区拍摄野生动物，惊喜得又叫又跳，仿佛我们是上天派下来拯救她的：“带我去吧，求求你们了！他们都说这里是进入无人区的大门，我已经在这里等了好几天了！我身体特别好，不会给你们拖后腿的！”

女孩二十出头，不仅漂亮，还有一种喜欢野外的人才具有的豁达气质，带上她，对于我们这个纯雄性团队无疑会增添一抹彩色。队员们都不同程度地心有所动，他们期待的眼神默默地落向了我，看来决定大权是在我手里。我残忍地拒绝了这个年轻姑娘。野外艰苦，带上个女孩，连上厕所都不方便。看我有了决定，其他几位男士满脸遗憾，“虚伪”地祝姑娘早日如愿以偿。

所有野外摄影师都像是自带一圈耀人的光环。我这辈子遇到过太多人，一提起野生动物摄影立即就来了精神，恨不得让我马上带他们上山。可真到了野外，绝大多数都是叶公好龙。大部分人倒在第一关高原反应上，还有不少人熬不过身体上的疲累或者精神上的枯燥。野生动物翻腾跳跃的精彩时刻，也许等上一天、一月甚至一年都不会出现，漫天荒野中只剩下一个无聊等待的你，手机也没有信号，干的最多的事就是发呆。现在的社会已经极端现代化了，人类渴望“野外”，仿佛它带着一种彼岸桃源的浪漫，但又有多少人真的舍得抛下哪怕一天的舒适，来到这个艰苦简单的野外世界？

我们这支追寻野牦牛的队伍上路了。在无人区行车，一定要有极为熟悉当地地理的人带队。无人区的路没有方向，也没有终点，我们翻过了一座又一座山脉，精神已经开始消散在这片广袤的大地，天的尽头仿佛消失了，我们似乎就要这么走到天荒地老。突然，大家齐齐叫了起来，眼前豁然出现了一个沙子湖。多年追寻野生动物的经验告诉我：水源地是等待野生动物的最佳地点。好运的是，当我们来到这片沙子湖前，发现已有上百只野牦牛聚集在这里，提前等着我们了。

如何能忘掉眼前这片连绵的黄，以及能让你忘却一切的蓝？这一切太不真实，太过干净，也太过安静。我们自惭形秽，感觉自己没有资格闯入如此干净的秘境。幸好还有一个方圆约三五十公里的沙子湖隔在中间，我们在湖的这一边，野牦牛在湖的那一边。我们完全可以绕过湖，离野牦牛更近一些，但，还是留在原地吧。这片沙湖和野牦牛就是大自然的杰作，它把这么美丽的画面呈现给我们，我们理应守约，不闯入画面。虽然只是开了一扇窗，但带给我们的满足却是如此巨大。一个完全属于野生动物的世界是一座圣殿，你会希望永远待在这片澄净的空气中，用心感受这从未有过的自由与从容。在那一瞬间，我的心中突然充满了感恩，感恩大自然让我这样一个渺小的个体可以短暂地超越俗世庸常，忘却人世喧嚣。这一刻，我只想捧出我的全部身心，深深跪拜下去。

静静地拿起照相机，每一次快门的按动，都是冥想中的一次呼与吸。

野牦牛性格暴烈，但因为有了这片湖水的保护，它们虽已注意到我们，也未怒目相向。这群野牦牛有上百头，不过此时并不是野牦牛激烈竞争的求偶期，牛群呈现出一幅和平相处的景象。

透过长镜头，每个取景的角度都堪称完美，我可以津津有味地在这里待上一整天，甚至一整个星期，但是野牦牛却耐不住要离开了。原来我们是好运地赶上了它们在水边稍做休整的宝贵时光。在湿润的水草地吃饱喝足后，野牦牛群便坚定地爬上沙丘，全体向荒芜的沙地行进了，足迹在这片大地上画下旖旎的线条。针对野牦牛的科学研究很少，我凭着自己的野生动物经验来猜测，这可能是野牦牛群的生物本能，是为了保持对艰苦环境的适应力。野牦牛也有它的“牛性”，也许它不希望自己沉溺于舒适，而要让自己永远处于磨砺之中吧，我暗自猜想。

队伍后面有一头野牦牛走得很慢，慢得仿佛不介意与牛群拉远距离。它朝我们的方向静静地投来注视，那一刻，我按动了快门……这是我至今都难以忘怀的一幅画面。人们形容野牦牛时往往少不了“孤独”二字，但我这张照片中只有“孤傲”。人类有傲骨，野生动物也有。此时，这头野牦牛就是这片蓝黄沙地的灵魂。一望无垠的荒漠，加上一头孤傲的野牦牛，这是我心中极致的诗意。镜头后面的我已经泪涌双目。

可可西里管理局的赵队长打趣我说：“不要太激动哦！”

怎么可能？怎么可能不激动！我只有双手颤抖地攥紧他的手，“谢谢！

谢谢！”这就是我此刻唯一能说出口的话语。

之后，我们又幸运地寻到另一群野牦牛，并且跟踪拍摄了整整两天。跟踪拍摄野牦牛，就要时刻当心它们随时爆发的脾气了。我们跟踪野牦牛的路线从来不会是直线，而是在大地上画出大大的“Z”字形。当我们的车开得很近时，它们还能安然吃草，说明这应该就是和野牦牛的安全距离。拍了大约二十分钟，我松了口气。那头最雄壮的野牦牛稍稍抬了下头，看它毫无防范的样子，潜意识里野生动物摄影那种“靠近再靠近”的冲动促使我又往前蹭了一点点……毫无预兆地，这头野牦牛突然发威，向我猛冲过来。从低头吃草到飞驰狂奔，仅仅一秒之差！它身上裹挟的厉风似乎都能把我掀翻，此时我们之间的距离已经非常近了，但我的快门竟然无法按下。

“跑吧！”开车的斯那江楚已经急得嗓子冒火。

但我怎么甘心？野牦牛直逼而来，我快速调整了相机，按下快门。我的“跑！”字刚出口，江楚就加足油门，瞬间冲了出去。我从后视镜中看到，好几次牦牛差点儿就顶上车了。越野车慌不择路地逃到一个沙坡上，扬起漫天沙尘，野牦牛才终于停了下来。久久之后黄沙慢慢散去，而野牦牛的黑影却依然倔强地守立在一个高坡之上，怒视着我们。当稍微拉开了些距离之后，我才注意到车的第二排还坐着视频加照片左右开弓的此称大哥。

我调出数码相机中的镜头，发现居然幸运地记录下了它四蹄腾飞的瞬间：低头、翘尾，还有那早就裂开花的牛角尖——这应该是它以前搏斗的“军功章”。我向来胆大，此时心又痒了起来。绕圈回去再拍吧，多好的拍摄机会啊！但最终还是不忍心。这头野牦牛如此愤怒地追我们，就是因为这是仅存的几片属于它们的净土了。为什么还要再去打扰它们，就为了再去抢拍几张外人看来牛哄哄的照片吗?

这是我野生动物拍摄生涯中最危险的时刻之一。但每当我回忆起这个时刻,心中充满的不是恐惧,而是对侵犯他人领地的深深歉意,还有对它放弃不追的感激——就在几年前,一头野牦牛曾撞翻了一辆北京吉普,后果惨烈。

这次藏北的拍摄收获极大,我的镜头还成功捕捉到了藏狐。我们藏族人把狐狸的行走形容为“清逸而悄无声息”。我从小便熟记这个说法,但第一次亲眼看到野外的藏狐,才真正见识到它利用沟壕、植被来躲避危险的技巧,真正感受到了它四肢的轻盈。

还有,我又见到了狼。野外拍摄时我们会短暂地分散行动。很多次,我都独自在旷野中找一个隐蔽的地方支起照相机等待。绝大部分时间只等来风和雪,没有一个生灵肯为我露出真容。终于,我等来了一双警惕的眼睛。一匹狼发现了我,和我对峙起来。狼能成为戈壁滩的佼佼者,全得益于它的机警。这匹狼开始时只露出了它的眼睛,我耳边都是它紧张的呼吸声。对峙了很长时间,它才感到安全,威严地亮出全身,抖了抖毛,浑身轻松地跑远了。在这宝贵的几分钟里,我知道这匹狼是信任我的,哪怕它把我认成一块石头,我也无比感恩。

又一个飘雪的午后,雪降在天地间,雪花漫天,落成一块大幕。身体寒冷,但脑子清凉,思虑飞远,我又想起了妈妈说的我出生时的那场雪。这时,一只猪獾来到了我的镜头中。猪獾是阿尔金山很少见到的动物,可我却在这么一个飘雪的午后邂逅了它。有时,我特别相信很多事情都讲缘分。我一辈子只选择了野生动植物保护这一个职业,野生动物和我像是有灵犀相通。我这一辈子,就是来赴一场与众多生灵的真诚约会的吧!

我们在这个区域住了至少十天，后来才知道野牦牛出没的沙子湖已经在新疆的阿尔金山保护区范围之内了。在可可西里，有的时候我们住在零下十几度的帐篷中，更多时候则回到赫赫有名的索南达杰保护站居住。索南达杰保护站是中国第一个民间修建的自然生态保护站，是“绿色江河”的创始人杨欣老师用自己卖画册的钱建起来的。如今这里不仅有来自全国的环保志愿者常年驻扎，它本身也是可可西里管理局的一个管理站，所以索站的夜晚总是很热闹、温馨。

索站的文尕站长个高、脸宽，是典型的有蒙古族血统的藏族人。我问文尕站长附近拍摄野生动物的好去处。“去新生湖吧！”新生湖的形成才短短几年。在这片地壳运动活跃的地带，大自然的翻云覆雨会很快改变这个地区的地形地貌——地震、湖泊溃决等，把方圆几百里内大大小小的湖泊汇到了一起，形成了一个新的高原湖泊——新生湖。

新生湖是典型的高原湿地。我们在那里拍到了一对恩爱的环颈鸻，这对夫妻既亲热又爱表演，吸引我们拍了很久。此时正是高原最珍贵的夏日，虽然夜晚的温度常常坠至零下十几度，但植物与动物能敏感地感知到那丝微弱的暖流，抓紧这短促的时日繁衍生息。有交配就有竞争，又飞来一只雄鸟，完美的爱情场景瞬间转成了一场角斗。

我们两辆车继续前进，这次又发现了狼。我们决定让两辆车就此兵分两路，互相不影响拍摄。新生湖地区是一片湿地，动物众多，引诱我们一点点深入。这片地区也是一片沼泽，车子往往要花几十分钟才能绕过一片可能陷车的区域。我们边走边拍，结果两辆车完全走散了。傍晚我们这辆开回有信号的地方，才得知另一辆老张开的车子陷在沼泽里了。兴奋的心情顿时烟消云散。我们立刻掉头去找。快到夜里八点，才依稀看到远处有一个求救的黑点——老张非常有野外经验，他拿出把黑伞，在茫茫荒漠中选了一个坡尖，卖力地向外发出求救的信号。但我们中间隔了一片湿地，必须绕过去。绕来绕去，我们也陷车了。一伙人拉车，一伙人垫石头，所有人都忙得像从泥巴里滚出来一样。车终于安全了，转头一看，老张的车又像中了魔法般转到了另一片湿地的对面，真是怪了！

陪我们拍摄的王科长早就已经打电话给索站求救。终于，我们远远地看到前来救援的索站的车了。黑洞洞的夜里，两辆车的灯光一直在靠近，却始终不能汇合到一起。这片布满了水系的沼泽，真就像是鬼打墙一样。找到夜里十点半，我们不仅和老张越走越远，和索站的车也捉起了迷藏。“都听我的，现在必须返回！油快没了，手机马上掉电，我们不能再冒险了。”大家都没有说话，我们必须安全回到索站加足油，再来讨论救援的事。

8月份的雪花飘落下来。我们又开了一个小时，大家全都已经失去了方向感。王科长有当地的工作经验，同行的此称大哥在德钦搞了一辈子气象，我有野外经验，三种经验碰撞在一起，不但没能锦上添花，反而撞了个晕头转向。停下车，我们找了一处土坡，决定“哪里有灯光就往哪里走”。但，四面全都有亮光，而且离我们的距离也完全一样！我们至今都没想明白那晚究竟发生了什么。

我急了，跟所有人说：“现在只听我的。”我就死死地盯准一个方向开，哪怕绕过沼泽，依然回到那一个恒定的方向，两个小时后，我们终于找到了铁路。

回到索站已是半夜两点半，我和斯那江楚说：“我们两个还不能休息，现在就去找不冻泉加油站加足油！”

文尕站长心疼地端过来一锅热乎乎的面片：“快趁热吃，赶紧睡一会儿，明天的事你们都不要管，这里有我们呢！”

我的眼泪涌了上来，这就是保护区的弟兄啊！

第二天五点钟，文尕站长叫醒了我们。这时皮卡车已加满了油，后斗里放了很多救援工具，只等我们出发了。带路的不愧是可可西里的老职工，我们一路顺着老张的“牧马人”的车辙顺利找到了他。老张不知从哪里找来一块红布拴在雨伞上，激动地挥舞着胜利的红色，“别担心，我有吃又有喝，晚上还有狼在旁边叫了很久，我这个晚上过得很充实啊！”

可可西里的拍摄结束了，我心中充满了无比的满足与无比的失落。我去过世界上一些国家和地区，这些旅行只是为了“玩”，而在藏区大地上的行走却是我生命的需要。我就是这样一个藏族汉子，开着越野车撒野，和呼吸、吃饭一样自然。我最喜欢一个人开车，有时会突然肆无忌惮地扯着嗓子唱起“青藏高原”。到了最后的“那就是青藏高原”，我会使劲扯着脖子，想象自己就是一头藏野驴。驴声凄惨，但胸中所有的压抑都会随着这声嚎叫彻底释放出来。手只要握上方向盘，一天开个 800 公里也不在话下。

在藏地高原各处行走，天南地北的藏语都会说一些。我喜欢随意停下车，找个人家，问问附近可以拍到什么野生动物，是否可以给我准备一餐简单的饭食，或者在他家的帐篷里住上一宿。我还会撸起袖子，帮他们挤奶、捡牛粪、立帐篷……藏区男人的任何活计都难不倒我，随意的我浑身都是“野气”，在哪里都可以快乐地活着。有一次，我发了条朋友圈，开玩笑说自己退休之后要去甘孜亚青寺里住上一年，寺院里有两百多头牦牛，需要我们帮忙放牧。我身边的很多朋友竟然都相信了。

只要稍有空闲，我便会“蠢蠢欲动”。而去的地方都没有通常意义上的名气。是去马尼干戈拍马鹿？或是去果尼寺拍个三四天？或者更远点，直冲到阿里去看野牦牛？我的胸中有一幅藏地秘密地图，上面标着各个地区的野生动物。

从可可西里回来的路上，我们还救了一只双脚被捆的大鵟。我们猜测它是从盗猎分子手里逃出来的。看来，藏北高原的生态故事远非表面上看到的那么平静幽远。盗猎，再加上违法探险，越来越多的不法行为侵扰着这片属于野生动物的圣地净土。不仅是藏北高原，整个藏地的自然生态都处在这种压力之下。

如今拿起长镜头拍摄野生动物的人已经非常多了，不再是 1992 年我们在海拔 4300 米的小屋考察滇金丝猴的那个年代。只要用心去拍动物，心中都能慢慢生出一份责任感。但在这条路上，我却有些迷失。任何动物的生活都离不开吃喝拉撒、求偶生子，但我不想用照相机去窥探它们的隐私。很多人去拍摄动物或绝美或呆萌的一面，但是如果人类拍摄野生动物只是用来取悦其他的人类，这该是一件多么无聊的事！这只是又一次证明了人类在动物面前的那种致命的自负。每个人都有自己的创作理念，我想，拍来拍去，我拍的其实只是自己的欲望，是我心底那永远渴望喷薄而出的野性吧！

在本书的写作过程中，我第三次远赴藏北无人区拍摄野生动物。我准备好刚刚购置的高清摄像机以及足足可以拍上几天几夜的储存硬盘，再加上足够整一个星期用的水和食物。结果，这次拍摄却很不顺利。

这次我们只开了一辆车。我希望重新回到梦中的沙湖，再见到那群野牦牛，但那片沙湖却如同桃源仙境，重新再寻已然无路。我们白白寻找了三天三夜，最终无功而返。就在马上要离开无人区的时候，两只幼小的猞猁却出现在远远的山头，它们是来安慰我的精灵。

这次藏北高原的失败经历却让我坚定了一个念头：我这辈子，最主要的精力还是放在拍摄滇西北的野生动物上，因为这里是我的家园！

滇金丝猴的模式标本都保存在巴黎的法国国家自然历史博物馆中，其中有一个模式标本采自澜沧江流域的“嘎么顶”ཁམ་བུ་སྡིང་།。“嘎么顶”这个村名，直接翻译过来便是“开满桃花的村子”。“嘎么顶”地处德钦县佛山乡，而佛山乡也是我和钟泰的老家。“嘎么顶”所在的巴美村一带历来生存着一个滇金丝猴种群。2016 年，我又一次回到那片滇藏交界的大山，去拍摄这个非常特殊的滇金丝猴种群。

当地老百姓发现了滇金丝猴就打电话给我们。第二天早上五点半，我和同事斯那此理就出发了。到村子里已九点钟。我们飞速上山，但走了十二个小时还没有看到猴子的影子。我们决定住下，又找到很晚才寻到一处有水源的夜宿地。那天晚上，早上六点钟就上山帮我们找猴子的村民也来和我们汇合，大家一起支起简单的宿营帐篷，生火，做出最简单的饭也到夜里十点半了。大家的情绪都很低落，村民们有点为难地说：“两天前才刚刚看到的猴子，觉得再去找不过就是在附近，所以我们才背上来三天的粮食。”

第二天大家重振旗鼓，再分头出发找猴子，可还是整整一天都没有收获。

找猴子的时候，如果大家很晚都不回来，我就会非常担心：找滇金丝猴的路通常都在悬崖峭壁间穿梭，稍有不慎……第三天，下午四五点左右终于找到猴子了，大家兴奋地差点儿抱到一起。找到猴子后，大家需要轮流看住猴子，守护的人盯住猴子，直到它们睡觉了才撤回来；次日凌晨，星星还很亮的时候，趁猴子还没醒来再赶回去，这样才能盯住猴子。

那天晚上我们已经弹尽粮绝了。但当地老百姓有经验：降到一个谷底，曾经采过松茸的地方，棚子里都会有老百姓嫌带来带去麻烦而留下的粮食。我们按此办法，果然找到了一些糌粑。大家一起又吃了两天，最后熬到当地老百姓都觉得这个日子太苦，才撤了出来。

此行一共五天时间，成果巨大。这群滇金丝猴非常特殊，它们的栖息地位于云南和西藏两个国家级自然保护区之间的走廊地带，又是两省交界处。而且这一地带不是保护区，所以也不存在严格的保护，但是如果这个种群保护好了，会有利于两个保护区滇金丝猴种群的基因交流。

之前也有科学家来此做过考察，都没有看到猴子。此前的研究资料对这个种群只有简单的一句话描述："濒于灭绝，大于 50 只。"这种描述就是全部了。这次是由专业保护人员对这个种群做的第一次考察，我们最终得出结论：这群猴子数量大于 150 只，在滇金丝猴的种群中虽不算多，但已经远离了濒临灭绝的境地。

我这次也拍摄了图片和视频。如果单从图像质量看，这次的拍摄很不成功，没有什么视觉冲击力，但是对于我这个一辈子从事滇金丝猴保护的人来说却意义非凡。而且这是第一次对这个种群采集到完整的影像纪录。后来这个视频在中央电视台的《朝闻天下》节目中播出，引起有关部门对这一地区保护的重视，我的同事斯那此理也在代表保护区为当地老百姓申请项目，支持村民的植树及清除钢丝套等行动。这就是视频和图像的力量吧！不仅仅是宣传保护，更为这个种群的研究奠定了基础。

我真的很自豪，可以有机会为模式标本产地的滇金丝猴种群计数并做报道。当我离开“嘎么顶”——这个桃花盛开的村庄时，心里满是安慰。

尾声

尽管这本书的写作持续了两年（2015 年秋末至 2017 年冬），但就让这本书的内容停留在它的缘起之时吧，我第四个生命周期的尾声——四十八岁。我属羊，2015 这一年，我的家乡卡瓦格博圣山也迎来了他的本命年。

如同在马年朝拜冈仁波齐圣山、猴年朝拜杂日圣山，每一个藏族人都渴望在羊年朝拜卡瓦格博。

朝圣是每个藏族人今生的功课。卡瓦格博，这座藏地著名的圣山就在我的家乡。在江坡老家的房子，每个清早打开窗户，便让自己的灵魂直面这座圣山，心里的窗户也跟着开启了，这样的福分真不是每一个人都有的。

我这辈子在各种场合遇到过各种各样的人，他们会兴致勃勃和我讨论藏族人的朝圣，那些五体投地的朝拜，那些抛却一生财富也要踏上的路途。我不想去说服任何人，当语言跳不出定义的圈套，我更愿意相信我的双腿和内心，面对圣山，我的双腿抑制不住往前迈动，我的心安宁喜悦。

转山是一种大浪漫。离开舒服熟悉的环境，任大山大河来敲打、磨砺，所以转山之路经常让我热泪盈眶。这份感动不只来自海拔 5000 米的山垭口，也并不只是那些傲然巨大的、可以轻易吞噬一个人的原始森林；震撼的感觉也不来自连续几天朝圣后的身体极度透支……朝圣之于我，感动来自于同行朝圣路上的人：一个虔诚的老奶奶，一个步履艰难的老爷爷，一个背上背着孩子、手里还要拎着茶壶的女人，还有那队行进中的僧侣，不分健康与病残，施施而行……人类恭敬地把自己的每一步都献给大山，每次看到，我便热泪盈眶。

同一座山也有不同的转山路径，转山又有内转、中转、外转之分。每年我几乎都要走一遍卡瓦格博的内转路。羊年的内转我是和同事提布一起完成的。

卡瓦格博的转山路由噶举派噶玛巴三世开创。走到精疲力竭时，“神瀑”似乎伸手可及，一个巨大的山洞现于路侧，洞极深，走到尽头再在石柱上拴上哈达，转出来，洞口边还套着一个小洞口，不是当地藏族人或者读过“卡瓦格博圣书”的人不会知道这个洞。洞名“八度称央”བར་དོ་འཕྲང་ལམ།，意为“中阴”，钻进去才发现“上了当”，原来身体会被牢牢卡住。此洞正如它的藏文名字，为了让人提前体验死后进入的中阴状态。藏传佛教认为人在死亡之后，受业力牵引，会把此生所有的孽债再经历一番，所有恐怖都会被夸大无数倍。我钻了上去，左扭右转，从洞里出来了，而比我身量大不少的提布却被卡在里面，我看见他的脸瞬间涨成紫红色，他此时的紧张，只有藏族人才能明白。

扭转肉身去适应一臂之宽的洞穴，带来心中宛若新生的感觉，被石洞一卡，不必要的留在身后，从此便是一个经过洗礼的身与心。死过一次，还有什么多余的欲求呢?

在很多不懂藏传佛教的人眼中，藏族人转山是一种赎罪行为，用肉体的辛苦来抵偿所犯下的业。其实，这种假说在藏族人心中不会存在。转一圈神山就可以“买下”偷盗奸淫的错误，这样做人未免太过容易。转山对于藏族人而言，不仅仅是信仰，也是一次直面死亡、重新考量自己人生的过程。

前世、今生与来生，在转山路上，用当下之心，彼此相望。

我已经计划好自己的身后事，无论天葬还是水葬，对家人来说都太过残忍。我只想把自己的肉身交付烈焰，再让我的骨灰播撒在白马雪山。这座山，等于我的这一辈子。

这辈子，我无愧，也无悔。

我的工作很渺小，离那些大成就者相距甚远。但我非常喜欢我的职业，而且也已尽了我的全力。对家庭，我做了一辈子遮风避雨的树。如果有愧疚，就是对两个女儿，一辈子的自然保护工作让我经济能力有限，我没有多余的财产让她们拥有一个物质丰富的青春时期。

我们是白马雪山自然保护区的第一批工作者，之后来了一批又一批新人，一批又一批。新鲜的终会老去，人类用自己的轮回来供奉着这座白马雪山。

四十八岁的羊年，我还做了次卡瓦格博大转山，整整走了七天。说来惭愧，这只是我这辈子做的第二次大转卡瓦格博圣山。第一次正值三十六岁，单位十几个小伙子结伴而行，那个时候还没有通公路，全程走下来要十一天，大家越走越快，走到最后互相开玩笑说，就凭我们现在的体力，爬个珠峰也不在话下！十二年后，再用这副皮囊重走朝圣之路可就费力了，四十八年间的陈年杂病全都涌来。我按照藏族传统，在入山口处买了一根粗粗的竹竿，竹竿一头平整，戳在地上，另一头削尖，走完全程，削尖的一头用卡瓦格博的香柏枝插实，所有转山的福报也随之封存。

我想起江坡老屋的高处，储藏了数不清的竹竿。每个竹竿都代表一次卡瓦格博的外转，那是爷爷奶奶一辈子积攒下来的功德。

四十八岁，藏族人觉得本命年不好，可这一整年，我内心充盈幸福和宁静的喜悦，一次次默默感谢命运的眷顾。

回顾来时路，一步一步，我是一个踏实的人，有着旧式的老实。

我的两个女儿已长大成人，且也长成我盼望中的优秀模样：快乐开朗、努力向上。她俩没有什么名校的荣誉加身，但总能让自己保持快乐、踏实和努力的精神状态。

这一年，我还在“大理摄影节”举办了第一次个人摄影展。在这个人生站点，给了自己一个逗点，一个淡淡的交代。野外拍摄这么多年，拿得出去的照片竟也不少。摄影是我的人生下一程的努力方向，但这并不需要他人的喝彩。

这一年，老家江坡的房子也终于建好了。姐姐、我、两个弟弟，四个孩子从江坡走出，四个人长成十四个人的大家庭。而老家房子破败，我们没有一个归属之所。我这个“当家人”宣布重建老家旧房，大家出钱出力，一动工就是两年。从此，四个家庭任何人只要有时间，都会生出“回家吧”的想法，这真是我心里最舒坦的事情。

江坡老家有阿曲定期举行的佛事活动，还有弦子和舞蹈……我喜欢一个人在夕阳暖暖地烘烤着大地的时候，一个人走到寺院门口的空场中。这个时候，村子里的老爷爷和老奶奶都在这里聚合转经。我默默地想念妈妈，想象妈妈如果还在人世，如今也是八十多岁的老奶奶，也会跟她们一样享受眼前的幸福吧。我会让自己痛快地流起眼泪，这是属于我和妈妈的时间。

还有，这本书。

四十八岁，收尾于 2015 年的春节。

春节是藏族人欢聚的时刻。同年的男子大都选择了到外闯荡，春节大假都回到家乡。最离奇的是和我同年同月同日在同一个村庄出生的扎史次里，我们两个男娃娃从小就有“双生子”般的默契，但命运却让我们成为“硬币的两面”——我做了一辈子环境保护工作，他则成了一个专业猎人。我们之后的相遇中没少打嘴仗，我虽嘴拙却理壮，见了他会随时跟他说：“你就不要干了，我们藏族人对打猎者是怎么看的？歧视！”

他争辩：“我以前还打，现在国家不允许啦！”

我开玩笑：“你死的时候，多少野生动物都会围着你大叫特叫！”

他说：“你们保护区养了那么多白马鸡，你死的坟头上会有白马鸡叫。”

我：“即使有白马鸡叫，也应该是感激伤心的鸣叫。”

他：“反正就是要让你死不宁静。”

老家房子也第一次迎来全家的聚会，“年”的味道充满这个崭新的土墙木屋。新房子已经把水龙头接进家门，但大年初一的第一声鸡鸣把我从床上利索地拽起身，裹得密密实实，出门到村子水井边，先敬天地与水神，然后打出新年第一桶最干净的水，回到家里便斟满佛龛上的水盅。一切都做完，心里才算踏实。每年第一壶酥油茶，我们喝的就是这最干净的水。

我想起，二十五岁那年在大山里过的那个春节。尽管身处白马雪山六十年难遇的雪灾，我和钟泰还是天没亮就早早爬起，在冰雪中滑溜着去取来第一桶井水，我用新年的水洗干净自己的手帕。妈妈曾对我说，作为一个藏族人，一定要干干净净，没有条件洗自己的身体，哪怕只洗头、洗一双袜子也能洗去一年的尘埃。

过了四十八个春节，最难忘的还是那一次。

新年第一天，一大早爬上村子最高处的煨桑点，煨桑，立风马。我颂起祝福天地的咒语，看着五彩风马填满这个灵性世界。

肉身面对雪山，雪山之神手持利刃，天降之神，不怒自威。

我这辈子，事情做了万万千千，我只满意一个角色——我就是生在雪山脚下，终身拜倒在雪山面前，做雪山的奴仆的那一个。

这辈子，我只是白马雪山的肖林……

2018 年 1 月 7 日　初稿

2018 年 8 月 3 日　二稿

2018 年 11 月 16 日　终稿

后记

肖林

出一本书，对如我一样的普通人来说，意味着什么？

忐忑！此外，最多的心情恐怕就是担忧和疑虑：自己的经历是否可以经受陌生人的打量？经得住他者 X 光一样的扫描？

不过话说回来，出这本书倒也有些底气——全国那么多保护区，千千万万个像我一样在大自然中工作的保护者，大家和大自然打了一辈子的交道，这样的经历总值得写出来。

写这本书，最开始来自野生动物摄影家奚志农的提议。他亲身经历了滇金丝猴二十几年来研究和保护的历程，觉得这些故事不讲出来，太可惜，也是对历史的不负责。

我想到自己身边的同事。即使是在白马雪山工作了几年的年轻人，他们也根本不知道白马雪山的旗舰物种——滇金丝猴保护的这些风风雨雨，如果不是我们这些过来人坚持不懈的“唠叨”，他们甚至不相信还有那样的曲折和艰辛。

谢谢奚志农的鼓励，这么多年，他一直把我当作兄弟。而且无论现在，抑或未来，让很多人知晓这样的故事，这份意义远大于记录我的个人经历。

我知道我的经历算是丰富，而且自己也喜欢记日记，但这些都不足以出一本书。和我一起做这个“冒险”的本书的执笔人王蕾，曾是“绿色营”营员，一直以来就有对自然的绿色情结。在没有确立写书意向之前，我们就有机会一起共事。这本书，从开始到结束，她的鼓励和支持对我来说尤其重要。

这本书成书时间三年多，比我设想的多了很多，以至于身边的同事听到我又在为出书的事情忙碌，都是一副不解的神情。边采访、边写、边改，我的记忆有时出了偏差，于是只得推倒重来……整整三年来，这本书成了我工作之外最重要的部分。

借出书的机会，我要感谢我一辈子的恩人——刘蕴华老师。刘老师的为人是我的榜样，在过往的二十多年里，她无私地为我提供了很多学习、践行的珍贵机会，让我在自然这个大课堂中完成学业，得以提升。

还有，我这辈子最好的朋友——钟泰。从十三岁初识，到如今两鬓斑白，我俩都是最贴心最温暖的亲人，而在职业生涯最艰难的四年中，是我们携手共进、互相支撑的力量才让我坚持到底。

还要感谢浙江三和控股集团有限公司的曾永强董事长。在我手头拮据的时候，他支持我重拾起停顿了十五年的摄影，使得我如今在野生动物摄影领域小有成就，并成为我未来追求的重点。

感谢法国著名摄影师、导演艾瑞克·瓦利，能邀请到这位摄影大师为我这本书作序，真是幸运之至。

就在写这篇后记时，白马雪山保护区通过红外线监控，清楚地拍下了金钱豹的活动影像。这个视觉记录填补了滇西北对这一物种的影像记录，在这之前都只是文字上记载了金钱豹的存在。此次获得如此珍贵的影像资料让我十分兴奋，特别想对多少年如一日在风雪垭口、密林深处布置红外线相机做监测的同事们道一声辛苦，那些地方都是需要徒步数日才能到达的人迹罕至处。无论是今天的金钱豹，抑或是未来也许会拍到的雪豹，看到它们，都绝不只是运气和偶然！

这就是保护区工作的魅力。用心工作、艰苦付出，不仅大自然会回报你，身边同事的情谊也是金子都难换的。在白马雪山保护区工作了三十年，真想把所有的同事都紧紧抱在怀里。相处多年后，我们就是今生的兄弟！

同事们一起喝青稞酒时，曾经笑着说，以后要把我们的骨灰一起撒到白马雪山最干净的地方。每每想到此，我都会热泪盈眶。坦荡为人，努力做事，这样的患难之交，白马雪山为证！

写这本书，从没有想到会有什么样的反响，不过是一个平凡人的一点点有趣经历，没想到书还未出版，就陆续收到亲友的一些热烈反馈，让我深感幸福。很多没有机会深度接触自然的朋友也都觉得有意思，这也让我感到欣慰。其实，每个人的内心都深深向往着大自然。

希望读者们一路读来，不会觉得浪费了你们宝贵的几个小时，也希望大家可以创造机会，多去大自然中走一走——她是我们幸福的源泉。

后记

王蕾

2001年，我一个人守着一个大别墅，遇到了我发誓永不再见的世界上最野蛮无理的人。

十四年后，我执笔为这个人写了本传记，从采访到出书历时三年多。

生活的安排就是这样。

别墅是著名野生动物摄影师奚志农初到香格里拉（当时还叫中甸）时租下来的，他正巧和妻子史立红老师带女儿去离野生滇金丝猴群最近的那仁村工作去了。而最野蛮无理的那个人，没错，就是肖林。我当时正受奚老师和史老师之托写一本以滇金丝猴为主题的儿童科普读物，肖林二话不说地接受了采访，但采访只维持了半个小时，而且没网到半句有效信息。

整个的采访就是他不断地说“我不知道”“这事去问别人”……还有不停地皱眉——眉心两道竖纹不断拧紧，让人烦躁不已。

我终于忍不住爆发：“那我的书怎么写？”

“啊？你写不出来，倒来问我？”肖林终于放下了眉头，心满意足地甩开我这个手下败将，走了。

这是与我长时间对话的第一个藏族人，也是我采访生涯中的第一次“落花流水”，从此我发誓与此人老死不相往来。

十四年后，再次见到肖林，还是为了滇金丝猴。奚志农老师和英国制片方合作，历时三年制作了一部关于滇金丝猴的自然纪录片《云上的家庭》，但只有英文版本，我授命为中文版纪录片收集素材。而此时我也早已完成以藏文化山崇拜为题的研究生毕业论文，对藏文化和藏族人多了些了解与情感。

这一次，肖林带我走进他的“秘密花园”——曲宗贡。原来，去野外才是对他的正确“打开方式”，我们一路聊得风生水起，徜徉在这片雪山森林净地，过去的“仇恨”随风而散。

之后，肖林在奚志农老师的野性中国工作室举办了个人摄影展。参展照片发来，人却跑去雪豹之乡，全然忘记每张照片下面还需要有一条图说。我自告奋勇，和他隔空工作，他发来语音我整理成文字。那是一次极其享受的工作过程，他对动植物有一种外人永远无法企及的理解，那是只有长期和野生动植物打交道，并全情投入的人才会产生的独特感受。我被他心底的“珍珠”闪晕，脱口而出希望帮助他整理更多的野外故事。

最终促成这次合作的还是奚志农老师。2015 年秋季，我们几人在最靠近野生滇金丝猴的那仁村工作，一起补拍滇金丝猴纪录片中文版的镜头。一杯红酒下肚，奚志农说：“肖林这辈子的故事太值得记录了！他的经历就是一部人类对滇金丝猴的认识的历史，没有写下来怎么对得起所有参与滇金丝猴工作的人……”奚老师慷慨激昂，眼神半点都没有离开我，“但是无论从时间还是文字能力，肖林都需要一个人来帮助他”。热血冲上我的脑子：“奚老师，我来写吧！”

从此上了“贼船”。书稿采访加完成已是 2017 年的秋末转冬，书稿也从云南写到北京，从北京又写到法国，之后又经历了几乎一年的修改……我和肖林两个人只是凭着一股傻乎乎的信心，一直坚持到完稿。

当我翻起一些滇金丝猴考察或研究记录的时候，很自然会碰到“肖林”二字；但当我翻起一本被称为“藏族心灵史”的书时，我看到了江坡，见到了肖林的弟弟肖马的名字；在我写作进行一半的时候，友人送给我一本卡瓦格博的音乐记录，竟然看到了江坡，以及肖林的父亲——他果真是当地绕不过去的热巴艺人……我突然感觉责任在身，历史在流转，我却是要定定地把历史中的脉络还原到一个人的身上。但很快又冷静下来，只要写作者具有敏锐的心灵，每个人、每个地方都有故事，传奇并不缺乏。肖林的故事横跨了卡瓦格博、滇金丝猴考察以及众多野外经历，不免富有传奇性，但写作的笔锋总要回到心灵的深处，我要做的只是把他的心路历程原原本本地捧出来。

采访时偶尔翻到肖林二弟在三十二年前的一封信：“哥哥，你是我心中最优秀的人，可惜我不是一个文学家，你的故事太值得写下来……”

我突然心有戚戚，这是我采访肖林时不止一次的感觉。写作过程中，我一直懊恼自己落笔苍白，知道我无法写出肖林整个人生的波澜壮阔，即使自己心头的震颤也无法传达殆尽。不过故事的主人公肖林对自己人生的价值充满怀疑，他经常问我："这也值得写吗？"在采访中他经常忽略很多事情，这些主动或无意的忽略肯定会减少本书的魅力，需要标明的是：书中至少三分之一的内容是靠别人的叙述以及实地采访才得来的。

我感谢肖林对我无条件的信任和坦诚。后来和肖林二女儿追格的一次无心聊天中，她说只见过一次爸爸的哭泣，是在她爷爷去世的时候。而在我的采访中，肖林很多次会激动得情不自已，袒露出他这个藏族汉子的真性情。当然，他的真性情中还包含着无数次的耐心尽失，嚷着要冲出去开野车、拍野鸟。

采访初始，我和肖林达成一个共识：这本书只是通过他的故事、他的视角，把滇金丝猴的故事，白马雪山保护局这两三代所有工作人员的工作经历，以及他见证的中国环境保护历史，藏族人的生命观，等等，一一详述。肖林本人只是一个引子、一个媒介，从这个意义上说，这本书并不是一个人的传记。我由衷感谢他，作为本书的主角，却接受自己非主角的事实。事实上，肖林的谦逊经常给我压力，如果我把他写成一个主角、一个英雄，他会随时果断结束这本书的出版。在他心中，和中国环境保护的历史，以及滇金丝猴研究和保护相比，一个人真的无足轻重。

如今落成文字，我要感激赵其昆、龙勇诚、肖文、向左甫、崔亮伟几位滇金丝猴研究专家。他们在成书过程中的指导，让我一个外行终于敢下笔了。其中尤其感激的是灵长类研究泰斗级人物赵其昆老师。赵老师的学问和他的生命体验融于一体，每次和赵老师的对话都是书本所不能给予的宝贵心灵体悟。可惜本书初稿中一些关于赵老师和猴子的故事都被赵老师在审稿时删去了，赵老师为人低调，做学问严谨不张扬，我从心底尊重赵老师的选择。赵老师的几位弟子和肖林都私交甚好。大理大学东喜马拉雅研究院的肖文老师告诉我，他后来把三江并流地域当作终身研究的目标，不得不说也是受了肖林的影响。肖林曾经有一段时间受周围大环境影响，比较低迷，对肖文说："研究猴子固然重要，但一天到晚做重复的研究，又有什么用？"这句亲密朋友之间才有的话语让肖文有了很多的思考——跳出只研究一个物种的单纯视角，把眼光放大到一整个区域的生态系统。从这种思维方式来看，人类也是灵长类，和猴子生活在一个大生态系统中，猴子和人便不再矛盾对立，而是相生相依的……我很享受和几位灵长类专家的每一次谈话，自然研究中想象的张力，以及思维的灵动非常迷人。可惜这几位灵长类专家都没有写过太多科普文章，一是时间欠缺，二是治学的严谨让他们不敢轻易下笔。

我还要感谢在成书期间，白马雪山保护区德钦分局给我的两次执笔专业报告的机会。我的弱项一直在于地理、生物等自然学科，写报告逼迫我读了些专业书籍，而实地采访的经历也使我有机会行走在白马雪山这片壮丽山河的缝隙沟坎间，对这片土地产生了近乎膜拜的心情。但是自然科学的短缺还是让这本书有了诸多遗憾，而白马雪山这个世界如此浩瀚广博，我终还只是个门外之人。

我还要特别感谢白马雪山自然保护局的所有工作人员。国内的自然保护区跑过不少，但我必须肯定地说：白马雪山保护区的工作气氛真是前所未闻。在和他们的巡山和工作中，随时可以感受他们心底的坦率和舒意，也会被他们山一样的性格所感染，这真是写作采访给予我的最好礼物。

很多人在采访中都会说，滇金丝猴改变了他们一生的命运，其中有肖林、钟泰、奚志农、龙勇诚……还有那些参加“绿色营”的热血大学生，他们为了滇金丝猴远赴白马雪山，还有后来一批又一批的新的“绿色营”营员，其中，也有我。如果没有滇金丝猴，我也不会幸运地参加第四届“大学生绿色营”，不会有幸结识很多让我至今尊敬的环保人士，我如今的人生视野肯定狭窄不少。

这本书，使了不少力气，但遗憾未免还是有点。我安慰自己：至少码下的字对得起自己，希望下本书继续加油吧！

最后，请允许我在这里许下个小小的愿望——今后可以有机会写下更多关于自然的文字，这样的文字，真实、有爱。

图书在版编目（CIP）数据

守山：我与白马雪山的三十五年 / 肖林，王蕾著
. -- 北京：北京联合出版公司，2019.11
ISBN 978-7-5596-3629-4

Ⅰ.①守… Ⅱ.①肖… ②王… Ⅲ.①纪实文学—中
国—当代 Ⅳ.① I25

中国版本图书馆 CIP 数据核字 (2019) 第 227335 号

守山：我与白马雪山的三十五年

作　　者：肖　林　王　蕾
责任编辑：杨　青　高霁月
特约编辑：李伟为
书籍设计：崔晓晋

北京联合出版公司出版
（北京市西城区德外大街 83 号楼 9 层 100088）
北京联合天畅文化传播公司发行
北京利丰雅高长城印刷有限公司印刷　新华书店经销
字数 226 千字　880 毫米 × 1230 毫米　1/32　9.75 印张
2019 年 11 月第 1 版　2019 年 11 月第 1 次印刷
ISBN 978-7-5596-3629-4
定价：68.00 元

江坡

"卡瓦格博"，"卡瓦"意为雪，"格博"为白色，
是藏语中"圣洁"的所指。整个藏地闻名的圣山
无须再找任何华美头衔。卡瓦格博——
"圣洁的雪山"

卡瓦格博圣山

江坡村的小寺庙　　十月的青稞田

川西的藏传佛教寺庙

高山流石滩　　红外相机

滇金丝猴四人考察小组

我只拍到了九张，快门就已经按不下去了。——我的胶卷用完了。滇金丝猴也恰在此时离去。我目送它一家离开，心中响起大海落潮后的缓缓浪声，仿佛一个告别。到了终结时刻，分明有什么东西穿过了层层浓雾，却没有留下明确的字语。

滇金丝猴全家福

原始云冷杉林

母与子　　空中飞翔

巡山翻越高山垭口

野外往往把人的需求简化到最基本的生存需求。人活一辈子，得到荣耀、金钱的机会很多，但获得一个人彻头彻尾的真心实意却十分难得。一个纯良没有想法的人便宜的同伴，比黄金更加宝贵。

雪后的雾浓顶村

在曲宗贡布水管　　　　路边的藏传佛教寺庙

高山草甸的绿

白马雪山里，恣意生存在大自然的野生植物和动物，千百万年来早已形成相互依赖又相互制约的生态系统，人在这里反而是孤单的，没有巨大的人类数量在后面“撑腰”，孤身单薄地走在茫茫山林中，人的社会属性外壳被脱下，赤裸裸走进天地，就可以遇见“众生”。

卡瓦格博外转

藏族房屋　　造房子

转山对于藏族人而言，不仅仅是信仰，也是一次直面死亡，重新丈量自己人生的过程

前世、今生与来生，在转山路上，用当下之心

彼此相望

嘉瓦仁安峰

滇金丝猴的全雄群　　　　小猴

滇金丝猴国家公园里的村落

心魂交付的曲宗贡　　　　和老柯冒雪回营地

阳光下的曲宗贡

与东竹林寺合作放生白马鸡

白马鸡

雪莲花　　白唇鹿

当捕猎已经远远超出当地人吃穿的需求，而被卷入经济诱惑中，成为对野生动物的贪婪掠夺，就是盗猎——这就是盗猎与传统捕猎的根本区别。

野牦牛

昆仑山侧的野牦牛群

狼

大自然还有许多秘密等着破解。解开前只能敬畏，

解开之后，则更要敬畏。

黑鹳

新生湖

藏羚羊

白马雪山一侧

白马雪山

肖林

以前的我，内心矛盾，是野生动物摄影让我和自己最终达成了和解。我开始正视心中的那份“野性”，并珍视其为个人精神中极为重要的一部分。